# अनुभव के बोल

# अनुभव के बोल

रामजी भाई

प्रभात
प्रकाशन

प्रकाशक • **प्रभात प्रकाशन प्रा. लि.**
4/19 आसफ अली रोड,
नई दिल्ली–110002

संस्करण • प्रथम, 2021
मूल्य • तीन सौ पचास रुपए
मुद्रक • आर–टेक ऑफसेट प्रिंटर्स, दिल्ली

**ANUBHAV KE BOL** *by* Shri Ramji Bhai ₹ 350.00
Published by Prabhat Prakashan Pvt. Ltd., 4/19 Asaf Ali Road, New Delhi-2
e-mail: prabhatbooks@gmail.com ISBN 978-93-90366-81-1

# प्रस्तावना

परिवार और समाज प्रबोधन में कथाओं का विशेष महत्त्व है। अनेक गुण एवं जीवन-मूल्य कहानियों के माध्यम से समाज और व्यक्तियों के जीवन में उतरते हैं।

महापुरुष, संत या समाज के प्रभावी लोगों की कथाओं की एक विस्तृत-विलक्षण धारा भारत में है, किंतु कभी-कभी सहज, सरल, निरक्षर या कभी-कभी तो बालकों की कहानियाँ भी बड़ी प्रेरणादायक और दिशा-दर्शक होती हैं, ऐसा सभी का व्यापक अनुभव है।

वेद और उपनिषदों में उल्लिखित अनेक महत्त्व के तत्त्व एवं सत्य को सामान्य लोगों तक पहुँचाने के उद्देश्य से अपने यहाँ पुराणों की रचना की गई है। संत, महात्मा या कथाकार द्वारा रोचक कहानियों के माध्यम से वेद और उपनिषदों में निहित गहन तत्त्व जनसामान्य तक पहुँचाने की परंपरा आज भी चल रही है।

पढ़ने के लिए एकदम अनुत्सुक ऐसे राजपुत्रों को राजपाट सँभालने योग्य बनाने के लिए आचार्य विष्णु शर्मा ने पशु-पक्षियों की कहानियों के माध्यम से जो पाँच प्रमुख तत्त्व उन राजपुत्रों को सिखाए, वे कहानियाँ आगे जाकर 'पंचतंत्र' के नाम से विख्यात हुईं।

कभी-कभी काल्पनिक या रूपक कथाओं के माध्यम से बताए गए अनेक गहन विषय भी सरलता से लोकप्रशिक्षण का कार्य करते हैं। कथावाचक या लोककला के माध्यम से यह आवश्यक लोकप्रशिक्षण सदियों से भारत में चलता आ रहा है। परिवार में दादा-दादी या नाना-नानी के द्वारा भी कहानियों के माध्यम से यही प्रबोधन अबाध चलता आया है।

आजकल अर्थार्जन हेतु अनेक लोगों को सुदूर नए स्थान पर जाना पड़ रहा है।

परिवार छोटे हो गए हैं। आधुनिक शिक्षा के परिणामस्वरूप शिक्षित व्यक्ति अधिक भौतिकतावादी और स्व-केंद्रित बनता जा रहा है। दादा-दादी के पास बच्चे और बच्चों के पास दादा-दादी नहीं रह रहे हैं। ऐसे समय में पुस्तक या प्रसार के अन्य माध्यम उपयोगी सिद्ध हो रहे हैं, प्रसार के आधुनिक नव-माध्यम भी उपयोग में लिये जा रहे हैं।

राष्ट्रीय स्वयंसेवक संघ के वरिष्ठ प्रचारक और मेरे मित्र श्री रामजी भाई द्वारा लिखी एवं स्थानिक पत्र-पत्रिकाओं में समय-समय पर प्रकाशित ऐसी ही कहानियों का यह समूह परिवार-प्रबोधन और लोक-प्रबोधन की दृष्टि से अत्यंत उपयोगी सिद्ध होगा, ऐसा मुझे विश्वास है। अनेक कहानियाँ पढ़ते समय हृदय को झकझोरती हैं, छू जाती हैं, आँखें नम कर जाती हैं। जिन महान् जीवन-मूल्यों के कारण मानवता समृद्ध होती है, ऐसे चिरकाल तक चलनेवाले समयातीत मूल्यों की शिक्षा सहज ही इन कहानियों को पढ़ने से होगी, ऐसा मुझे पूर्ण विश्वास है। सुधी पाठक, विशेषत: युवा इससे निश्चित ही लाभान्वित होंगे।

पुस्तक के सफल प्रकाशन हेतु हार्दिक शुभेच्छा!

**—मनमोहन वैद्य**

सह-सरकार्यवाह, राष्ट्रीय स्वयंसेवक संघ

# भूमिका

जब से मानव ने संवाद प्रारंभ किया, तभी से विचारों के संप्रेषण हेतु कथा ने जन्म लिया होगा, बालक हो या वृद्ध, युवा हो या प्रौढ़, हर तन में बुद्धि की क्षुधा हेतु कुछ चाहिए, कहानी शिक्षित, अशिक्षित, विकसित, अविकसित मानस को तृप्त करती है, जिज्ञासा, मनोरंजन, शिक्षा का सागर है कहानी, हर मानव समाज के उत्थान में छिपी है कहानी, किसी के अंतर्मन को टटोलो तो मिलती है कहानी, ऋग्वेद में पात्रों के संवाद कथात्मक हैं, उपनिषदों की कहानियाँ मन को मोहती हैं, भारत की प्रेरणा, वेदना का प्रतिबिंब है, पुराण कथाओं का समूह है, रामायण हर घर की कथा है, महाभारत के आख्यान बाल से लेकर वृद्ध तक को झकझोर देते हैं, पंचतंत्र तो मूर्ख राजपुत्रों को राजनीति विशारद बनाने का सोपान है, वेताल पचीसी कथा लोक की यात्रा करा कठिन प्रश्नों को सुलझाने की चाभी है। भारत (भा-ज्ञान) में रत रहनेवाला कहानी से अलग कैसे रह सकता है। इन कथाओं के सागर से मोती के कुछ दाने लेकर आ रहे हैं चित्त के सिद्धहस्त चकोरे रामजी भाई, जो स्वयं तो गंभीर हैं, परंतु कहानियों में विनोद का पुट है तो कहीं सुई की तरह चुभन, जो हृदय के स्पंदन को स्तब्ध कर देती है, यथार्थ का ऐसा कठोर चित्रण, जो सोचने को मजबूर कर देता है, कई कथा सूक्ष्म होकर भी प्रश्नवाचक हो जाती हैं, आश्चर्य, जिज्ञासा और दुविधा उत्पन्न कर देती हैं, परंतु रोचकता की कमी नहीं, कल्पकता की कमी नहीं, कथाओं के वैशिष्ट्य विनोद में शिक्षा भी है, भाषा की रसानुकूलता के साथ सरलता-सहजता-सरसता है। मैं तो कहानीकार नहीं हूँ, परंतु क्या कहानी की समीक्षा नहीं कर सकता? क्या जिसने भोजन नहीं पकाया, वह भोजन का आनंद नहीं लेता, मैंने तो बुद्धिभट्ट जैसा आनंद लिया, आप भी लें।

**—संजय श्री हर्ष मिश्रा**

इतिहास संकलन योजना

पूर्व प्रांत प्रचारक अवध, कानपुर

# अनुक्रम

# कार चालक

संदीप एक छोटे से गाँव का रहनेवाला बहुत सामान्य घर का एक ईमानदार और मेहनती युवक था। परिवार में माता-पिता, दो भाई और एक बहन पाँच लोगों का छोटा सा परिवार था। बड़े भाई प्रदीप की शादी हो गई, उसके कुछ ही दिन बाद नौकरी करने के लिए अपनी पत्नी को लेकर दिल्ली चले गए। कुछ दिन तक तो अपनी कमाई में से कुछ पैसा अपने गाँव पर पिता के पास भेजते रहे, जिससे घर चलाने में मदद होती रही, लेकिन दो साल के बाद घर को कुछ भी मदद करना बंद कर दिया और दिल्ली के होकर रह गए, कुछ खास मौके पर ही घर आते थे, नहीं तो दो-दो साल बीत जाते थे गाँव आने में।

अब घर पर माँ-पिता और बहन की देखरेख करने की जिम्मेदारी संदीप पर ही रहने लगी, ये अपनी पढ़ाई-लिखाई जैसे-तैसे बी.ए. तक ही कर पाए, परंतु संदीप बहुत ही हँसमुख और मधुर स्वभाव का व्यक्ति था। गाँव में रहकर ही गाड़ी (कार) चलाना सीख लिया था, आगे चलकर वही गुण इनके काम आया और गाड़ी चलाने की नौकरी करने के लिए पास के बड़े शहर में आ गए। दो साल बड़े ईमानदारी से गाड़ी चलाते हो गए थे। एक दिन संदीप अपने मालिक से कुछ घंटे की छुट्टी लेकर बाजार में एक कपड़े की दुकान पर गया, वहाँ सिक्का डालनेवाला एक सार्वजनिक फोन लगा था। संदीप ने एक रुपए का सिक्का जेब से निकालकर डाला और एक फोन नंबर डायल किया। किसी के घर में फोन की घंटी बजी और उस घर के मालिक श्यामलाल ने फोन उठाया। संदीप बोला, "हेलो सर···नमस्ते, हमें कार चलाना बहुत अच्छे ढंग से आता है। एक बहुत बड़े मोटर ट्रेनिंग स्कूल से मैंने गाड़ी चलाना सीखा है। मैंने सुना है कि आपको अपनी गाड़ी चलवाने के लिए एक अच्छे ड्राइवर की आवश्यकता है। सर, मैं भी एक ड्राइवर हूँ। क्या आप मुझे

अपने यहाँ गाड़ी चलाने के लिए ड्राइवर की नौकरी दे सकते हैं?"

श्यामलाल ने कहा, "बेटा, मेरे यहाँ पहले से ही एक ड्राइवर है, जो दो साल से हमारे यहाँ गाड़ी चला रहा है, इसलिए मुझे अन्य किसी ड्राइवर की आवश्यकता नहीं है।" संदीप ने कहा, "सर, मैं बहुत अच्छी गाड़ी चलाता हूँ और एक अच्छा ड्राइवर होने के साथ-साथ एक ईमानदार आदमी भी हूँ। आपके यहाँ जो ड्राइवर है, मैं उससे भी कम वेतन में ही काम करने को तैयार हूँ।"

उधर से आवाज आई, "बेटा, जो ड्राइवर मेरे यहाँ काम करता है, मैं उसके काम से बहुत खुश हूँ। बात पैसों की नहीं है। हम जैसा ड्राइवर चाहते हैं, वैसा हमारे पास है और हमें किसी अन्य ड्राइवर की आवश्यकता नहीं है। तुम कहीं और देख लो।"

संदीप ने जोर देकर कहा, "सर, मैं थोड़ा पढ़ा भी हूँ, इसलिए आपके यहाँ ड्राइवर का काम करने के साथ-साथ अन्य काम भी करूँगा, जैसे—बाजार से सब्जी लाना, आपके बच्चों को स्कूल छोड़ आना, ले आना, बिजली-फोन का बिल जमा कर आना, इत्यादि। मैं आपको पूरा विश्वास दिलाता हूँ कि मैं आपको किसी भी प्रकार की कभी भी शिकायत करने का मौका नहीं दूँगा। मैंने आपका बहुत नाम सुना है, इसलिए मुझे बहुत उम्मीद है कि अब आप मुझे मना नहीं करोगे।" व्यक्ति बोला, "बेटा, कहा न, मुझे अभी किसी ड्राइवर की जरूरत नहीं है।" और ऐसा कहकर उसने फोन रख दिया।

उधर कपड़े का दुकानदार संदीप की बात को बहुत ध्यान से सुन रहा था। जैसे ही संदीप दुकान से बाहर चलने को हुआ तो दुकानदार ने रोकते हुए कहा, "सुनो बेटा, बातचीत से तुम पढ़े-लिखे एक समझदार लड़के लग रहे हो और तुम्हारी आवश्यकता है, इसलिए मैं सोच रहा हूँ कि मेरा एक बेटा बाहर बड़े शहर में अपनी पत्नी और दो बच्चों के साथ रहता है और बहुत बड़ा सरकारी अफसर है, व्यवहार-कुशल भी। उसे एक अच्छे और तुम्हारे जैसे ईमानदार ड्राइवर की आवश्यकता है। अगर तुम कहो तो मैं उससे बात करके तुम्हें अच्छी नौकरी दिलवा सकता हूँ। अच्छी तनख्वाह भी मिलेगी, जिससे तुम्हारे परिवार का काम भी बहुत अच्छे ढंग से चल जाएगा और समय-समय पर तुम्हें कुछ इनाम भी मिल जाएगा और उसे एक बहुत बड़ा सा बँगला भी मिला है, वहीं तुम्हारे रहने की व्यवस्था भी हो जाएगी। वहाँ अगर तुम चाहो तो अपना परिवार लेकर भी आराम से रह सकते हो।"

संदीप ने दुकानदार से कहा, “सरजी, आपके सहयोग के लिए मेरी तरफ से आपको बहुत–बहुत धन्यवाद! फिलहाल मुझे नौकरी की अभी कोई आवश्यकता नहीं है।” यह सुनकर दुकानदार बड़ी हैरानी से बोला, “लेकिन अभी तो मैं सुन रहा था कि तुम फोन पर नौकरी पाने के लिए गिड़गिड़ा रहे थे और अब क्या हुआ? अब जब मैं तुम्हें घर बैठे ही इतनी अच्छी सी नौकरी दिलवा रहा हूँ तो तुम मुझे इतने नखरे दिखा रहे हो···आजकल तो संसार में भलाई का कोई जमाना ही नहीं रह गया।”

संदीप ने बड़ी विनम्रता के साथ कहा, “ऐसा नहीं है सर, आप मुझे गलत बिल्कुल मत समझिएगा। मुझे अभी किसी काम की कोई जरूरत नहीं है। आपको क्या बताऊँ, दरअसल सच बात तो यह है कि बहुत दिन से जहाँ मैं काम कर रहा हूँ, वहाँ मैं अपने ही काम की परीक्षा स्वयं अपने मालिक से ले रहा था कि उनकी धारणा मेरे बारे में कैसी है। उस व्यक्ति के यहाँ काम करनेवाला ड्राइवर कोई और नहीं, वह मैं ही हूँ।”

□

# विवाह के गहने और श्राद्ध कर्म

पं. गंगाराम तिवारी श्रावस्ती शहर में किराए के एक छोटे से घर में अपनी पत्नी शालिनी के साथ रहते थे। समाज को धर्म-कर्म एवं अच्छे संस्कार का उपदेश देने के काम में अपना मन लगाए रहते थे। सज्जनों के हिस्से में तो कभी भौतिक उन्नति बहुत जल्दी आती नहीं है। समय-समय पर कुछ काम-धाम करने से जो कुछ कमाई हो जाती थी, उसी से वह प्रसन्न रहते थे और उसी से उनके परिवार का जीवनयापन भी हो जाता था। पूरे शहर में, आसपास के गाँव में और सभी वर्गों में उनकी बड़ी प्रतिष्ठा थी। जाति-बिरादरी का भेदभाव तो उन्हें छू तक नहीं गया था। समाज के सभी लोग उन्हें बड़े आदर एवं सम्मान से देखते थे। जब भी किसी के घर में कुछ धार्मिक काम होने का समय आता था तो पं. गंगाराम तिवारीजी से अवश्य सलाह लिया करते थे। समाज का साधारण व्यक्ति अपना जो भी काम लेकर घर के दरवाजे पर आया, वह कभी निराश होकर नहीं गया। जो अपने से हो पाया, वह सब किया और जो नहीं हो पाता, उसके लिए भी पंडितजी समाज में जो कुछ संपन्न और धर्म-प्रेमी व्यक्ति थे, उनसे बात करके पूरा कराने का भरपूर प्रयास किया करते थे। पंडितजी के बात करने पर कोई मना नहीं करता था, क्योंकि पंडितजी जहाँ धर्म-कर्म के जानकार थे, वहीं समाज के सभी व्यक्तियों के सुख-दुःख में चाहे रात हो या दिन, हमेशा पूरे मन से खड़े रहते थे। बहुत परिवारों के लिए तो वे भगवान् स्वरूप थे। कहीं से भी पता चला नहीं कि सहायता के लिए सामने खड़े मिलते थे और सरकारी अस्पताल में जाकर डॉक्टर, दवा आदि की सहायता के लिए तब तक खड़े ही रहते थे, जब तक वह स्वस्थ होकर अपने घर न चला जाए।

पत्नी भी पूजा-पाठ में अपना मन लगाए रहती थी। बहुत इच्छा थी कि मेरे यहाँ एक संतान का आगमन हो, इसलिए ईश्वर से यही प्रार्थना करती रहती थीं।

देवी-देवताओं और महापुरुषों के चित्र अपने पूजाघर में सजा रखी थीं, जैसे घर नहीं भगवान् का मंदिर हो। अपने घर-गृहस्थी के काम से जब भी फुरसत मिलती, तब बड़े भक्ति-भाव से अपने पूजाघर में बैठकर पूजा करती रहती थीं। घर के आँगन में तुलसी का पौधा लगा रखा था, नित्य सुबह-शाम घी का दीपक जलाकर तुलसीजी की आरती घंटी बजाकर गाती थीं। यह आरती उन्होंने स्वयं अपने मन के सभी भाव सम्मिलित करके रच रखी थी, जिससे उनका भाव प्रगट हो सके। बहुत दिनों बाद सभी भगवान् ने उनकी पुकार सुनी और घर में एक पुत्री का आगमन हुआ। उसके आते ही घर में अपार खुशी का वातावरण बन गया। आसपास रहनेवाले सभी लोगों को पता लग गया कि पंडितजी के घर में किसी नए मेहमान का आगमन हो गया है। कुछ दिनों बाद तक घर में आने-जानेवालों का ताँता लगा रहता था, क्योंकि जितना व्यवहार-कुशल पंडितजी थे, उससे कम उनकी पत्नी भी नहीं थीं। पंडितजी के घर न रहने पर सभी के आने का कुशल-क्षेम तो वही पूछती रहती थीं।

समय जैसे-जैसे आगे बढ़ा, पुत्री बड़ी होने लगी। माँ ने तो मुहूर्त देखकर उसका नाम ही अनामिका रख दिया और स्कूल जाने की आयु होने पर स्थानीय स्कूल में पढ़ाई प्रारंभ हो गई। मन लगाकर अनामिका ने अंग्रेजी से एम.ए. किया। सभी कक्षाओं में अच्छे नंबरों से पास होती रही। घर में धार्मिक वातावरण होने के कारण सभी संस्कारों का उस पर पूरा-पूरा प्रभाव भी रहा, जो उसके सामान्य व्यवहार में दिखाई पड़ता था और पढ़ाई पूरी होने पर दिल्ली शहर में एक छोटी सी कंपनी में काम करनेवाले राम अवध मिश्र के सबसे छोटे पुत्र बलराम मिश्र से उसका विवाह तय हो गया। शुभ मुहूर्त का विचार करके विवाह की तिथि तय हो गई। बड़े धूमधाम और कुल परंपरा के अनुसार विवाह संपन्न हुआ।

अनामिका मायके से विदा होकर छोटे से शहर से बड़े शहर में अपने घर चली गई, जहाँ तीन भाइयों का भरा-पूरा परिवार था। दोनों घरों के वातावरण में जमीन-आसमान का अंतर था। फिर भी वहाँ के माहौल से ताल-मेल बिठाना और अपना परिवार सँभालना यही उसने अपने जीवन का लक्ष्य बना लिया था। अनामिका के ऊपर पूरा-पूरा प्रभाव उसकी माँ का था, कितना भी वाद-विवाद हो, परंतु सभी पारिवारिक समस्याओं में बिना अपना मानसिक संतुलन खोए हुए सबकुछ सहते रहना अनामिका का स्वभाव बन गया था। लंबा परिवार होने के कारण बहुत दिनों तक सभी लोग एक साथ नहीं रह सके और अलग-अलग रहने लगे। सभी भाई

अपने-अपने परिवार के भरण-पोषण में लग गए। समय आने पर घर में दो साल के अंतर पर दो पुत्रों का आगमन हुआ। पढ़ी-लिखी माँ होने के नाते बच्चों को अच्छे स्कूल में पढ़ाने का मन होते हुए भी घर का बजट नहीं बन पा रहा था, इसलिए कुछ-न-कुछ करके अपने बच्चों को अच्छे स्कूल में पढ़ाने का मन बना चुकी अनामिका ने छोटा-मोटा काम शुरू करके एक अच्छे से स्कूल में दोनों बच्चों का प्रवेश करा दिया। जैसे-तैसे घर का काम चलने लगा।

उधर अनामिका के अपने ससुराल चले आने के बाद माँ-बाप को घर सूना-सूना लगने लगा था। माता-पिता दोनों उदास रहने लगे और कुछ दिनों बाद तबीयत खराब होने के नाते माँ का स्वर्गवास हो गया। खबर सुनते ही मानो अनामिका के होश उड़ गए, परंतु होनी को कौन टाल सकता है। अब केवल अनामिका के पिता ही घर में बचे। अकेले स्वयं का घर उन्हें काटने दौड़ता था। सारी खुशियाँ समाप्त सी हो गई थीं। समाज की चिंता करते-करते अपनी व्यक्तिगत चिंता के बारे में कभी कुछ सोच नहीं सके थे, इसलिए आर्थिक स्थिति बहुत ठीक नहीं थी। अकेले होने के कारण हमेशा चिंतित रहने लगे। पत्नी के पहले ही चले जाने से खाने-पीने की व्यवस्था भी टाइम-बेटाइम बिगड़ने लगी, जिससे शरीर दुर्बल होने लगा और दुर्बलता रोग का पूर्व रूप है, जिससे स्वास्थ्य खराब रहने लगा। किसी भी काम में मन नहीं लगता था। पुत्री अनामिका से अपने पिता का खराब स्वास्थ्य और अकेलापन देखा नहीं गया। पुत्री ने कहा कि आप चलिए हमारे साथ, हमारे घर पर रहिए, मैं आपकी देखभाल करूँगी, लेकिन पिता ने यह कहकर मना कर दिया कि बेटी के घर पर बाप को जाकर वहाँ रहना यह अपनी सामाजिक परंपरा में नहीं है, इसलिए मैं नहीं चल सकता हूँ। अनामिका सामाजिक परंपराओं की समझ और पिता का आदेश मानकर वही देखभाल के लिए मायके में ही रुक गई।

तबीयत में कोई सुधार न होने के कारण एक प्राइवेट अस्पताल में भर्ती होना पड़ा। लंबे समय तक अस्पताल में रहने के कारण अनामिका का बहुत सारा पैसा भी खर्च हो गया, जिससे घर की हालत बहुत खराब हो गई और पिता को भी बचा नहीं पाई। एक दिन अचानक रात में स्वास्थ्य ज्यादा खराब हुआ और विधाता के आगे किसी का कुछ नहीं चल पाया। भगवान् की यही इच्छा थी तो किसी का क्या बस चलता और बेटी की गोद में ही बाप ने अंतिम साँस ली। कुछ दिन पहले माँ और बाद में पिता दोनों दुनिया छोड़कर चले गए। बेटी के लिए तो माँ के जाने

से जैसे पैर के नीचे से जमीन खिसक गई और आज बाप के जाने से सिर पर से आसमान की छाया भी चली गई, परंतु होनी को कौन टाल सकता है ?

दाह-संस्कार की तैयारी होने लगी, परंतु गंगारामजी के कोई पुत्र नहीं था, केवल पुत्री अनामिका ही थी तो दाह-संस्कार कौन करे। हिंदू धर्मशास्त्र में परंपरा के अनुसार यदि कोई पुत्र नहीं है तो बेटी का पुत्र यह कार्य कर सकता है, इसलिए बेटी ने परंपरा के अनुसार अपने दस साल के बेटे राहुल से यह कार्य संपन्न करवाया।

पिता की लंबी बीमारी और अस्पताल में लंबे समय तक भर्ती रहने के कारण बेटी की आर्थिक स्थिति इतनी खराब हो गई कि शास्त्र के अनुसार श्राद्ध कर्म करने के लिए घर में एक पैसा भी नहीं रह गया। मायके के घर में धार्मिक वातावरण होने के नाते यह ज्ञान भी था कि यदि श्राद्ध कर्म विधि-विधान से नहीं हुआ तो आत्मा दु:खी होकर भटकती रहती है, उसे मोक्ष नहीं मिलता, परंतु करे तो कैसे करे। शास्त्र के जानकर पंडितजी से बात की तो पंडितजी ने सारे खर्चे का ब्योरा बताया, परंतु घर में तो एक रुपया भी नहीं बचा था, करे तो कैसे करे। परिवार में जो बड़े लोग थे, उन्होंने इतना व्यय करके सारा कार्यक्रम करने की आवश्यकता ही नहीं है, बताकर कुछ भी सहायता करने से साफ मना कर दिया और कह दिया कि जिसको जाना था, वह चला गया, अब इतने सबकी क्या आवश्यकता है ? पंडितजी तो सामाजिक व्यक्ति थे, इसलिए समाज के कुछ लोगों ने आगे आकर बेटी से कहा भी कि हम सब लोग सारा काम संपन्न कराएँगे, तुम चिंता मत करो, परंतु बेटी ने यह कहकर मना कर दिया कि मेरे पिता थे, इसलिए सारा काम स्वयं करना मेरी जिम्मेदारी है, इसलिए मैं स्वयं करूँगी।

बेटी के दिल-दिमाग में तो धर्म, शास्त्र, परंपरा अच्छी तरह समाया था। अंत में बेटी अनामिका ने शादी में मिले अपने सारे गहने को स्वर्णकार के यहाँ बेचकर पिता का श्राद्ध कर्म पूरा करने का फैसला किया और पैसा लाकर पंडितजी के सामने खड़े होकर हाथ जोड़कर बोली कि आप पूरे विधि-विधान से श्राद्ध कर्म कराइए, जिससे हमारे पिता की मृत आत्मा को प्रभु के चरणों में स्थान व शांति मिल सके।

□

# फलों से भरी बाल्टी

मोहन अपने परिवार के साथ राजपुर गाँव में रहते थे। तीन बेटे और एक बेटी का भरा-पूरा परिवार था। अच्छे संस्कार सहित वह सबकुछ था, जो एक अच्छे परिवार को चाहिए था। इसी परिवार का अपने गाँव से थोड़ी ही दूरी पर एक बड़ा सा पुराना बगीचा था, जहाँ सभी प्रकार के फलदार वृक्ष लगे थे, और तो और कोई भी महीना हो, बगीचे में कुछ-न-कुछ फल हमेशा लगे रहते थे, इसलिए हमेशा बगीचे में चिड़ियों का कब्जा बना रहता था, जैसे उस बगीचे का फल खाए बिना चिड़ियों का मानो पेट भरता ही नहीं था। पास से निकलनेवाला हर राहगीर चाहे कुछ पल के लिए ही क्यों न, लेकिन रुकता जरूर था। सभी रुकनेवाले को अच्छा लगता था। और लगता भी क्यों ना, बगीचे की साफ-सफाई, पेड़ों पर समय-समय पर दवा का छिड़काव, हर पेड़ का नामपट्ट, जिस पर पेड़ का नाम, नंबर एवं पेड़ लगाने की तारीख का उल्लेख रहता था। तनों की रँगाई आदि मोहन खुद मन लगाकर करवाते थे। कई पेड़ों पर तो चिड़ियों के पीने के लिए पानी के पात्र लटका रखे थे, वे अपने घर पर चिड़ियों से संबंधित कुछ दवा भी रखते थे। जिले के सरकारी अफसर भी कभी-कभी वह बगीचा देखने के लिए गाँव आते थे। मोहन को यह संस्कार अपने परिवार से विरासत में मिला था कि चिड़ियों को भरपेट भोजन कराना और पानी पिलाना है। वे उस विरासत को बखूबी अच्छे मन से सजा-सँवारकर निभा रहे थे, इसलिए उस बगीचे का कोई फल कभी भी बेचा नहीं जाता था। चिड़ियों के खाने से जो बचते थे, वे सारे फल पूरे गाँव में बँटवा दिए जाते थे।

सभी बच्चे पढ़ने-लिखने में बहुत अच्छे थे। भगवान् ने उन्हें जमीन-जायदाद सबकुछ दे रखा था। किसी प्रकार की कोई कमी नहीं थी। बड़ा बेटा राजेश अपनी पढ़ाई-लिखाई करने के लिए शहर चला गया, वहीं अपनी पढ़ाई पूरी करके एक

मल्टीनेशनल कंपनी में नौकरी करने लग गया। अच्छी-खासी तनख्वाह मिलने लगी। कुछ दिनों बाद उसी कंपनी में काम करनेवाली प्रियंका नाम की एक लड़की से पहचान हुई, बातचीत आगे बढ़ी। दोनों परिवारों की सहमति से विवाह की तारीख पक्की हुई। समय आने पर परिवार के सभी लोग इकट्ठे हुए और बड़ी धूमधाम से शादी हो गई। दोनों लोगों की कमाई से अच्छी आमदनी हो जाती थी। बड़े-बड़े संपन्न लोगों से संपर्क होने और देश-विदेश में आने-जाने के कारण अपने गाँव आने का समय कभी नहीं मिल पाता था, इसलिए गाँव से संपर्क बहुत कम हो गया। जैसे-जैसे गाँव का संपर्क कम होता गया, वैसे-वैसे परिवार के सारे पुराने संस्कार भी जाते रहे और अब गाँव उन्हें अच्छा भी नहीं लगता था। शहर में ही अपना एक अच्छा बड़ा सा मकान बना लिया और वहीं रहने लगे।

पड़ोस में एक पुराना घर था, जिसमें अनीता अपने छोटे से परिवार के साथ रहती थी। करने को तो एक छोटी सी नौकरी करती थी, उसी से उसका काम आनंदपूर्वक चल जाता था, परंतु उसके माता-पिता ने बड़े अच्छे संस्कार देते हुए उसका पालन-पोषण किया था और स्वयं प्रकृति-प्रेमी तथा पक्षियों से अत्यधिक प्रेम होने के नाते अपने पुराने घर में कुछ अच्छे फलदार वृक्ष भी लगा रखे थे। घर के अंदर पेड़ लगे होने के कारण हमेशा ताजे फल तो मिलते ही थे, साथ में उन पेड़ों पर हमेशा चिड़ियों की चहचहाहट भी होती रहती थी। चिड़ियों की उछल-कूद और उनकी चहचहाहट से हमेशा अनीता प्रसन्न रहती थी। कई चिड़ियाँ तो कूदते हुए उसके पास तक आ जाती थीं।

पास में रहनेवाले राजेश और प्रियंका को चिड़ियों के शोर से बहुत परेशानी होती थी, सो एक दिन सुबह-सुबह अपने घर का निकलनेवाला सारा कचरा अनीता के घर के सामने डाल दिया। दूसरे दिन फिर वही काम किया। अनीता को पड़ोस में रहनेवाले राजेश का यह व्यवहार बिल्कुल भी अच्छा नहीं लगा। दो दिन बाद रविवार आया। राजेश और प्रियंका दोनों अपने घर पर ही थे। सुबह-सुबह घर की घंटी बजी तो अंदर से राजेश और प्रियंका दोनों ने खिड़की से झाँककर देखा तो पड़ोस में रहनेवाली अनीता दरवाजे के बाहर खड़ी थी, अत: दोनों ने अनीता के बारे में बुरा-भला सोचने लगे और बड़े बेचैन हो गए। उनको लगा कि कचरा फेंकने की घटना के कारण लड़ने के लिए आई होगी, परंतु जैसे ही उन्होंने दरवाजा खोला तो आश्चर्य का ठिकाना न रहा। उन्होंने देखा कि पड़ोसिन अनीता अपने पेड़ के ताजे

रसीले फलों से भरी बाल्टी के साथ चेहरे पर मधुर मुस्कान लिये दरवाजे के सामने खड़ी थी। यह देखकर दोनों हैरान और परेशान हो गए। दरवाजा खुलते ही घर के अंदर आने की इजाजत माँगी और अंदर घुसते हुए हाथ जोड़कर बोली कि जो मेरे पास था, वह मैं आपके लिए ला सकी। जरा सोचिए कि आपके पास दूसरों को देने के लिए क्या है ? यह सच भी कि जीवन में जिसके पास जो है, वही तो वह किसी को दे सकेगा।

□

# एक घंटा समय

चंदन रोज सुबह-सुबह ही अपने घर से नाश्ता करके एक्टिवा स्कूटर से अपने ऑफिस चले जाते थे। वे सचिवालय में बड़े बाबू थे और बड़े ईमानदारी से अपना काम करते थे। आज जैसे ही सचिवालय पहुँचे और अपना स्कूटर पार्किंग में खड़ा करके ऊपर की मंजिल में ऑफिस पहुँचे ही थे कि बॉस ने अपने कमरे में बुला लिया। घर-परिवार का हालचाल पूछा, चाय पिलाई। चंदन को यह मालूम था कि जब कभी बॉस के द्वारा ऐसा मीठा व्यवहार होता था, इसका मतलब कि आज बहुत सारा काम बतानेवाले हैं। वही हुआ। इतना सारा काम बता दिया कि रात में नौ बजे के पहले समाप्त नहीं होनेवाला था। बॉस खुद तो दिन में कहीं चले गए, पर शाम को सात बजे फिर से अपने ऑफिस में आकर बैठ गए। अब यह तो पक्का हो गया कि आज बिना काम पूरा किए उठा नहीं जा सकता है। सब काम पूरा होते-होते रात्रि के दस बज गए। ऊपर ऑफिस से उतरकर नीचे पार्किंग में आए तो इन्हीं का स्कूटर अकेले खड़ा इनके आने का बड़ी बेसब्री से इंतजार कर रहा था। सभी लोग जा चुके थे। स्कूटर लेकर घर आते-आते रात के साढ़े दस बज चुके थे।

घर पहुँच दरवाजे पर लगा बेल बजाया तो घर का दरवाजा खुलते ही उसने देखा कि उसका आठ वर्षीय बेटा अर्जुन सोने की बजाय उसका अभी तक इंतजार कर रहा है। अंदर घुसते ही बेटे ने पूछा, "पापा, क्या मैं आपसे एक सवाल पूछ सकता हूँ?"

"हाँ-हाँ पूछो, क्या पूछना है? क्या बात है?" पिता ने कहा।

बेटा—"पापा, आप डेली एक घंटे में कितना कमा लेते हैं?"

"इससे तुम्हारा क्या लेना-देना? तुम ऐसे बेकार के सवाल क्यों करते रहते हो?" पिता ने झुँझलाते हुए उत्तर दिया।

बेटा—"बस यों ही, पापा जानना चाहता हूँ। प्लीज आप बताइए कि आप एक घंटे में कितना कमाते हैं?"

पिता ने बहुत गुस्से से उसकी तरफ देखते हुए कहा, "दो सौ रुपए।"

"अच्छा।" बेटे ने बड़ी मासूमियत से सिर झुकाते हुए कहा और चुपचाप वापस जाकर अपने कमरे में लाइट बुझाई और थोड़ी देर में सो गया।

एक हफ्ते बाद एक दिन जैसे ही उसके पापा रात में ऑफिस से घर पहुँचे ही थे कि अर्जुन बोला, "पापा, क्या आप मुझे सौ रुपए कुछ दिन के लिए उधार दे सकते हैं?" इतना सुनते ही वह व्यक्ति आग-बबूला हो उठा और गुस्से में आकर बोला, "तुम्हें कुछ बिना मतलब का सामान खरीदना रहा होगा तो तुम इसीलिए ये फालतू का सवाल उस दिन कर रहे थे, ताकि मुझसे पैसे लेकर तुम कोई बेकार का खिलौना या ऊटपटाँग चीज खरीद सको···चुपचाप अपने कमरे में चले जाओ और सो जाओ। सोचो, तुम कितने सेल्फिश हो। मैं दिन-रात कितनी सारी मेहनत करके पैसे कमाता हूँ कि ठीक से घर का सब काम चल सके और तुम्हारी पढ़ाई ठीक से हो सके और तुम उसे बेकार की चीजें खरीदकर पैसा बरबाद करना चाहते हो, कोई रुपया पैसा नहीं मिलेगा।" यह सुन बेटे की आँखों में तुरंत आँसू आ गए और वह अपने कमरे में जाकर चुपचाप लेट गया। पिता के द्वारा इस प्रकार रूखा जवाब सुनकर नींद तो आने से ही रही, मगर कुछ कर भी नहीं सकता था बेचारा।

चंदन अभी भी गुस्से में था और सोच रहा था कि आखिर उसके बेटे की इस प्रकार फालतू बात करने की हिम्मत कैसे हुई, पर एक-दो घंटा बीतने के बाद जब थोड़ा मन शांत हुआ तो सोचने लगा कि हो सकता है कि उसके बेटे को सच में किसी आवश्यक चीज की जरूरत हो, इसलिए पैसे माँगे हों। बेकार में हमने उसे चार बातें सुना दीं, क्योंकि आज से पहले उसने कभी इस तरह से पैसे नहीं माँगे थे, हमें ऐसा नहीं बोलना चाहिए, आखिर है तो अपना बेटा ही। अनावश्यक हमने ऑफिस का गुस्सा अपने बेटे पर उतार दिया, हमें भी ऑफिस का गुस्सा ऑफिस में छोड़कर घर आना चाहिए।

"फिर वह अपने कमरे से उठकर बेटे के कमरे में गया और बोला, "क्या तुम सो रहे हो?"

"नहीं पापा।" उधर से जवाब आया।

"मैं सोच रहा था कि शायद मैंने बेकार में ही तुम्हें डाँट दिया, दरअसल

दिन भर के काम से मैं बहुत थक गया था।" चंदन ने कहा, "मुझसे गलती हो गई बेटा, यह लो अपने सौ रुपए," ऐसा कहते हुए उसने अपने बेटे के हाथ में जेब से निकालकर सौ रुपए की नोट रख दिया।

"थैंक्यू पापा।" बेटे ने खुशी से पैसे लेते हुए कहा और फिर वह तेजी से उठकर अपनी अलमारी की तरफ गया। अलमारी खोलकर उसमें से एक डिब्बा निकला। उस डिब्बे में से उसने ढेर सारे सिक्के निकाले और धीरे-धीरे उन्हें गिनने लगा।

यह देखकर चंदन फिर से क्रोधित होने लगा और बोला, "जब तुम्हारे पास पहले से ही इतने सारे पैसे जमा थे तो तुमने मुझसे और पैसे उधार क्यों माँगे? उसी पैसे से जो अपना काम करना था, वह कर लेते।"

"पापा, एक महीने से जो हमें थोड़े से पैसे रोज पॉकेट खर्च के लिए मिलते हैं, उस पैसे को मैं कभी खर्च नहीं करता हूँ, उसे मैं रोज बचा-बचाकर रखता रहा हूँ। आज तक मेरे पास केवल सौ रुपए ही इकट्ठा हो पाए हैं, फिर भी मेरे पास आज भी सौ रुपया कम है। क्योंकि मेरे पास पैसे पूरे नहीं थे, इसलिए मैंने आपसे सौ रुपया उधार माँगे हैं, पर अब आज आपके देने पर पूरे हो गए हैं।" बेटे ने जवाब में कहा, "आगे मैं धीरे-धीरे यह आपसे उधार लिया हुआ पैसा आपको एक महीने में जुटाकर जल्द ही वापस कर दूँगा"

"पापा, मेरे पास अब दो सौ रुपए हैं तो क्या मैं अब आपका एक घंटा समय किसी दिन खरीद सकता हूँ? प्लीज, आप ये पैसे हमसे ले लीजिए और कल घर पर जल्दी आ जाइएगा, मैं आपके साथ घर में बैठकर खाना खाना चाहता हूँ। इस भाग-दौड़ की दुनिया में कहीं हम छोटी-मोटी चीजें पाने के लिए कुछ बहुत बड़ी चीज खो तो नहीं रहे हैं?"

□

# बाबूजी की शर्ट

सूरजलालजी झाँसी के पास ललितपुर के रहनेवाले थे। अपने जीवन का एक लंबा कालखंड व्यतीत कर चुके थे, लगभग पचास साल के हो चुके थे। इतनी आयु में कई प्रकार का सामाजिक अनुभव भी मिला था। परिवार में सभी को अच्छे ढंग से सँभालते हुए अपने अड़ोस-पड़ोस का भी थोड़ा-बहुत ध्यान रखते थे। अपने व्यापार को भी बड़ी ईमानदारी से खड़ा किया था। उनके व्यापार की भी बाजार में बड़ी प्रतिष्ठा थी। विज्ञापन द्वारा अपने यहाँ शुद्ध सामान मिलेगा, इसका प्रचार-प्रसार कभी नहीं किया, परंतु पूरे बाजार में सभी को धीरे-धीरे पता चल गया था कि शुद्ध सामान लेना है तो उनकी दुकान पर चले जाइए। और काम बढ़ा तो वहीं पर अपना एक ऑफिस भी बना लिया, जहाँ से बैठकर व्यापार पर नजर रखी जा सके।

उनचास वर्षीय उनकी जीवन-संगिनी सुफला देवी की एक दिन तबीयत खराब हुई। कई प्रकार से जाँच-पड़ताल हुई तो डॉक्टरों ने कैंसर घोषित कर दिया। स्थानीय अस्पताल में लंबे समय तक इलाज चला। सभी प्रकार की कोशिशें हुईं, परंतु कोई लाभ नहीं हो पा रहा था। इलाज के लिए सबसे बड़े अस्पताल मुंबई भी ले गए, लेकिन न तो कोई दवा काम कर रही थी और न ही किसी की दुआ। और एक दिन सुफला देवी इस दुनिया से चल बसीं। सूरजलालजी बहुत दुःखी हुए, सुफला उनके जीवन की मजबूत सहारा थीं, वह भी साथ छोड़कर चल दीं। होनी को कौन टाल सकता है। श्राद्ध कर्म पूरे हुए एक साल बीत गए थे। मन की उदासी देखते हुए थोड़े दिन बाद उनके अनेक रिश्तेदारों और दोस्तों ने कहा, "सूरजलालजी, फिर से विवाह कर लीजिए। विवाह कर लोगे तो काम-धाम में भी मन लगा रहेगा, नहीं तो मन सदैव उदास बना रहेगा।" सूरजलालजी ने कहा, "इसकी हमें कोई जरूरत नहीं

है। मेरी सुफला का दिया हुआ दुनिया के सबसे बेहतरीन तोफे के रूप में मेरा बेटा कृष्ण कुमार मेरे पास है, उसे पढ़ा-लिखाकर योग्य बना पाऊँ तो मेरा जीवन सफल हो जाएगा।" यह कहकर रिश्तेदारों और दोस्तों को साफ-साफ मना कर दिया। सूरजलालजी ने अच्छे से उसका पालन-पोषण किया। बेटे को अच्छे से स्कूल-कॉलेज में पढ़ाया-लिखाया। सभी क्लास में पढ़ने-लिखने में नंबर एक रहा। परिवार के अच्छे संस्कार देकर अपने बेटे को छोटे से बड़ा किया था।

एक ही बेटा था। काफी धनवान परिवार खोजकर बेटे की शादी तय की। दहेज जैसी कलंक परंपरा के घोर विरोधी थे सूरजलालजी, इसलिए बिना एक रुपया दहेज के शादी तय की। शहर के सभी व्यापारिक दोस्तों और व्यक्तिगत रिश्तेदारों को शादी समारोह में बुलाया और बड़े धूमधाम से बेटे की शादी की। जिसको भी निमंत्रण मिला, शहर के वे सब प्रमुख व्यापारी विवाह में शामिल हुए। बहुत धूमधाम से, परंतु अत्यंत सादगी से शादी का समारोह संपन्न हुआ। विवाह समारोह की साज-सज्जा में एक भी विदेशी सामान का उपयोग नहीं हुआ। समारोह में आनेवाले सभी मित्रों को सूरजलालजी ने रामचरितमानस की पुस्तक एवं गणेशजी की मूर्ति सप्रेम भेंट की। आनेवाले सभी लोगों के लिए वह सादगीपूर्ण विवाह समारोह यादगार बन गया। पूरे शहर में सब लोग कुछ दिन तक यही कहते हुए सुनाई पड़ रहे थे कि भाई शादी हो तो ऐसी ही हो।

सूरजलालजी ने अपना सारा-का-सारा जमा-जमाया व्यापार धीरे-धीरे अपने बेटे कृष्ण कुमार को पूर्ण रूप से सौंप दिया और अपने आप को व्यापार से हमेशा के लिए मुक्त कर लिया। बेटे ने सारे व्यापार को अच्छे ढंग से सँभाल लिया। बेटे को ठीक से व्यापार का उतार-चढ़ाव और बारीकियाँ सूरजलालजी ने सिखाई थीं, इसलिए बेटे ने ठीक से साल भर में सब काम सँभाल लिया। व्यापार की प्रतिष्ठा को बिना छोड़े हुए नई तकनीकी-साधनों का उपयोग करते हुए और आगे भी बढ़ाया। व्यापार पहले से बहुत अच्छा चलने लगा।

लगभग एक साल बीता होगा। एक दिन सूरजलालजी को सुबह-सुबह किसी जरूरी काम से जल्दी कहीं बाहर जाना था। बहू से बोले, "बेटा, मेरी शर्ट प्रेस कर दो, हमें थोड़ा जल्दी निकलना है।"

बहू ने बताया, "पिताजी, वह प्रेस कल खराब हो गया है, कैसे हो पाएगा।"

"कोई बात नहीं बेटा, मैं ऐसे ही पहन लूँगा।" और बिना प्रेस किया हुआ शर्ट

पहनकर सूरजलालजी को जहाँ जाना था, चले गए।

बेटे कृष्ण कुमार ने स्नानागार में अंदर नहाते हुए सुना कि अर्चिता ने बाबूजी से क्या कहा। स्नान करके बाहर निकला और टेबल पर नाश्ता करने बैठा तो देखा कि अर्चिता मेरी शर्ट प्रेस कर रही है। बेटा उस समय तो कुछ नहीं बोला, पर रास्ते भर और ऑफिस में अपना काम करते हुए सारा दिन बहुत परेशान था।

दूसरे दिन कृष्ण कुमार सवेरे-सवेरे बोला, "चलिए पिताजी!"

"कहाँ?"

"पंडितजी के यहाँ।"

"क्या है बेटा पंडितजी के यहाँ? कोई पूजा करानी है क्या तुमको?"

"चलिए, मैं बात करके आया हूँ, आपकी दूसरी शादी की बात करने, पंडितजी के यहाँ चलना है।"

सूरजलालजी ने कहा, "क्यों बेटा, मैं तो तुम्हें पूरा प्यार देता हूँ। तुम्हें दूसरी माँ की जरूरत क्यों लग रही है? और मैंने उस समय नहीं की तो अब क्यों करना?"

"नहीं पिताजी, हमें दूसरी माँ की जरूरत नहीं लग रही, आपको दूसरी जीवन-संगिनी की जरूरत है। पहले भी आपने अपनी पूरी जिम्मेदारी से हमें पाला है और माँ के न रहने के बाद भी आपने हमारे लिए माँ-बाप दोनों का फर्ज निभाया है, इस बात का भान पूरा-पूरा मुझे है, लेकिन उस दिन आपकी शर्ट प्रेस न हो पाने की घटना ने मुझे अंदर से हिलाकर रख दिया है। किसी काम में भी मेरा मन नहीं लग रहा है।" बाप-बेटे की वार्त्ता सुनकर बहू हाथ जोड़कर पिताजी के सामने खड़ी होकर बोली, "माफ कर दीजिए हमें, अब कभी ऐसा नहीं होगा। हमसे बहुत बड़ी भूल हो गई।"

□

# गुलाबी रंग

बहुत भोली स्वभाव की माँ थी। रोज सुबह उठकर भजन-कीर्तन करती थी, फिर नाश्ता कर कुछ देर सो जाती थी। दिन निकलते माँ बालों में खुशबूदार तेल लगाकर कंघी करती थी। पूरा दिन खुशी के गीत गाते हुए हँसते-मुसकराते गुजार देती थी। शाम को माँ बेचैनी से बेटे सूरज के आने का इंतजार करती थी। सूरज को देखते ही माँ की बातें शुरू हो जाती थीं और जैसे खत्म होने का नाम ही नहीं लेतीं। सूरज माँ को अपने हाथों से खाना खिलाता था, क्योंकि माँ कभी कपड़ों पर खाना गिरा लेती थी, कभी पानी। माँ सूरज से बहुत प्यार करती थी और दुआ देती थी, "एक दिन तू बहुत बड़ा आदमी बनेगा।" सूरज प्यार से माँ को अपने बाजुओं में ले लेता और कहता, "माँ हमेशा सूरज बेटे के साथ रहेगी, रहेगी न?"

माँ मुसकराकर उसके सिर पर हाथ रख देती थी और यह दुआ भगवान् के रजिस्टर में दर्ज हो जाती थी। माँ अपने सारे काम खुद कर लिया करती थी। इस छोटे से घर का हर कोना माँ को पहचानता था। बस बिस्तर लगाने का एक काम था, जो माँ खुद नहीं कर पाती थी। कभी चादर उलटी बिछ जाती थी तो कभी तकिया हाथ नहीं आता, माँ अंधी जो थी। माँ का यही एक काम था, जो सूरज की पत्नी मंजू करती थी। मंजू एक हसीन और बहुत पढ़ी-लिखी लड़की थी, जिसने कभी माँ को पसंद नहीं किया। सूरज एक प्राइवेट कंपनी में छोटी सी नौकरी करता था। वह इतना कमा लेता था कि जिंदगी ठीक-ठाक से बसर हो जाती थी, लेकिन वह माँ की खूब सेवा करता था। बदले में माँ उसे दुआएँ दिया करती थी कि एक दिन बहुत बड़ा आदमी बनेगा। उस दिन ऑफिस से आने पर सूरज ने माँ को सर्दी में बैठे देखकर पूछा, "मंजू, आज माँ का बिस्तर नहीं लगाया?"

"घर में सिर्फ बिस्तर लगाना ही काम नहीं है, पूरा दिन काम-ही-काम है।

ऊपर से इस घर का साइज देखा है ? दम घुटता है मेरा इस घर से और इस घर के लोगों से।" वह बिस्तर उलटा-सीधा लगाकर भाग गई थी अपने कमरे में। सूरज ने देखा कि माँ आँखों में आँसू लिये मुसकरा रही थी, लेकिन माँ को मंजू की नफरत सूरज के प्यार के सामने बहुत छोटी लगती थी। फिर माँ की दुआएँ लग गईं और सूरज का प्रमोशन हो गया। कंपनी ने उसे बड़ा सा घर दे दिया। सूरज खुशी से फूला नहीं समा रहा था, बार-बार माँ के गले लग जाता था और माँ थी कि वही पुराना रिकॉर्ड बजाती थी, "एक दिन तू बहुत बड़ा आदमी बनेगा।" सूरज कहता था, "माँ, मैं तो अब बड़ा आदमी बन गया और कितनी दुआएँ देगी, बस तू हमेशा हमारे साथ रहना।" और माँ का हाथ पकड़कर अपने सिर पर रख लेता था, क्योंकि माँ को कभी आवाज से सही अंदाज नहीं लग पाता था। सब तरफ अँधेरा ही रहता था, सिवाय उस जगह के, जहाँ उसका बेटा रहता था।

"तो अब इस घर का साइज ठीक है ?" राहुल ने मंजू से पूछा। मंजू के पास कोई बहाना नहीं था, क्योंकि उसे अपने सपनों का महल जो मिल गया था, लेकिन माँ को सात कमरों में बरामदा ही भा गया था। बरामदे के एक कोने में माँ का बिस्तर लग गया था, धीरे-धीरे इस घर ने भी माँ को पहचान लिया था और अब घर खुद माँ को रास्ता दिखाता था। कुछ दिन बाद घर में पेंट शुरू हो गया। माँ का सबसे पसंदीदा रंग गुलाबी था और मंजू को नीला। सूरज ने बहुत समझाया, पर मंजू ने एक न सुनी—"नहीं सूरज, इन माय हाउस आई वाण्ट ब्लू। और माँ को क्या पता चलेगा कि कौन सा रंग है, दीवारों पर ब्लू हो या पिंक, माँ के लिए सब बराबर है।" माँ दीवारों को हाथ से छूकर देखती और पूछती, "गुलाबी ही लगाया है न ?" उस दिन सूरज से बहुत देर तक बात की, लेकिन सूरज चुप बैठा रहा, मुँह से एक लफ्ज नहीं निकला। रात को ठीक से नींद नहीं आई। आधी रात को सूरज कमरे से बाहर आया तो देखा, माँ जाग रही थी। उसने माँ के झुर्रियों भरे हाथों को अपने हाथों में थाम लिया और दिल से बिना बोले माँ से माफी माँगने लगा। कुछ दिन बाद माँ की तबीयत खराब हो गई तो माँ का खाना-पीना, एक जगह से दूसरी जगह ले जाना, सब मंजू और सूरज के जिम्मे आ गया। इस सबसे मंजू आजिज आ गई थी। डॉक्टर ने बताया कि कोई फिजिकल प्रॉब्लम नहीं है। उस दिन मंजू सिर्फ एक बात बोली, "माँ को कहीं छोड़ आओ सूरज, मेरा दम घुटता है।" सूरज हैरान रह गया और जान गया कि माँ की प्रॉब्लम बीमारी नहीं है, मंजू का चिड़चिड़ापन है।

उसी दिन सूरज ने कहा, "माँ, तैयार हो जाओ, आज हम घूमने जाएँगे।"

इतना सुनना था कि माँ खुशी से झूम उठी, खुशबूदार तेल लगाकर चोटी बनाई और गुलाबी वाली साड़ी पहनकर तैयार हो गई। सूरज के सिर पर हाथ रखकर बोली, "चलो बेटा!"

"अच्छा माँ, दो-तीन जोड़ी कपड़े भी रख लेना।" सूरज ने नजरें चुराकर कहा।

"कपड़े! वो क्यों? हम लोग कुछ दिन रुककर आएँगे क्या?"

"हाँ माँ, वह जगह बहुत अच्छी है। कुछ दिन रुक भी सकते हैं।"

माँ और भी खुश हो गई। मंजू दूसरे कोने में खड़ी सब देख रही थी। माँ ने कुछ कपड़े बाँधे और साथ चल दी। पूरे वक्त ट्रेन में सूरज का हाथ पकड़े बैठी रही, सूरज को वृद्धाश्रम जाकर माँ को समझाने में बहुत देर लगी कि अब उसे हमेशा के लिए यहीं रहना है। "मगर बेटा, मेरा घर तो बहुत बड़ा है तो यहाँ क्यों? और तुम्हें देखे बिना मैं यहाँ कैसे रहूँगी?" सूरज के चेहरे को छूकर कहा।

सूरज ने कहा, "मैं मिलने आता रहूँगा।"

माँ ने सूरज के सिर पर हाथ रखकर कहा, "भगवान् तुझे बहुत बड़ा आदमी बनाए।" फिर आश्रम की कुछ औरतें आईं और माँ को अंदर ले गईं। सूरज घर आया तो देखा कि मंजू स्टूल पर खड़ी होकर बरामदे में नीले रंग का परदा लगा रही थी, बहुत फ्रेश लग रही थी। सूरज ने डाँटा, "तुम प्रेग्नेंट हो, नीचे उतरो।" मंजू बहुत खुश थी, अब सबकुछ आसान हो गया था। घर में कोई भजन-कीर्तन नहीं होता था, पूरे घर में एक क्लासिक साइलेंट रहती थी। कुछ दिनों बाद मंजू के एक खूबसूरत बेटी पैदा हुई। मंजू और सूरज के जिंदगी की यह सबसे बड़ी ख्वाहिश थी, उन्हें लगा कि अब सबकुछ मुकम्मल हो गया, लेकिन बेटी थी कि लगातार रोती रहती थी। डॉक्टर्स परेशान हो गए। कुछ टेस्ट के बाद उन्होंने बताया कि उनकी बेटी ब्लाइंड है। "प्लीज डॉक्टर, चाहे जितना पैसा लगे, ठीक कर दीजिए।" पर डॉक्टर ने जवाब दे दिया, "ये कभी ठीक नहीं हो सकती है।" यह सुनकर सूरज का दिमाग आउट हो गया। बहुत प्रयास किया, पर कुछ भी काम नहीं आया। मंजू शॉक्ड कंडीशन में थी और अंत में उन्हें कबूल ही करना पड़ा कि वे एक अंधी लड़की के माँ-बाप हैं। बहुत प्यार से उसका नाम 'मानसी' रखा। बेटी की परवरिश में उन्होंने अपनी सेहत और पैसा का जरा खयाल नहीं रखा। मानसी को उन्होंने सारी बातें सिखाईं, हाथ

से छूकर सामान को पहचानना, जानवरों-चिड़ियों की आवाजें सुनकर पहचानना, खुशबू सूँघकर फूलों का नाम बताना, हवा का चलना, बारिश की बूँदों को हाथों में बंद करके खुश होना, तरह-तरह के खेल, बालों को सँवारना उन्होंने सब सिखाया। रंगों को पहचानने का कोई तरीका नहीं था, फिर भी वह गुलाबी नाम कभी समझ न आनेवाले रंग को अपना मनपसंद रंग मान बैठी थी।

मंजू दिन-रात मानसी की सेवा करते नहीं थकती थी, उसे अपने हाथों से खाना खिलाती, उसके बाल सँवारती और देर तक उसके सामने बैठी रहती थी। मंजू की तरह मानसी भी बहुत चूजी थी, कॉम्प्रोमाइज बिल्कुल बर्दाश्त नहीं था, बरामदे की महँगी चिकनी दीवारों को छूकर पूछती थी, "मम्मी, यह दीवार गुलाबी है ना? उसके एक सवाल के जवाब में पूरे घर का रंग नीले से बदलकर गुलाबी कर दिया गया। नन्ही सी मानसी गुलाबी बरामदे में बैठी, रोज शाम को पापा के आने का इंतजार करती रहती थी। अपने इंतजार में बैठी मानसी को देखकर सूरज उसकी तरफ बढ़ता। इस छोटी सी बच्ची के मासूम चेहरे में उसे हजार झुर्रियाँ नजर आती थीं, ये बेटी या बूढ़ी माँ? आहिस्ता से उसके करीब पहुँचता और उसका झुर्रियों भरा नजर आनेवाला हाथ पकड़कर अपने सिर पर रख लेता। इसी हाथ के आशीर्वाद से वह बड़ा आदमी बना था, वह उस माँ का हाथ समझता था, जिसका आशीर्वाद भगवान् का वचन था, जो आज भी हर लम्हा उसके साथ थी, अपनी मजबूरियों, अपने इंतजार और कभी न देख पानेवाली आँखों के साथ सूरज तड़पकर मानसी को खुद से लिपटा लेता। मंजू बरामदे के कोने में खड़ी होकर खामोशी से यह सब मंजर देखती रहती थी, लेकिन आज उसकी खामोशियों का शोर बहुत बढ़ गया था। उसने आगे बढ़कर सूरज के कदमों में अपना सिर रख दिया और बिलखते हुए बोली, "सूरज, माँ को घर वापस ले आओ।"

□

# आधा किलो चावल

गुजरात के अहमदबाद में एक सेठजी अपने छोटे से परिवार के साथ निवास करते थे। ईश्वर की कृपा से व्यापार-धंधा बहुत अच्छा चल रहा था, प्रभु ने सबकुछ दे रखा था। किसी प्रकार कोई समस्या नहीं थी, फिर भी अपनी आमदनी को बढ़ाने के लिए रात-दिन लगे रहते थे। जितनी भी कमाई हो जाए, उन्हें कम ही लगती थी। एक दिन सेठजी को अपनी पूरी संपत्ति के मूल्य-निर्धारण करने की इच्छा हुई तो अपने मुनीम को तुरंत बुलवाया। आने पर सेठजी ने आदेश दिया कि मेरी पूरी संपत्ति की कीमत निकालकर उसका ब्यौरा हमको दीजिए, यह काम बिना अधिक समय लगाए ज्यादा-से-ज्यादा एक हफ्ते में हो जाना चाहिए। ठीक एक हफ्ते के बाद मुनीम हिसाब लेकर सेठजी की सेवा में उपस्थित हुआ। सेठजी ने पूछा, "हमारी कुल कितनी धन-संपदा है?

"सेठजी, मोटे तौर पर अगर कहूँ तो आनेवाली सात पीढ़ी बिना कुछ काम किए-धरे आनंद से सारा सुख भोग सकें, इतनी संपदा है आपकी।" मुनीम के जाने के बाद सेठजी बहुत चिंता में डूब गए और सोचने लगे, 'इसका मतलब मेरी आठवीं पीढ़ी भूखों मरेगी?' वह रात-दिन चिंता में रहने लगे। हमेशा तनावग्रस्त रहने के कारण भूख-प्यास गायब हो चुकी थी, कुछ ही दिनों में कृशकाय हो गए। सेठानी द्वारा बार-बार तनाव का कारण पूछने पर भी सेठजी कोई जवाब नहीं देते थे। सेठानीजी से सेठजी की यह हालत देखी नहीं जा रही थी, वैद्य से दवा लेने के लिए कहने पर सेठजी मना कर देते थे। मन की स्थिरता व शांति का वास्ता देकर सेठानी ने सेठजी को साधु-संत के पास सत्संग में जाने के लिए तैयार कर ही लिया, सेठजी भी पहुँच गए एक राम-कथा कहनेवाले संत के सत्संग में। भक्ति की अथाह गंगा वहाँ बह रही थी, एकांत में बैठकर महाराज का सत्संग का आनंद लेने लगे। कथा

समाप्ति पर आरती हुई, सभी भक्त जाने लगे। सेठजी महराजजी के पास में पहुँच चरण स्पर्श कर आशीर्वाद लिया। अपनी समस्या का समाधान जानने की इच्छा प्रगट करते हुए बोले, "मेरे दुःख का तो पार ही नहीं है, मन बहुत अशांत रहता है, कोई भी रास्ता समझ में नहीं आ रहा है।" स्वामीजी ने मन अशांत होने का कारण पूछा तो सेठजी ने कहा कि मेरी आठवीं पीढ़ी भूखों मर जाएगी, क्योंकि मेरे पास मात्र सात पीढ़ी के लिए ही संपत्ति है। कृपया कोई उपाय मुझे अवश्य बताएँ कि मेरे पास और संपत्ति कैसे आए, जिससे हमारी आगे की कोई भी पीढ़ी भूखी न मरे। आप जो भी बताएँगे, मैं वह अनुष्ठान पूरे विधि-विधानपूर्वक करने को तैयार हूँ, कितना भी व्यय हो।" सेठजी ने संत-महात्मा से हाथ जोड़कर विनती की, स्वामीजी सेठजी की परेशानी और मनोस्थिति समझ गए और थोड़ी देर मौन रहकर बोले, "इसका हल तो बड़ा आसान है, ध्यान से सुनो, सेठ! यहाँ से जाइए, इसी बस्ती के अंतिम छोर पर पुरानी सी झोंपड़ी में अकेले एक बुढ़िया रहती है। वह एकदम कंगाल और विपन्न है, न तो उसके यहाँ कोई कमानेवाला है और न वह कुछ कमा पाने में समर्थ है, उसके पास कल खाने को एक दाना अन्न भी नहीं है। अगर उसे आप मात्र आधा किलो चावल दान दे दो और यदि वह बुढ़िया माता आपके द्वारा यह दान स्वीकार कर ले तो आपके पास इतना पुण्य उपार्जित हो जाएगा कि तुम्हारी सारी मनोकामना पूर्ण हो जाएगी, तुम्हें अवश्य अपना वांछित फल प्राप्त हो जाएगा।" सेठजी को तो बड़ा आसान सा उपाय मिल गया, अब कहाँ इनको सब्र था। संत को प्रणाम कर बोले, "आपने तो हमारे सिर का बहुत बड़ा बोझ हलका कर दिया, आज ही उसके पास जाता हूँ।" अपने घर पहुँचकर सेवक के साथ एक बोरे में एक क्विंटल चावल लेकर पहुँच गए बुढ़िया की झोंपड़ी पर। बुढ़िया अपने दरवाजे पर बैठी भगवान् का भजन करती हुई मिल गई, पचहत्तर वर्ष की उम्र होते हुए भी उसके चेहरे पर अपार तेज था। सेठजी बोले, "माताजी, मैं आपके खाने लिए एक क्विंटल चावल लाया हूँ, आप इसे स्वीकार कर लीजिए।"

बुढ़िया ने कहा, "चावल तो मेरे पास हैं, बेटा! मुझे नहीं चाहिए।" बुढ़िया ने स्पष्ट इनकार कर दिया।

सेठजी ने कहा, "फिर भी रख लीजिए माताजी, आगे काम आएगा।"

बूढ़ी माँ ने कहा, "क्या करूँगी बेटा रखकर? मुझे कोई आवश्यकता ही नहीं है।"

सेठजी बोले, "अच्छा, कोई बात नहीं माताजी, एक क्विंटल न सही तो यह आधा क्विंटल तो रख लीजिए।"

"बेटा! आज खाने के लिए जरूरी आधा किलो चावल पहले से ही मेरे पास है, मुझे इसके अतिरिक्त अधिक चावल की जरूरत ही नहीं है।"

सेठजी ने कहा, "फिर माताजी तो आप आधा किलो ही रख लीजिए।"

इस बार बुढ़िया ने फिर स्पष्ट स्वर में मना कर दिया, लेकिन सेठजी को तो संत-महात्माजी का बताया उपाय हर हाल में पूरा करना था। सेठजी सोचे, चलो एक कोशिश और करते हैं, शायद बूढ़ी माताजी मान जाए। "तो माताजी इसे फिर कल के लिए रख लीजिए।"

बूढ़ी माँ ने कहा, "बेटा! कल की चिंता मैं आज क्यों करूँ, जैसे भगवान् की कृपा से हमेशा प्रबंध होता आया है, उसी तरह कल के लिए भी कल ही प्रबंध हो जाएगा।" इस बार भी बूढ़ी माँ ने लेने से साफ-साफ इनकार कर दिया।

सेठजी की आँखें खुल चुकी थीं, "एक गरीब बुढ़िया माँ कल के भोजन की चिंता नहीं कर रही है और मेरे पास अथाह धन-दौलत है, फिर भी मैं चिंता में परेशान हूँ।"

□

# अनजाने कर्म का फल

महाराजा भूप सिंह बड़े धर्मात्मा पुरुष थे। हमेशा अपनी प्रजा के कल्याण के लिए कुछ-न-कुछ धर्म-कर्म करते रहते थे। एक बार महाराजा ने ब्राह्मणों को अपने राजमहल के आँगन में भोजन के लिए सादर आमंत्रित किया था। आनेवाले सभी ब्राह्मणों को भोजन कराने की सारी तैयारियाँ चल रहीं थी, राजा का रसोइया महल के खुले आँगन में बड़ी शुद्धता-पवित्रता से कई प्रकार का भोजन पका रहा था। सभी ब्राह्मण भोजन की प्रतीक्षा में राजमहल में बैठे थे। राजा सभी के स्वागत-सत्कार में लगे थे। सभी का हाल-समाचार ले रहे थे और सबको उपहार भी दे रहे थे, उसी समय एक चील अपने पंजे में एक जिंदा साँप लेकर राजा के महल के ऊपर से गुजर रही थी, तब पंजे में दबे साँप ने अपनी आत्म-रक्षा में चील से बचने के लिए अपने फन से जहर निकाल दिया। उसी समय राजा के आँगन में रसोइया, जो आनेवाले सभी ब्राह्मणों के लिए भोजन पका रहा था, उस लंगर में साँप के मुख से निकली जहर की कुछ बूँदें खाने में गिर गईं, किसी को कुछ पता भी नहीं चला कि क्या हुआ। फलस्वरूप वे सभी ब्राह्मण, जो भोजन करने के लिए राजमहल में राज्य भर से पधारे थे, उन सबकी जहरीला खाना खाते ही वहीं आँगन में मौत हो गई, अब जब राजा को भोजन के लिए आए सारे ब्राह्मणों की मृत्यु के समाचार का पता चला तो ब्रह्म-हत्या होने से उसे बहुत दुःख हुआ, ऐसे में अब ऊपर बैठे मृत्युलोक के देवता यमराज के लिए भी यह फैसला कर पाना बहुत मुश्किल हो रहा था कि इस जघन्य पापकर्म का फल किसके खाते में डाला जाएगा? इस विषय को लेकर यमराज सोच में पड़े थे, कुछ भी समझ में नहीं आ रहा था—

(1) राजा, जिसको पता ही नहीं था कि खाना जहरीला कैसे हो गया है या

(2) वह रसोइया, जिसको पता ही नहीं था कि खाना बनाते समय यह खाना जहरीला हो गया है या

(3) वह चील, जो जहरीला साँप लिये राजा के महल के ऊपर से उड़ती जा रही थी, जिसे पता ही नहीं था कि नीचे कहीं ब्राह्मणों के लिए भोजन पक रहा है या

(4) वह साँप, जिसने अपनी आत्म-रक्षा में अपने फन से जहर निकाला था।

बहुत दिनों तक यह मामला यमराज की फाइल में अटका ही पड़ा रहा। कुछ फैसला हो नहीं पा रहा था।

फिर कुछ समय बाद कुछ ब्राह्मण राजा से मिलने उस राज्य में आए और उन्होंने किसी महिला से राजमहल जाने का रास्ता पूछा। उस महिला ने महल तक जाने का रास्ता तो सबको बता दिया, पर रास्ता बताने के साथ-साथ ब्राह्मणों से यह भी कह दिया, "देखो भाई, जरा एक बात का ध्यान रखना, वह राजा आप जैसे ब्राह्मणों को खाने में जहर देकर मार भी देता है।" बस जैसे ही उस महिला ने ये शब्द कहे, उसी समय मृत्यु के देवता यमराज ने फैसला ले लिया कि उन मृत ब्राह्मणों की मृत्यु के पाप का फल और कोई नहीं, इस महिला के खाते में जाएगा और इसे उस पापकर्म का फल भुगतना पड़ेगा। यमराज के दूतों ने बड़े आश्चर्य से पूछा, "प्रभु, आपने ऐसा क्यों किया? जब कि उन सभी मृत ब्राह्मणों की हत्या होने में उस बेचारी महिला की किसी प्रकार से कोई भूमिका भी ही नहीं थी।" तब यमराज ने कहा कि भाई देखो, जब भी कोई व्यक्ति किसी प्रकार का पापकर्म करता है, तब उसे बड़ा आनंद मिलता है, पर उन मृत ब्राह्मणों की हत्या से न तो राजा को आनंद मिला और न ही उस रसोइया को आनंद मिला और न ही उस साँप को आनंद मिला और न ही उस चील को आनंद मिला तो मैं पापकर्म का फल किसके खाते में डालता?

पर उस पापकर्म की घटना का बुराई करने के भाव से बखान करनेवाली उस महिला को जरूर आनंद मिला, इसलिए राजा के उस अनजाने पापकर्म का फल अब इस महिला के खाते में डाला जाएगा। बस इसी घटना के तहत हमारे यहाँ आज तक जब भी कोई व्यक्ति जब किसी दूसरे के पापकर्म का बखान बुरे भाव से (बुराई) करता है, तब उस व्यक्ति के पापों का हिस्सा उस बुराई करनेवाले के

खाते में भी डाल दिया जाता है और उस पापकर्म का फल उसे भोगना पड़ता है।

अकसर हम जीवन में सोचते हैं कि हमने जीवन में ऐसा कोई पापकर्म नहीं किया, फिर भी हमारे जीवन में इतना कष्ट क्यों आया ? यह कष्ट और कहीं से नहीं, बल्कि लोगों की बुराई करने के कारण उनके पापकर्मों से आया होता है, जो बुराई करते ही हमारे खाते में ट्रांसफर हो जाता है।

□

# अच्छी सोच

बहुत समय पहले की बात है। विंध्याचल धाम के पास अकोढ़ी गाँव में एक छोटा, लेकिन बहुत सुंदर सा हनुमानजी का मंदिर था। बड़ी मनमोहक एवं दिव्य मूर्ति उसके अंदर स्थापित थी, उसी मंदिर के पास रामदीन नाम का एक किसान अपने छोटे से परिवार के साथ रहता था। रोज दोनों समय मंदिर में जाकर वह हनुमानजी की पूजा-आरती बड़े भक्ति-भाव से किया करता था। प्रत्येक मंगलवार को मंदिर में सुंदरकांड का पाठ गाँव के अधिकांश लोग इकट्ठा होकर सामूहिक रूप से करते थे। हनुमानजी की उन पर विशेष कृपा भी बनी रहती थी। कोई भी कठिनाई कभी भी आए, रामदीन कभी भी थोड़ा भी विचलित नहीं होता था। किसी के बारे में कभी बुरा भी नहीं सोचता था। कोई बात आए तो यही कहते रहते थे कि हनुमानजी सब काम ठीक करते हैं। थोड़ी खेती-बाड़ी उनके पास थी, उसी में धूप, ठंड, पानी, बूँदी की बिल्कुल परवाह किए बिना अपने काम में दिन-रात लगे रहते थे। उसी से अन्न, सब्जी आदि जो कुछ पैदा होता था, उतने से ही रामदीन के घर का सारा काम चल जाता था। एक छोटी सी देशी गाय पाल रखी थी, जिससे दूध का काम भी पूरा हो जाता था और गौसेवा का पुण्य भी मिल जाता था। अपने दो बच्चे और पत्नी सहित छोटे से परिवार एवं गृहस्थी को बहुत ठीक से सँभाला रखा था। परिवार की देखरेख और भगवान् के भजन में ही हमेशा मगन रहते थे।

वहीं पहाड़ियों के बीच में गाँव से बहुत दूर एक सुंदर सा झरना ऊपर पहाड़ी से गिरकर नीचे बहता था, बड़ा मनमोहक दृश्य था वहाँ का। हमेशा बैठकर देखते रहने का मन होता था, गिरते हुए झरने की संगीतमय आवाज कानों को बहुत सुख देती थी। जब भी रामदीन वहाँ जाते, कुछ देर रुककर उसका आनंद लेकर ही वापस आते थे, जिसका पानी बहुत ठंडा और मीठा रहता था। रामदीन रोजाना भोर में ही उठकर घर

से दूर बहनेवाले झरनों से पीने के लिए स्वच्छ पानी लेने के लिए जाया करते थे। इस काम के लिए वे अपने साथ दो बड़े-बड़े घड़े भी ले जाते थे, जिन्हें वह एक बड़े एवं मजबूत डंडे में बाँधकर अपने कंधे पर दोनों ओर लटका लेते थे, जिससे पानी लाने में सुविधा हो और आसानी से घर तक लाया जा सके। उनमें से एक घड़ा कहीं से थोड़ा सा फूटा हुआ था और दूसरा एकदम सही-सलामत था। इस वजह से रोज घर पहुँचते-पहुँचते किसान के पास डेढ़ घड़ा पानी ही बच पाता था, ऐसा लगातार दो सालों से चल रहा था। सही घड़े को इस बात का हमेशा घमंड रहता था कि वह पूरा-का-पूरा पानी घर पहुँचाता है और उसके अंदर कोई किसी प्रकार की कमी नहीं है, वहीं दूसरी तरफ थोड़ा सा फूटा हुआ घड़ा इस बात से बहुत शर्मिंदा रहता था कि वह आधा पानी ही घर तक पहुँचा पाता है और मेरे फूटे होने के कारण किसान की आधी मेहनत बेकार चली जाती है। फूटा घड़ा यह सब सोच-सोचकर बहुत परेशान एवं दुःखी रहने लगा और एक दिन उससे रहा नहीं गया तो विनम्र भाव से उसने किसान से कहा, "मैं खुद अपने पर बहुत शर्मिंदा हूँ और आपसे क्षमा माँगना चाहता हूँ।"

"क्यों भाई?" किसान ने घड़े से पूछा, "भाई, तुम्हें ऐसा क्यों लगता है और तुम किस बात से शर्मिंदा हो बताओ?"

घड़े ने कहा, "शायद आप नहीं जानते, पर मैं एक जगह से थोड़ा सा फूटा हुआ हूँ, इसलिए पिछले दो सालों से मुझे जितना पानी आपके घर तक पहुँचाना चाहिए था, बस उसका आधा ही पहुँचा पाया हूँ। मेरे अंदर यह बहुत बड़ी कमी है और मेरी कमी की वजह से आपकी आधी मेहनत बर्बाद होती रही है।" फूटे हुए घड़े ने बहुत दुःखी होते हुए रामदीन को जवाब दिया।

किसान को इस प्रकार घड़े की बात सुनकर थोड़ा दुःख तो हुआ, पर वह बोला, "कोई बात नहीं भाई, मेरी मेहनत बर्बाद नहीं हो रही है। मैं चाहता हूँ कि आज पानी लेकर लौटते वक्त तुम रास्ते में अपनी तरफ पड़नेवाले सुंदर-सुंदर फूलों की ओर देखना, शायद तुम्हें कुछ समझ में आ जाए।" आज घड़े ने लौटते वक्त जैसा किसान ने बताया था, वैसा ही किया। वह पूरे रास्ते भर सुंदर-सुंदर फूलों की तरफ देखता हुआ आया, ऐसा करने से वापस आते समय उसकी उदासी कुछ तो दूर हुई, पर आज फिर घर पहुँचते-पहुँचते उसके अंदर से आधा पानी रास्ते में ही गिर चुका और आधा ही बचा था; वह फिर मायूस हो गया और घर पहुँचते ही किसान से फिर क्षमा माँगने लगा।

किसान बोला, "शायद तुमने ध्यान नहीं दिया, पूरे रास्ते में जितने भी फूल खिले थे, ये बस तुम्हारी तरफ ही लगे थे और तुम्हारे ही उपकार से ऐसा हो पाया, नहीं तो इतना सुंदर दृश्य नहीं रहता, जबकि सही घड़े की तरफ एक भी फूल नहीं लगे थे, पूरा रास्ता वीरान पड़ा था। ऐसा इसलिए हुआ, क्योंकि मैं हमेशा से तुम्हारे अंदर की कमी को जानता था, मेरे पास इतना पैसा नहीं था कि तुम्हारी जगह पर मैं दूसरा नया घड़ा खरीद सकता था, तो मैंने अपनी सोच बदल दी और उसका भरपूर लाभ उठाया और मैंने तुम्हारे तरफ पड़नेवाले पूरे रास्ते पर रंग-बिरंगे फूलों के बीज डाल दिए थे कि तुम रोज थोड़ा-थोड़ा करके उन्हें सींचते रहोगे और कुछ ही दिनों में तुमने पूरा-का-पूरा रास्ता इतना खूबसूरत बना दिया। आज इधर से जो भी निकलता है, इनकी खुशबू का आनंद जरूर लेता है और उसके बदले तुमको ही आशीर्वाद देता है और आज तुम्हारी वजह से ही मैं इन्ही फूलों से अपने गाँव के मंदिर में भगवान् की पूजा में पुष्प अर्पित कर पाता हूँ, इन्हीं फूलों से मैं अपना घर सजाकर सुंदर बना पाता हूँ। तुम्हीं सोचो, अगर तुम जैसे हो, वैसे नहीं होते तो भला क्या मैं यह सबकुछ कर पाता? बिल्कुल नहीं कर पाता।" हम सभी के अंदर कोई-न-कोई कमी होती है, पर ये कमियाँ भी हमें कभी-कभी अनोखा भी बनाती हैं। अच्छी सोच से 'फूटा घड़ा' भी 'अच्छे घड़े' से मूल्यवान हो जाएगा।

□

# एक पैसा

बहुत दिन पहले की बात है। एक बहुत सिद्ध महात्मा जंगल के बीच में अपना सुंदर सा आश्रम बनाकर अपने चार और शिष्यों के साथ रह रहे थे। आश्रम में दो गायें थीं, जो बारह महीने दूध देती थीं। कभी भी आश्रम में दूध की कमी नहीं होती थी। गाय के दूध एवं जंगल में पैदा होनेवाले फल-फूल मिल जाते थे, उसी से स्वयं का, शिष्यों का और आश्रम का काम चल जाता था। एक दिन महात्माजी अपने आश्रम से भ्रमण करते हुए एक गाँव से होकर कहीं आगे जा रहे थे, कुछ ही दूर जाने के बाद उन्हें मार्ग में एक पैसा पड़ा हुआ मिला। महात्माजी तो संन्यासी थे और संतोष से भरे व्यक्ति थे, लोभ तो उन्हें छू तक नहीं गया था। उनके पास संतोष नामक धन ही प्रभु द्वारा दिया हुआ सबसे बड़ा अनमोल वरदान था, वही उनके लिए सबकुछ था, भला वे इस एक सिक्का को अपने पास रखकर क्या करते, यही सोचकर उन्होंने यह एक पैसा का सिक्का किसी दरिद्र व्यक्ति को देने का मन में विचार किया, इसलिए उस सिक्के को लाकर आश्रम में रख दिया। बहुत दिनों तक उनको किसी ऐसे दरिद्र व्यक्ति की तलाश थी, लेकिन कई दिन की तलाश के बाद भी उन्हें कोई पात्र व्यक्ति नहीं मिला रहा था, जिसे वह एक पैसा दे सकते।

नित्य की भाँति एक दिन महात्माजी ब्रह्म मुहूर्त में ही अपनी दैनिक नित्य-क्रिया से निवृत्त होकर साधना में लीन हो गए, साधना पूरी होने के कुछ समय बाद महात्माजी अपने आश्रम के आसपास नित्य की भाँति भ्रमण करने चले गए। आसपास का हाल-समाचार लेकर और कुछ ही देर ही भ्रमण कर स्वामीजी अपने आश्रम में वापस आ गए और वहाँ आसपास जो कई प्रकार के रंग-बिरंगे सुगंधित पुष्प लगे थे, जिससे आश्रम हमेशा सुगंधित और शोभायमान बना रहता था। सुंदर भी लगता था, उन सभी पौधों में पानी डाला, गौमाता का हालचाल पूछने के बाद

वापस आकर आश्रम में बैठे ही थे तो एक शिष्य ने आकर स्वामीजी को समाचार बताया कि यहाँ के महाराजा आज घोड़े पर सवार होकर और अपनी अति विशाल सेना के साथ अपने आश्रम के सामने से कहीं जानेवाले हैं, लग रहा है कि कहीं युद्ध की तैयारी से जा रहे हैं।

आश्रम के निकट आने पर राजा के मन में विचार आया कि चलो, आश्रम में रहनेवाले ऋषि महाराज के दर्शन करने के उपरांत ही आगे के लिए प्रस्थान करते हैं। आश्रम के पास पहुँचकर राजा ने अपनी सारी सेना को कुछ देर रुकने का आदेश दिया और खुद ऋषि महराज का दर्शन करके आशीर्वाद लेने के इच्छा से रथ से उतरकर सिद्ध महात्मा को प्रणाम कर बोले, "पूज्य महात्मन्, मैं यहाँ का महाराजा हूँ, आप मेरा सादर प्रणाम स्वीकार करें, दूर-दूर तक हमारी ख्याति फैली है, बहुत ठीक से हमारे राज्य का सब काम चल रहा है। आज पड़ोस के राज्य पर मैं विजय प्राप्त करने के लिए अपनी विशाल सेना लेकर जा रहा हूँ, ताकि मेरे राज्य का और भी विस्तार हो सके, इसलिए आप कृपा करके मुझे युद्ध में विजयी होने का आशीर्वाद प्रदान करें।"

ऋषि चुपचाप खड़े रहे, काफी देर तक सोचा और सोचने के बाद वह एक पैसे का सिक्का आश्रम के अंदर से लाकर राजा की हथेली में रख दिया, यह देखकर राजा बहुत हैरान हुआ और नाराज भी, लेकिन राजा को इसके पीछे का प्रयोजन काफी देर तक सोचने के बाद भी समझ में नहीं आया तो राजा ने महात्माजी से इसका कारण पूछा। महात्मा ने राजा को सहज भाव से जवाब दिया कि राजन्, कई दिनों पहले मुझे यह एक पैसा आश्रम से बाहर भ्रमण में जाते समय मार्ग में पड़ा मिला था, लेकिन भला यह सिक्का क्या करता ? प्रभु ने तो हमें सबकुछ दे रखा है, जो मुझे चाहिए तो मुझे लगा यह एक पैसा जब भी कोई दरिद्र व्यक्ति मिलेगा तो उसी को दे देंगे, क्योंकि किसी संन्यासी के पास इस पैसे के होने का कोई औचित्य नहीं है। बहुत दिनों से खोजने के बाद भी मुझे कोई दरिद्र व्यक्ति नहीं मिला रहा था, लेकिन आज तुम्हें देखकर यह ख्याल आया कि तुमसे बड़ा दरिद्र तो इस राज्य में कोई है ही नहीं और कभी हो भी नहीं सकता है।

राजा ने कहा, "महात्माजी, मेरे पास बहुत अथाह संपत्ति है। मैं तो यहाँ का राजा हूँ और आप जो भी आदेश करेंगे, आपकी हर इच्छा पूरी कर सकता हूँ, मेरे पास किसी चीज की कमी नहीं है।" महात्माजी अपनी खामोशी तोड़ते हुए बोले,

"इस राज्य का वह महाराजा, जिसके पास ईश्वर का दिया हुआ सबकुछ होने के बाद भी पड़ोस के किसी दूसरे राज्य पर आक्रमण करके विजय प्राप्त कर अपना वैभव बढ़ाने की लालसा रखता है, भला उससे अधिक दरिद्र कौन हो सकता है, यही एक कारण है कि मैंने आपको यह एक सिक्का दिया है।" राजा को अपनी गलती का एहसास हो गया और उसने युद्ध का विचार त्याग दिया।

□

# घड़ी की टिक-टिक

अट्ठावन वर्ष की उम्र पार कर चुके रामलाल वकील समय के बहुत बड़े पाबंद थे। अपने इलाके के सबसे पुराने वकील थे, इसलिए सम्मान में उनका नाम न लेकर प्यार से उन्हें लोग 'वकील चाचा' कहकर बुलाते थे। चाचा जब अपने घर से कचहरी जाने के लिए निकलते थे तो कचहरी जानेवाले रास्ते पर पड़नेवाले सभी दुकानदार लोग ठीक समय का अंदाज लगा लेते थे। चाचा को अपने हर काम एकदम ठीक समय से करने की आदत थी, इस बात की जानकारी आसपास पूरे गाँव में सभी लोगों को हो गई थी, यहाँ तक कि कचहरी में समय के पाबंद चाचा की प्रसिद्धि सर्वत्र फैली थी। चाचा के पास आनेवाले मुवक्किल भी यह समझ गए थे कि चाचा लेट-लतीफी कभी सहन करनेवाले वकील नहीं हैं। न्यायालय के सभी जज भी चाचा के समय की पाबंदी का लोहा मानते थे।

एक दिन वकील चाचा कचहरी से थोड़ी देर से अपने घर लौटकर आए, हाथ में पहनने वाली घड़ी घर में ही कहीं उतारकर रख दी और भूल गए कि कहाँ रखी है, फिर न जाने कहाँ घड़ी खो गई। वैसे तो घड़ी बहुत कीमती नहीं थी, पर चाचा को वह घड़ी उनकी ससुराल में उनकी सबसे छोटी साली ने तोफे के रूप में उस समय दी थी, जब वे शादी के बाद पहली बार अपनी ससुराल साली के बुलाने से उसके जन्मदिन पर गए थे, इसलिए उस घड़ी से उनका भावनात्मक रूप से बहुत ज्यादा लगाव था और किसी भी तरह उस घड़ी को वापस पाना चाहते थे। उन्होंने खुद भी घड़ी खोजने का कोई प्रयास बाकी नहीं रखा, कभी कमरे में खोजना तो कभी बाड़े में तो कभी अनाज के ढेर में तो कभी मेज की दराज में, कभी घर के आँगन में तो कभी छत पर…पर तामाम कोशिशों के बावजूद घड़ी कहीं नहीं मिल पा रही थी। घर में सभी से पूछ लिया तो सभी ने मना कर दिया कि हमने नहीं देखी

है, फिर बगल के गाँव में एक पुराने ज्योतिषी महाराज रहते थे, उनके गाँव जाकर चाचाजी उनसे मिले तो उन्होंने बड़ा विचार कर बताया कि देर भले हो, पर घड़ी अवश्य मिलेगी, घड़ी घर के अंदर ही कहीं है, बाहर तो नहीं गई है, यह पक्का है। इससे चाचाजी की चिंता थोड़ी कम हो गई और पूरा-पूरा यकीन हो गया कि मिल जरूर जाएगी। लौटकर घर वापस आए तो उन्होंने सोचा कि क्यों न इस काम में घर के सभी छोटे बच्चों की मदद ली जाए, शायद वे सब ही खोज निकालें, फिर उन्होंने सभी बच्चों को आवाज लगाई, "सुनो बच्चो, सुनो! मेरी घड़ी घर में ही कहीं खो गई है, तुममें से जो कोई भी मेरी खोई हुई घड़ी खोजकर लाकर देगा, उसे मैं पचास रुपए इनाम में दूँगा।"

फिर क्या था, सभी बच्चे अपना पूरा काम-धाम छोड़कर पूरे जोर-शोर से घड़ी खोजने के काम में पूरे मन से लग गए। वे घर का हर कोना हर जगह की खाक छानने में लग गए, ऊपर-नीचे, बाहर, आँगन में, छत पे··हर जगह··पर घंटों चक्कर मारते रहे, पूरा घर का सारा सामान इधर से उधर उलट-पलटकर रख दिया और रखते भी क्यों न, पचास रुपया इनाम जो मिलना था, पर कई घंटे बीत जाने पर भी घड़ी कहीं नहीं मिली, लेकिन चाचा को तो ज्योतिषी की बात पर पूरा यकीन था कि घड़ी खोई है तो कहीं घर में ही। पर गई तो गई कहाँ? कोई मेरे घर में बाहरी आदमी तो अभी तक आया भी नहीं है कि घड़ी चोरी कर ले गया हो और घर में किसी की चोरी करने की आदत है नहीं, पर गई तो कहाँ गई, यह बात कुछ समझ में नहीं आ रही थी कि क्या करें?

अब लगभग सभी बच्चे पूरे घर में खोजकर हार मानकर बैठ चुके थे और चाचा को भी यही लगने लगा कि मेरी घड़ी अब कहीं नहीं मिल पाएगी। लगता है कि ससुराल की घड़ी से अब संतोष ही करना पड़ेगा, अब कोई रास्ता नहीं बच रहा है। तभी एक लड़का बहुत तेजी से भागता हुआ उनके पास आया और बोला, "चाचा-चाचा, आप मुझे एक बार मौका और दीजिए, लेकिन इस बार मैं यह काम किसी और बच्चे के साथ नहीं केवल और केवल अकेले मैं ही करना चाहूँगा।"

चाचा का तो इसमें कुछ जा नहीं रहा था, उन्हें तो घड़ी चाहे जैसे मिलनी चाहिए थी, बस उन्होंने थोड़ी भी देर किए बिना तुरंत उस बच्चे को 'हाँ' कर दी। वह लड़का एक-एक करके पूरे घर के सभी कमरों में जाकर दरवाजा बंद करके चुपचाप बैठ जाता था और बड़े ध्यान से घड़ी के टिक-टिक का आवाज सुनने की

कोशिश करने लगा। जब वह चाचा के शयनकक्ष में जाकर बाहर निकला तो घड़ी उसके हाथ में थी।

चाचा तो अपनी घड़ी देखकर ऐसे प्रसन्न हो गए कि फूले नहीं समा रहे थे, ऐसा लगा कि उन्हें घड़ी क्या मिल गई, जैसे उनको गायब हो चुकी फिर से अपनी नई ससुराल मिल गई हो, घर में तो पूरा शोर मच गया कि वकील चाचा की घड़ी मिल गई। वे सभी बच्चे जल्दी से भागकर एक जगह इकट्ठे आ गए, जो पूरे घर में घड़ी खोजकर पहले हार मान गए थे, चाचा ने बड़े अचरज से पूछा कि "बेटा, कहाँ मिली यह घड़ी और जहाँ हमारे सहित सारे के सारे बच्चे और सभी लोग एकदम असफल हो गए थे, वहाँ से तुमने इस घड़ी को कहाँ से ढूँढ़ निकाला? जरा हमें भी बताओ बच्चे!"

लड़का बोला, "चाचा, मैंने बहुत ज्यादा काम नहीं किया, बस मैं हर कमरे में जाता और चुपचाप, एकदम शांत होकर बैठ जाता था और घड़ी की टिक-टिक की आवाज पर ध्यान केंद्रित करने लगता था, जैसे आपके कमरे में मैं अंदर पहुँचा और दरवाजा बंद करके बैठा तो कमरे में शांति होने के कारण मुझे इस घड़ी की टिक-टिक की आवाज सुनाई दे गई, जिससे मैंने उसकी आवाज सुनकर उसकी दिशा का सही-सही अंदाजा लगा लिया और उसी दिशा में जाकर देखा तो आपके कमरे में ही अलमारी के पीछे अँधेरे में नीचे गिरी यह घड़ी मैंने खोज निकाली।"

□

# अनजान मददगार

आचार्य ब्रह्मदेव एक पुराने एवं संपन्न परिवार से संबंध रखनेवाले अच्छे व्यक्ति थे, बड़ा आकर्षक व्यक्तित्व था। लंबा कद, स्वस्थ शरीर, लंबी शिखा, चौड़े किनारे की धोती, कंधे पर सफेद अँगौछा, मस्तक पर लंबा लाल टीका लगाकर जब वे अपने घर से कहीं जाने के लिए निकलते थे तो रास्ते में मिलनेवाले प्राय: सभी आयु वर्ग के लोग 'राम-राम' बोलकर ही प्रणाम करते थे। प्राचीन हिंदू सभ्यता परंपरा के गुण का बखान करना ही उनकी विशेष पहचान थी। अपने निवास से थोड़ी ही दूर एक गुरुकुल था, जहाँ बच्चों को धर्म शास्त्र और वेद की शिक्षा दी जाती थी, उसी में ब्रह्मदेवजी नि:शुल्क अध्यापन का काम करते थे। विद्या का दान और प्रसार करना ही उन्हें अपने पारिवारिक संस्कार से मिला था। उसे बखूबी पूरे मन से निभा रहे थे। बहुत सारे विद्यार्थी उनके अनन्य शिष्य हो गए थे। खाली समय में भी कोई-न-कोई विद्यार्थी उनके घर पर आकर अध्ययन किया ही करता था, आनेवाले सभी को वे बड़े प्रेम से निष्ठापूर्वक पढ़ाया भी करते थे। अधिक आयु होने के बाद भी हमेशा युवा छात्रों की संगत बनी रहती थी, इसलिए वे पूर्ण स्वस्थ थे और हमेशा खुश रहते थे, शायद युवाओं के साथ होने के कारण खुश रहना ही उनके स्वस्थ होने का असली राज था। सामाजिक अनुभव और सब प्रकार के धार्मिक-पौराणिक और आध्यात्मिक विषयों में रुचि होने के नाते उन्हें सभी प्रकार का अनुभव एवं ज्ञान था, इसलिए अपने पास आनेवाले सभी शिष्यों का हर प्रकार की शंका समाधान कर दिया करते थे, कई उनके पढ़ाए हुए शिष्य अच्छे-अच्छे पदों पर काम कर रहे थे, वह भी समय-समय पर आचार्य ब्रह्मदेवजी से मिलने उनके घर पर आ जाया करते थे। कई गृहस्थ-परिवारवाले भी अपनी पारिवारिक समस्या

का समाधान लेने के लिए आ जाते थे और यहाँ के समाधान से आनेवालों को मानसिक संतोष भी मिल जाता था।

आचार्यजी एक दिन अपने एक नवीन युवा शिष्य को साथ लेकर कहीं टहलने निकले थे, थोड़ी ही दूर जाते हुए उन्होंने देखा कि रास्ते में बहुत पुराने हो चुके एक जोड़ी जूते उतरे पड़े हैं, जो संभवत: पास के खेत में काम कर रहे मजदूर के हो सकते हैं, जो पास के खेत में काम कर रहा था, शायद अपना काम खत्म कर घर वापस जाने की तैयारी कर रहा था।

आचार्यजी के साथ चल रहा शिष्य एकदम नया था और थोड़ा शरारती स्वभाव का भी था, इसलिए उसको एक मजाक सूझा और उसने आचार्यजी से बोला, "गुरुजी, क्यों न हम ये जूते कहीं इधर-उधर छिपाकर रख दें और यहाँ पास झाड़ियों के पीछे छिपकर बैठ जाएँ। थोड़ी देर बाद जब वो मजदूर यहाँ पर आएगा और अपने यहाँ पहले से रखे हुए जूतों को नहीं पाएगा तो बहुत घबराएगा और परेशान होकर इधर-उधर खोजेगा, फिर हम लोगों को बड़ा मजा आएगा।"

आचार्यजी बोले, "हाँ, यह बात तो है, मजा तो जरूर आएगा बेटा, परंतु···" कहकर आचार्यजी चुप हो गए।

"परंतु क्या गुरुजी? बताइए न हमें?"

"किसी मजदूर के साथ इस तरह का भद्दा मजाक करना बहुत ठीक नहीं रहेगा, उसको बहुत बुरा लगेगा, क्यों न हम इन जूतों में कुछ सिक्के डाल दें और झाड़ियों में पीछे कहीं छिपकर देखें कि इस घटना का उस मजदूर पर क्या प्रभाव पड़ता है।" शिष्य ने ऐसा ही किया, उसके दोनों जूतों में थोड़े-थोड़े सिक्के डाल दिए और दोनों लोग पास की झाड़ियों में छुपकर उसके आने का इंतजार करने लगे कि इसका क्या प्रभाव पड़ता है।

कुछ देर बाद मजदूर खेत से जल्द ही अपना काम खत्म करके जहाँ जूता छोड़कर गया था, उस जगह पर आ गया कि जूता पहनकर अपने घर चले, पर यह क्या? जैसे ही उस मजदूर ने अपने एक पैर जूते के अंदर डाले, उसे तुरंत किसी कठोर चीज होने का आभास हुआ। उसने जल्दी से जूते हाथ में लिये और देखा कि अंदर तो कुछ चमकते हुए सिक्के पड़े हैं, उसे बड़ा आश्चर्य हुआ और वह सिक्के हाथ में लेकर बड़े गौर से उन्हें उलट-पलटकर देखने लगा, कुछ समझ में नहीं आया, फिर वह इधर-उधर देखने लगा, कहीं दूर-दूर तक कोई व्यक्ति नजर

नहीं आया तो उसने सिक्के अपनी जेब में डाल लिये। अब उसने दूसरे जूते में जैसे ही दूसरा पैर अंदर डाला तो उसमें भी किसी कठोर चीज का आभास हुआ। जूता हाथ में उठाकर देखा तो उसमें भी सिक्के पड़े थे। मजदूर एकाएक भाव-विभोर हो गया और उसकी आँखों में आँसू आ गए, उसने दोनों हाथ जोड़ ऊपर देखते हुए कहा, "हे भगवान्, आज आपकी कृपा से प्राप्त इस सहायता के लिए उस अनजान मददगार का लाख-लाख धन्यवाद। उसकी मदद और दयालुता के कारण आज दो दिन से अस्पताल में भर्ती मेरी बीमार पत्नी को दवा मिल जाने से उसकी तबीयत भी ठीक हो जाएगी और मेरे दोनों भूखे बच्चों को पूरे एक दिन बाद भर पेट खाने को भी मिल सकेगा।"

मजदूर की बातें सुन शिष्य की आँखें भर आईं, आचार्यजी ने शिष्य से कहा, "क्या तुम्हारी मजाक वाली बात की अपेक्षा जूते में सिक्का डालने से तुम्हें कम खुशी मिली है?"

शिष्य बोला, "नहीं गुरुजी, आपने आज मुझे जो पाठ पढ़ाया है, उसे मैं जीवन भर नहीं भूलूँगा। आज मैं उन शब्दों का मतलब समझ गया हूँ, जिन्हें मैं पहले कभी नहीं समझ पाया था कि लेने की अपेक्षा देना कहीं अधिक आनंददायी होता है, देने का आनंद असीम है।"

□

# मुसीबत से पहले

पारसनाथ राय एग्रीकल्चर से बी.एस.सी. तक अपनी पढ़ाई पूरी करने के बाद किसी नौकरी के चक्कर में न पड़कर अपने घर में होनेवाले खेती के काम में लग गए। अपने इलाके के बड़े अच्छे किसान थे, आसपास के गाँव में उनकी खेती सबसे अच्छी होती थी, चारों ओर इसकी चर्चा भी रहती थी कि राय साहब बड़ी अच्छी खेती करते हैं। अच्छी खेती के लिए एक बार उनको जिले के कृषि विभाग के बड़े अधिकारी की तरफ से सम्मानित भी किया गया था। जिले में कृषि विभाग की ओर से समय-समय पर आयोजित होनेवाले सेमिनार में उनको बोलने का मौका भी मिलता था, जो भी उधर से निकलता, उनके खेत की लहलहाती फसल को देखकर बहुत खुश हो जाता था। बहुत मन लगाकर खेती करते थे, अच्छी पैदावार होती थी। खेती ही उनका मुख्य व्यवसाय रहा, जिससे उनके परिवार का पालन-पोषण होता था, स्वयं भी खेती का काम करने में जरा भी संकोच नहीं करते थे, परंतु खेती थोड़ा अधिक होने के कारण खुद से सारा काम पूरा नहीं हो पाता था, इसलिए एक-दो मजदूर भी रखते थे, जिससे सारा काम ठीक से समय पर पूरा हो सके।

लेकिन काम करनेवाले मजदूरों से बहुत डाँट-फटकार कर काम लेने की आदत थी, इसलिए मजदूर जल्दी उनके यहाँ बहुत दिनों तक टिकते नहीं थे। काम करने के लिए लोग आते तो थे, पर पारसनाथ के व्यवहार के कारण थोड़े दिन में ही बिना बताए काम छोड़कर भाग जाते थे, फिर इससे इनको काफी परेशानी होने लगती थी, इसीलिए खेती के काम के लिए पारसनाथ ने एक दिन शहर जाकर अखबार में इश्तहार दिया कि उसे खेत में काम करनेवाले एक मजदूर की जरूरत है। इश्तहार देखकर पारसनाथ राय से मिलने कई लोग आए, लेकिन जो भी उस

जगह के बारे में सुनता था, वह काम करने से मना कर देता था। कई दिनों तक तो कोई आया ही नहीं, इसलिए पारसनाथ बहुत परेशान रहते थे, क्योंकि कोई मजदूर न होने के कारण काम की गति कम हो गई थी।

कुछ दिन बीतने के बाद अंत में एक सामान्य कद का पतला-दुबला अधेड़ व्यक्ति पारसनाथ के यहाँ काम करने के लिए पहुँच गया। उन्होंने उस मजदूर से पूछा, "क्या तुम हमारे यहाँ काम कर सकते हो?"

मजदूर ने जवाब दिया, "हम हमेशा हर परिस्थति में आपके यहाँ काम कर सकते हैं, हमें काम करने में कोई परेशानी नहीं होगी, बस मेरी एक आदत है, वह मैं आपको बता दे रहा हूँ कि जब हवा चलती है, तब मैं सो जाता हूँ और सो जाता हूँ तो फिर कुछ भी हो जाए, मैं उठता नहीं हूँ।"

पारसनाथ राय को उसकी बात सुनकर बड़ा अजीब लगा, लेकिन चूँकि उन्हें कोई और काम करनेवाला नहीं मिल रहा था, इसलिए उस व्यक्ति को काम पर रख लिया। मजदूर बहुत मेहनती निकला, वह सुबह से लेकर शाम तक खेतों में बड़ी मेहनत से काम करता रहता था। धूप, ठंड, पानी, की बिल्कुल परवाह नहीं करता था, कभी भी मालिक को कुछ भी बोलने का मौका नहीं मिलता था। मालिक पारसनाथ राय भी उसके काम से काफी संतुष्ट रहते थे, बड़े अच्छे ढंग से खेती-बारी का काम चलने लगा। समय पर सब काम होने से फसल की पैदावार भी बढ़ गई थी, कुछ ही दिन बीते थे कि गेहूँ की फसल पककर खेत में तैयार हो गई, एक दिन फसल कटी थी और फसल खेत में पड़ी रह गई थी कि रात में अचानक ही जोर-जोर से ठंडी हवा बहने लगी। लंबे समय से खेती के काम में लगे रहने के कारण पारसनाथ भी थोड़ा-बहुत मौसम का रुख पहचानते थे, अपने पुराने अनुभव से समझ गए कि अब तूफान आनेवाला है, वह तेजी से उठे, लालटेन जलाकर हाथ में डंडा लिया और मजदूर के झोंपड़े की तरफ बड़ी तेजी से दौड़े, "जल्दी उठो, जल्दी उठो...देखते नहीं, बहुत तेज आँधी-तूफान आनेवाला है। इससे पहले कि सबकुछ तबाह हो जाए, जाओ खेत में कटी पड़ी फसल को बाँधकर ढक दो और जानवरों के बाड़े के गेट को भी रस्सियों से कसकर बाँध दो।" पारसनाथ जोर से चिल्लाए।

मजदूर बड़े आराम पैर फैलाकर अपने झोंपड़े में जोर-जोर से खर्राटे भरते हुए चैन की नींद सो रहा था, आँख बंद किए हुए इस करवट से उस करवट पलटा

और अपनी खाट से बिना उठे ही लेटे हुए बोला, "नहीं मालिक, हमें नींद बहुत आ रही है, हमने तो आपसे आने के पहले ही दिन साफ-साफ कह दिया था कि जब हवा चलती है तो मैं सोता हूँ, सो मैं आज नहीं उठ सकता हूँ, हवा चल रही है!"

यह सुन पारसनाथ राय का गुस्सा सातवें आसमान पर पहुँच गया। बहुत लाल-पीले हुए, पर मजदूर सोया ही रहा। जी में आया कि मजदूर को इसी क्षण गोली मार दें, पर अभी उन्हें आनेवाले तूफान से खेत में पड़ी फसल को बचाना था, इसलिए वे लालटेन लिये हुए खेत की ओर तेजी से भागते हुए गए। पारसनाथ राय जब खेत में पहुँचे तो उनकी आँखें आश्चर्य से खुली-की-खुली रह गईं, फसल की गाँठें बहुत अच्छे ढंग से बँधी हुई थीं और सारी-की-सारी बँधी हुई गाँठें तिरपाल से ढकी भी हुई थीं, तिरपाल को भी चारों तरफ से ईंट से दबा दिया गया था, उसके गाय-बैल सभी सुरक्षित बँधे हुए थे और मुरगियाँ भी अपने दड़बों में सुरक्षित थीं। बाड़े का दरवाजा भी मजबूती से बँधा हुआ था। सारी चीजें बिल्कुल बहुत व्यवस्थित थीं···नुकसान होने की कोई संभावना नहीं बची थी, किसान को अब मजदूर की पहले दिन की अजीब बात समझ में आई, जब हवा चलती है, तब मैं सोता हूँ; अब पारसनाथ राय भी घर जाकर चैन से सो गए और उनकी चिंता दूर हो गई।

□

# सच कहने की हिम्मत

प्रतिवर्ष की भाँति रोहित इस वर्ष भी अपने स्कूल में होनेवाले स्वतंत्रता दिवस समारोह को लेकर बहुत उत्साहित था। पहले से होनेवाली परेड में पंद्रह दिन पूर्व से हिस्सा भी ले रहा था। अपनी क्लास का पढ़ने में सबसे होनहार छात्र था, दूसरे दिन अभ्यास का फाइनल परेड था। वह एकदम सुबह-सुबह जगा तो देखा कि घर में कोई हलचल नहीं थी, सब लोग चुप थे, एक अजीब सी शांति फैली थी। वह दादी के कमरे में भागकर गया, लेकिन वह दादी दिखाई नहीं पड़ी, कमरे में दादी को न पाकर वह और भी हैरान-परेशान हुआ, क्योंकि कुछ दिन पूर्व से दादी की तबीयत थोड़ी ढीली चल रही थी।

भागकर माँ के पास गया और बोला, "माँ, दादीजी कहाँ हैं?"

"बेटा, रात को उनकी तबीयत बहुत ज्यादा खराब हो गई थी, तुम्हारे पिताजी उन्हें शहर के बड़े अस्पताल लेकर गए है, वह अभी वहीं हैं, डॉक्टर उनकी हालत काफी खराब बता रहे हैं।" यह सुनकर रोहित एकाएक बहुत उदास हो गया, उसकी माँ ने पूछा, "तुम मेरे साथ दादीजी को देखने चलोगे? मैं अस्पताल जा रही हूँ।" रोहित दादी को बहुत ज्यादा प्यार करता था, घर के सभी बच्चों में रोहित ही दादी का उस घर का सबसे अधिक दुलारा बेटा था। स्कूल से आने के बाद प्राय: दादी के पास ही बना रहता था, उसने तुरंत कहा, "हाँ माँ, मैं आपके साथ अस्पताल दादी को देखने जरूर चलूँगा।" अस्पताल जाकर वहाँ दो दिन तक दादी के पास ही रह गया। वह स्कूल और स्वतंत्रता दिवस के समारोह के बारे में सबकुछ भूल गया और जब दादी पूर्ण रूप से ठीक होकर अस्पताल से घर आईं, तभी वह उनके साथ वापस आया।

दूसरे दिन स्कूल में स्वतंत्रता दिवस समारोह बहुत अच्छी तरह संपन्न हो गया,

बैंड-बाजे के साथ शानदार परेड हुई। शहर के प्रमुख मार्गों से परेड करते हुए सभी बच्चे अपने स्कूल वापस आए, सभी को बहुत आनंद आया। मार्ग में कई स्थानों पर ऊँचे-ऊँचे स्वागत द्वार बनाए गए थे, शहर में जगह-जगह परेड का फूलों से स्वागत किया गया, जिले के सबसे बड़े शिक्षा के अधिकारी को समारोह का मुख्य अतिथि और शहर के सबसे संभ्रांत व्यक्ति को अध्यक्ष बनाया गया था। दोनों लोगों ने सभी बच्चों को मार्गदर्शन और आशीर्वाद दिया और परेड की बहुत तारीफ की, स्कूल की प्रबंध समिति को अच्छे ढंग से समारोह करवाने के लिए धन्यवाद दिया, लेकिन प्राचार्य महोदय समारोह में बच्चों की उपस्थिति को लेकर बहुत खुश नहीं थे। उन्होंने ध्यान दिया कि बहुत से छात्र आज समारोह में उपस्थित नहीं हैं। उन्होंने दूसरे दिन स्कूल पहुँचते ही सभी अध्यापकों को ऑफिस में बुलाने की सूचना निकाली और सभी के आने पर कहा, "मुझे उन सभी विद्यार्थियों के नामों की सूची अभी चाहिए, जो समारोह के दिन अनुपस्थित थे।" आधे घंटे के अंदर सभी कक्षाओं के उन सभी विद्यार्थियों की सूची उनकी मेज पर आ गई थी। कक्षा छह की सूची बहुत लंबी थी, अत: वह पहले उसी तरफ मुड़े, जैसे ही उन्होंने कक्षा छह में कदम रखे, वहाँ एकदम चुप्पी सी छा गई। उन्होंने कठोरतापूर्वक कहा, "मैंने परसों क्या कहा था ?"

"यही कि हम सबको स्वतंत्रता दिवस समारोह में उपस्थित होना चाहिए।"

"तब बहुत सारे बच्चे अनुपस्थित क्यों थे ?" उन्होंने नामों की सूची हवा में लहराते हुए पूछा, फिर उन्होंने अनुपस्थित हुए सभी विद्यार्थियों के बारी-बारी से नाम पुकारे। सभी से समारोह में शामिल न होने का कारण जाना, उन्हें डाँटा और अपने डंडे से उनकी हथेलियों पर मार भी लगाई, "तुम लोग राष्ट्रीय समारोह के प्रति अगर इतने लापरवाह हो तो इसका मतलब कि तुम लोगों को अपनी मातृभूमि से थोड़ा सा भी प्यार नहीं है, अगली बार अगर ऐसा हुआ तो मैं समारोह में शामिल न होनेवाले तुम सबके नाम स्कूल के रजिस्टर से काट दूँगा।" इतना कहकर वह क्लास से बाहर जाने के लिए मुड़े, तभी रोहित आकर उन के सामने खड़ा हो गया। "क्या बात है ?"

"सर, मैं रोहित··मैं भी समारोह में कल उपस्थित नहीं हो पाया था, पर आपने मेरा नाम नहीं पुकारा।" कहते हुए रोहित अपनी दोनों हथेलियाँ प्राचार्य महोदय के सामने फैलाकर सावधान की मुद्रा में खड़ा हो गया मार खाने के लिए। फिर क्या, कक्षा के सभी छात्र साँस रोककर केवल रोहित की तरफ देख रहे थे कि अब क्या होगा ?

प्राचार्य महोदय कई क्षणों तक रोहित की ओर ही देखते रहे, उनका कठोर चेहरा एकदम नरम हो गया और उनके स्वर से एकाएक क्रोध गायब सा हो गया था, फिर बोले, "तुम सजा के हकदार नहीं हो, क्योंकि तुममें सच्चाई कह पाने की हिम्मत है, इसलिए मैं तुमसे समारोह में न शामिल होने का कारण भी नहीं पूछूँगा, लेकिन तुम्हें यह वचन देना होगा कि अगली बार तुम राष्ट्रीय समारोह को नहीं भूलोगे और अवश्य शामिल होगे, अब तुम अपनी सीट पर जाकर बैठ जाओ।" रोहित ने जो कुछ किया, इसकी उसे बहुत खुशी थी।

□

# स्वयं की पहचान

योगी गोरखनाथ बाबा के शहर गोरखपुर में एक बहुत बड़ा पुराना रामगढ़ ताल (तालाब) था। शहर को पर्यटन की दृष्टि से बढ़ावा देने के लिए तालाब को बहुत सुंदर बनाया गया, जिससे सरकार की आय बढ़ेगी और जनता को आनंद भी मिलेगा। पास से जानेवाली सड़क से तालाब तक अच्छे पत्थरों की सीढ़ी बनाई गई, जिन पर बैठकर लोग आनंद ले सकें। पानी के रंगीन फव्वारे, वोटिंग, तालाब में उछलती-खेलती रंगीन मछलियों का खेल लोग देख सकें। सुंदरीकरण को और खूबसूरत बनाने के लिए तालाब के पास एक बहुत सुंदर सा बगीचा था, उस बगीचे को सुंदर तथा आकर्षक बनाने के लिए 75 वर्षीय अलगू माली को अच्छे ढंग से देखरेख करने की जिम्मेदारी स्थानीय प्रशासन ने दे रखी थी। उसने बड़ी मेहनत से उस बगीचे को अच्छी प्रकार से सजाया-सँवारा था। उसमें कई प्रकार के सुगंधित फूल-पौधे लगाए थे, जिसमें अनेक प्रकार फलदार और छायादार पेड़-पौधे भी लगे थे, अलगू को जिम्मेदारी मिलने के बाद कई अच्छे पेड़ लगाए थे। एक दिन अलगू उस बगीचे में बैठकर अखरोट का पेड़ लगा रहा था, उसमें घूमने आए एक सज्जन ने पूछ लिया कि अखरोट बीस वर्ष के बाद फल देता है, तब तक तो आप जिंदा भी नहीं रहोगे। अलगू ने जवाब दिया, "अब तक दूसरे के लगाए पेड़ों के बहुत फल खा चुका हूँ, इसलिए मुझे भी दूसरों के लिए पेड़ लगाने चाहिए। अपने फल खाने की आशा से ही पेड़ लगाना स्वार्थपरता है।" जगह-जगह पेड़ों के नीचे आलंकारिक तरीके से बैठने के लिए चबूतरे भी बनाए गए थे, जिसकी सुगंध और आनंद लेने के लिए दूर-दूर से लोग सपरिवार वहाँ घूमने के लिए आते थे और बगीचे में बैठकर उसमें लगे फूलों की तारीफ करते नहीं थकते थे। था ही ऐसा कि लोग तारीफ करें। जो वहाँ बैठता, उन्हीं फूलों का होकर रह जाता, भले ही कुछ

क्षण के लिए ही क्यों न हो। तालाब के चारों ओर लुफ्त उठाने के लिए खाने-पीने के स्टाल लगानेवाले दुकानदार भी अपनी दुकान लेकर रोज आ जाते थे, जिससे उन लोगों के परिवार की रोजी-रोटी भी चलती थी।

बगीचे में गुलाब के पेड़ पर लगा पत्ता हर रोज लोगों को आते-जाते देखता और सभी के मुँह से केवल फूलों की ही प्रशंसा सुनता रहता था। मन-ही-मन दुःखी होता रहता था। उसे लगता कि हो सकता है, कभी मेरे भी दिन बहुरें, किसी एक दिन कोई उसकी भी तारीफ करे, पर जब काफी दिन बीत जाने के बाद भी किसी ने गलती से भी उसकी कोई तारीफ नहीं की तो वह हीन-भावना से ग्रसित रहने लगा। उसके मन में तरह-तरह के बुरे विचार आने लगे। सभी आनेवाले लोग गुलाब और अन्य फूलों की बहुत तारीफ करते नहीं थकते, पर मुझे कोई देखता तक नहीं था, शायद मेरा जीवन किसी काम का नहीं, एकदम निरर्थक है। भगवान् ने पत्ते बनाए ही क्यों, कहाँ ये महकते हुए खूबसूरत फूल और कहाँ मैं मामूली सा पत्ता और ऐसे विचार सोचकर वह पत्ता काफी उदास रहने लगा। फूल को तो कभी-कभी तोड़कर माली ले जाता, मंदिर में भगवान् के चरणों में चढ़ाने के लिए पुजारी को दे आता था, लेकिन मुझे तो सूखकर पेड़ से नीचे गिरकर मिट्टी में मिल जाने के अलावा और कोई रास्ता न था।

पत्ते की उदासी के एक-एक दिन यों ही बीतते जा रहे थे कि अचानक एक दिन बड़ी जोर-जोर से हवा चलनी शुरू हुई और देखते-देखते थोड़ी ही देर में उसने बहुत बड़ी आँधी का रूप ले लिया। बगीचे के पेड़-पौधे तूफान भरी हवा से तहस-नहस होने लगे। देखते-देखते सभी फूल जमीन पर गिरकर बिखर गए, बगीचे के सारे के सारे पेड़ निढाल हो गए। पत्ता भी अपने पेड़ से अलग हो गया और बगीचे से उड़ते-उड़ते बहुत दूर तालाब में जा गिरा। पत्ते ने देखा कि उससे कुछ ही दूर पर कहीं से एक चींटी हवा का झोंका सहन न कर पाने की वजह से तालाब में आ गिरी थी और अपनी नन्हीं जान बचाने के लिए निरंतर हवा और पानी से संघर्ष कर रही थी। चींटी बहुत देर से प्रयास करते-करते काफी थक चुकी थी और अब उसे अपनी मृत्यु तय लग रही थी कि तभी पत्ते की नजर संघर्ष कर रही, उस चींटी पर पड़ी। पत्ते ने देखते ही उसे आवाज दी कि घबराओ नहीं, इधर आओ···मैं तुम्हारी मदद कर देता हूँ। और ऐसा कहते हुए पत्ते ने अपने ऊपर जीवन और मृत्यु से संघर्ष कर रही चींटी को बैठा लिया। आँधी रुकते-रुकते पत्ता तालाब के एक छोर पर जा पहुँच गया;

चींटी किनारे पर पहुँच कर बहुत खुश हो गई और पत्ते से बोली, "आपने आज मेरी जान बचाकर हमारे ऊपर बहुत बड़ा उपकार किया है, सचमुच आप बहुत महान हैं, इस उपकार के लिए मैं आपका बहुत-बहुत धन्यवाद, करती हूँ।"

चींटी की यह बात सुनकर आज पत्ता एकदम बहुत भावुक हो गया और बोला, "चींटी बहन, धन्यवाद तो मुझे आज आपका करना चाहिए, क्योंकि तुम्हारी ही वजह से आज अपनी पूरी जिंदगी में पहली बार मेरा सामना अपनी किसी काबिलीयत से हुआ है, जिससे मैं आज तक एकदम अनजान था। जिंदगी में आज पहला ऐसा मौका आया है, जब मैंने अपने जीवन के मकसद और अपनी ताकत को स्वयं पहचान पाया हूँ, उसका सारा श्रेय केवल और केवल तुम्हें ही जाता है।"

ईश्वर ने हम सभी को अनोखी शक्तियाँ दी हैं। कई बार हम खुद अपनी काबिलीयत से अनजान होते हैं और समय आने पर हमें इसका पता चलता है। हमें इस बात को समझना चाहिए कि किसी एक काम में असफल होने का मतलब हमेशा के लिए अयोग्य होना नहीं है। स्वयं को पहचानकर आप वह काम कर सकते हैं, जो आज तक किसी ने नहीं किया है।

□

# हिसाब चार आने का

इंदौर के महाराजा यशवंत राव होलकर बड़े धर्मात्मा, प्रतापी एवं प्रजा-पालक थे। दूर-दूर तक उनकी समृद्धि की चर्चाएँ होती थीं। हमेशा प्रजा के हित का विचार करते रहते थे। प्रजा को किसी प्रकार का दुःख न पहुँचे। अनेक प्रकार से इस बात का पता भी लगाते रहते थे कि प्रजा का स्वभाव कैसा बन रहा है, किस दिशा में प्रजा का मन चल रहा है और क्या-क्या सुधार की जरूरत है।

उनके राजमहल में हर प्रकार की सुख-सुविधा की वस्तु उपलब्ध थी। महल में किसी भी चीज की कोई कमी नहीं थी, पर फिर भी अंदर से महाराज का मन बहुत अशांत चल रहा था। उन्होंने कई ज्योतिषियों से इसका कारण जानना चाहा, बहुत से विद्वानों से मिले, किसी ने कोई अँगूठी पहनाई तो किसी ने यज्ञ-अनुष्ठान कराए तो किसी ने महराज को व्रत करवाए, परंतु फिर भी महाराज का दुःख दूर नहीं हुआ, उन्हें थोड़ी भी शांति नहीं मिल पा रही थी।

एक दिन अचानक सेठ का भेष बनाकर महाराजा अपने राज्य की सैर पर निकल गए और कई दिन तक घूमते रहे। वह एक दिन एक खेत के निकट से गुजर रहे थे, तभी उनकी नजर एक गरीब किसान पर पड़ी। किसान खेत का काम खत्म कर चुका था, अपने फटे-पुराने वस्त्र धारण कर रखे थे और वह एक पेड़ की छाँह में बैठकर आराम से भोजन कर रहा था। किसान के कई जगह से फटे-पुराने वस्त्र देखकर राजा के मन में विचार आया कि वह किसान को कुछ स्वर्ण मुद्राएँ दे दे, ताकि उसके जीवन में ढेर सारी खुशियाँ आ जाएँ। महाराज किसान के सम्मुख जाकर बोले कि किसान भाई, मैं एक राहगीर हूँ, मुझे अभी-अभी तुम्हारे ही खेत में ये चार स्वर्ण मुद्राएँ मिली हैं, चूँकि यह खेत तुम्हारा है और तुम इसके मालिक हो, इस पर सबसे पहला हक तुम्हारा है, इसलिए ये स्वर्ण मुद्राएँ तुम अपने पास

रख लो। किसान सेठ की यह बात सुनकर मन-ही-मन बड़ा आश्चर्यचकित हुआ कि हम यहाँ दिन भर काम करते हैं, हमको नहीं मिली ये स्वर्ण मुद्राएँ, इन्हें कहाँ से मिल गईं? "न-न सेठजी, ये स्वर्ण मुद्राएँ मेरी बिल्कुल नहीं हैं। इन्हें आप ही रखें या किसी और को दान कर दें, मुझे इनकी कोई आवश्यकता नहीं है।"

किसान की यह प्रतिक्रिया सुनकर राजा को बड़ा अजीब लगा और वह बोले, "धन की आवश्यकता किसे नहीं होती है? बड़े सौभाग्य से किसी के पास लक्ष्मी खुद चलकर आती है। भला आप आई हुई लक्ष्मी को लेने से इनकार कैसे कर सकते हैं? लक्ष्मीजी आपसे नाराज नहीं हो जाएँगी।"

"सेठजी, मैं रोज अपना खून-पसीना बहाकर खूब मेहनत करके चार आने कमा लेता हूँ और उतने में ही प्रसन्न रहता हूँ। हमें कोई धन की आवश्यकता नहीं है।" किसान बोला।

सेठजी ने पूछा, "क्या? आप दिन भर में सिर्फ चार आने की ही कमाई कर पाते हैं और उतने में ही प्रसन्न रहते हैं, यह कैसे संभव हो सकता है?" राजा ने अचरज से पूछा ।

किसान बोला, "सेठजी, प्रसन्नता इस बात पर निर्भर नहीं करती कि आप कितना कमाते हैं और कितने धनवान हो या आपके पास कितनी अधिक संपत्ति है, प्रसन्नता उस धन के उपयोग पर निर्भर करती है।"

"तो तुम चार आने कमाकर रोज का क्या-क्या काम कर लेते हो?" राजा ने बड़े उपहास के लहजे में प्रश्न किया।

किसान भी बेकार की बहस में नहीं पड़ना चाहता था। उसने आगे बढ़ते हुए उत्तर दिया, "इन चार आनों में से एक आना मैं कुएँ में डाल देता हूँ, दूसरे से अपने ऊपर का कर्ज चुका देता हूँ, तीसरा उधार में दे देता हूँ और चौथा मिट्टी में गाड़ देता हूँ।"

राजा सोचने लगा, पर उसे यह उत्तर कुछ भी समझ नहीं आया। वह किसान से इसका अर्थ पूछना चाहता था, पर अब वह किसान वहाँ से जा चुका था। राजा ने अगले ही दिन ही राजदरबार सभा बुलाई; पूरे दरबार में कल की घटना सबको कह सुनाई और सबसे किसान के उस कथन का अर्थ पूछने लगा। दरबारियों ने अपने-अपने तर्क पेश किए, पर कोई भी राजा को ठीक पे संतुष्ट नहीं कर पाया। अंत में किसान को ही दरबार में बुलाने का निर्णय लिया गया और दूसरे दिन किसान को

राजदरबार में हाजिर होने का आदेश दे दिया गया।

बहुत खोजबीन के बाद किसान मिला और उसे कल की सभा में प्रस्तुत होने का राजा का निर्देश सुनाया गया। राजा ने किसान को उस दिन अपने भेष बदलकर भ्रमण करने के बारे में बताया और सम्मानपूर्वक बुलाकर दरबार में बैठाया।

"मैं तुम्हारे कल के उस उत्तर से बहुत प्रभावित हुआ हूँ और तुम्हारे रोज कमाए हुए चार आने का हिसाब मैं भी समझना चाहता हूँ; बताओ, तुम अपने कमाए हुए रोज उन चार आने को किस तरह से खर्च करते हो, जिससे तुम्हारा सारा काम पूरा हो जाता है और तुम्हारी सारी जरूरतें भी पूरी हो जाती हैं, जिससे तुम इतना प्रसन्न और संतुष्ट रह पाते हो ?" राजा ने प्रश्न किया।

किसान बोला, "हुजूर, जैसाकि मैंने आपको कल ही बताया था कि मैं एक आना कुएँ में डाल देता हूँ, यानी वह एक आना मैं अपने परिवार के भरण-पोषण में लगा देता हूँ। दूसरे से मैं कर्ज चुकाता हूँ, यानी इसे मैं अपने वृद्ध माँ-बाप की सेवा तथा दवा आदि में लगा देता हूँ। तीसरा मैं उधार दे देता हूँ, यानी अपने सभी बच्चों की शिक्षा-दीक्षा में लगा देता हूँ और चौथा मैं मिट्टी में गाड़ देता हूँ, यानी मैं एक आने की बचत कर लेता हूँ, ताकि समय आने पर मुझे किसी से कुछ माँगना न पड़े और मैं इसे परोपकार एवं धार्मिक, सामाजिक या अन्य आवश्यक कार्यों में लगा सकूँ।" राजा को अब किसान की बात पूरी तरह समझ में आ चुकी थी और राजा की समस्या का समाधान हो चुका था, वह जान चुका था कि यदि प्रसन्न एवं संतुष्ट रहना है तो उसे भी अपनी अर्जित धन-संपदा का सही-सही उपयोग करना होगा।

□

# चावल का एक दाना

अभिजीत बचपन से ही पढ़ने-लिखने में बहुत होनहार एवं तेज विद्यार्थी था। अपने स्कूल का एक अत्यंत मेधावी छात्र था। सभी बच्चे उसकी पढ़ाई का लोहा मानते थे, हर परीक्षा में सबसे अधिक नंबर लाता था, उसने हाई स्कूल और इंटरमीडिएट की परीक्षा में पूरे जिले में टॉप किया था। आगे की पढ़ाई उसने अच्छे कॉलेज से पूरी की, अपने पढ़ाई पर उसको बड़ा घमंड रहता था, पर इस सफलता के बावजूद उसके माता-पिता उसके व्यवहार से बहुत खुश नहीं रहते थे। कारण था—पढ़ाई को लेकर उसका घमंड और अपने बड़ों से तमीज से बात न करना। वह अकसर ही लोगों से ऊँची आवाज में बात किया करता था और अकारण ही उनका मजाक उड़ा देता। खैर, दिन बीतते गए और देखते-देखते अभिजीत स्नातक भी हो गया।

स्नातक पूरा होने के बाद अभिजीत नौकरी की खोज में बाहर निकला। जहाँ भी जाता, सभी जगह प्रतियोगिता परीक्षा में तो पास हो जाता था। इसके बावजूद उसका इंटरव्यू में चयन न हो पाने से उसका काम कभी नहीं हो पाता था, इसलिए बहुत परेशान रहने लगा था। अभिजीत को लगता था कि अच्छे अंक के दम पर ही उसे आसानी से अच्छी-से-अच्छी नौकरी मिल जाएगी, पर ऐसा हो नहीं हो सका। काफी प्रयास करने के बाद भी वह कभी सफल नहीं हो पा रहा था। हर बार उसका घमंड और बातचीत करने का तरीका इंटरव्यू लेनेवाले को अखर जाता और वे उसे चयन करने से रोक देते थे। निरंतर मिल रही अपनी असफलता से अभिजीत एकदम हताश और निराश हो चुका था, पर अभी भी उसे समझ में एक बात नहीं आ रही थी कि उसे अपना व्यवहार बदलने की आवश्यकता है।

एक दिन रास्ते में कहीं जाते हुए अभिजीत की मुलाकात अपने ही स्कूल के

प्रिय अध्यापक से हो गई। वह उन्हें बहुत मानता था और वह अध्यापक भी अभिजीत को पढ़ाई में बहुत तेज होने के कारण और छात्रों से उसे कुछ ज्यादा ही स्नेह करते थे। अभिजीत ने अध्यापक को अपनी प्रतियोगिता परीक्षा और इंटरव्यू की सारी कहानी कह सुनाई, चूँकि अध्यापक अभिजीत के व्यवहार से पहले से ही काफी परिचित थे तो उन्होंने कहा कि कल तुम मेरे घर पर आना, तब मैं तुम्हें इसका उपाय जरूर बताऊँगा। मास्टर साहब का परिवार शहर से दूर गाँव में बुजुर्ग माँ और बाबूजी के साथ रहता था। खुद बिना परिवार के अकेले किराए पर एक कमरा लेकर रहते थे और अपना खाना पकाकर खा लेते थे। अभिजीत अगले दिन सुबह-सुबह ही मास्टर साहब के घर पर पहुँच गया। मास्टर साहब घर पर चावल पका रहे थे, इसके आने की खबर मिलते ही वे बाहर आ गए। दोनों आपस में बात ही कर रहे थे कि मास्टर साहब ने अभिजीत से कहा, "जाकर, देखकर आओ कि चावल पके कि नहीं।" अभिजीत अंदर गया, उसने अंदर से ही कहा कि "सर, चावल पक गए हैं, मैं गैस बंद कर देता हूँ।" मास्टर साहब ने भी ऐसा ही करने को कहा। अब अभिजीत और मास्टर साहब आमने-सामने बैठकर बातें करने लगे। कॉलेज की बहुत सारी पुरानी बात करते-करते अचानक मास्टर साहब अभिजीत की तरफ मुस्कुराते हुए बोले, "अभिजीत, तुमने कैसे पता लगाया कि चावल पक गए हैं?"

अभिजीत बोला, "यह तो सर बहुत आसान सा तरीका है। रसोई में जाकर मैंने चावल पक रहे बरतन का ढक्कन उठाया और उसमें से एक चावल का दाना निकालकर उसे चेक कर लिया कि वह पका है कि नहीं, वह अगर पक चुका है तो इसका मतलब सारे-के-सारे चावल पक चुके हैं। इसमें कौन सी बड़ी बात है।" मास्टरजी थोड़ा गंभीर होते हुए बोले, "बस अभिजीत बेटा, यही है तुम्हारे बार-बार असफल हो जाने का कारण।"

अभिजीत उत्सुकतावश मास्टर साहब की ओर बड़े गौर से देखने लगा, "यह कैसे सर, बताइए?" मास्टर साहब बड़े धैर्य से समझाते हुए बोले, "एक चावल के दाने ने पक रहे पूरे चावल का हाल बयाँ कर दिया। सिर्फ एक चावल का दाना काफी है, यह बताने के लिए कि अन्य चावल पके हैं या नहीं? हो सकता है कि कुछ चावल न पके हों, पर तुम उन्हें नहीं खोज सकते हो। वे तो सिर्फ खाते वक्त ही अपना स्वभाव प्रगट करेंगे।

"इसी प्रकार अच्छा मनुष्य कई गुणों से बना होता है। पढ़ाई-लिखाई में

अच्छा होना उन्हीं गुणों में से एक है, पर इसके अलावा अच्छा व्यवहार, बड़ों के प्रति आदर-सम्मान, छोटों के प्रति प्रेम, सकारात्मक दृष्टिकोण, बड़ों से बात करने का ढंग, उठने-बैठने का तरीका, सबको सँभाल पाने की क्षमता, ये भी मनुष्य के आवश्यक गुणों में आते हैं और सिर्फ पढ़ाई-लिखाई में अच्छे होने से कहीं ज्यादा जरूरी हैं। तुमने अपना एक गुण तो पका लिया, पर बाकी की तरफ कभी ध्यान ही नहीं दिया, इसीलिए जब कोई इंटरव्यूअर तुम्हारा इंटरव्यू लेता है तो तुम उसे कहीं से पके और कहीं से कच्चे लगते हो और अधपके चावलों की तरह ही कोई इस तरह के कैंडिडेट्स भी पसंद नहीं करता है।"

अभिजीत को अपनी गलती का एहसास हो चुका था। वह अब मास्टरजी के यहाँ से नई एनर्जी लेकर जा रहा था। कई बार अहंकार बस हमें अपनी गलती नजर नहीं आती है, पर सामनेवाला हमारी बुराई तुरंत भाँप लेता है, अतः हमें निरंतर यह प्रयास करना चाहिए कि हमारे गुणों से बना चावल का एक-एक दाना अच्छी तरह से पका हो, ताकि कोई हमें कहीं से चखे, उसे हमारे अंदर पका हुआ दाना ही मिले।

□

# नन्हे तोते की मदद

एक बहुत बड़े जंगल में एक नन्हा सा तोता अपने परिवार से बिछड़कर अपने आशियाने से बहुत दूर आ गया था। उस छोटे से तोते को अभी अच्छे से उड़ना नहीं आता था। उधर छोटे तोते के परिवारवाले उसे अपने पास न देखकर बहुत परेशान हो गए थे और बहुत देर से उसके वापस लौटकर घर आने की राह देख रहे थे, इधर छोटा तोता भी समझ नहीं पा रहा था कि वह अपने आशियाने तक पहुँचे तो कैसे पहुँचे? वह उड़ान भरने की कोशिश कर रहा था, पर बार-बार कुछ ऊपर उठकर जमीन पर गिर जाता था। कुछ दूर से एक अनजान परिंदा पास के एक पेड़ पर अपने मित्र के साथ बैठा यह सब बड़े गौर से देख रहा था। कुछ देर देखने के बाद वे दोनों परिंदे उस छोटे तोते के करीब आ पहुँचे। छोटा तोता उन्हें देखकर पहले तो घबरा गया, फिर उसने सोचा कि शायद ये उसकी मदद करने के लिए आए हों और उसे घर तक पहुँचा दें, यह सोचकर बहुत खुश हुआ।

अनजान परिंदे ने नीचे बैठे नन्हे से तोते से पूछा, "क्या हुआ भाई, तुम काफी परेशान से लग रहे हो?"

नन्हा तोता, "मैं रास्ता भटक गया हूँ और मुझे शाम होने से पहले अपने घर पर वापस जाना है, पर मुझे उड़ान भरना अच्छी तरह से नहीं आता है, मेरे घरवाले मुझे अपने पास न पाकर बहुत परेशान हो रहे होंगे, आप मुझे उड़ान भरना सिखा सकते हैं क्या? मैं काफी देर से कोशिश कर रहा हूँ, पर सफलता नहीं मिल पा रही है। बार-बार उड़ान भरता हूँ, पर गिर जाता हूँ।"

अनजान परिंदा (थोड़ी देर सोचने के बाद बोला), "जब अपने आप उड़ान भरना तुम अभी तक सीख नहीं पाए तो भला घर से इतना दूर निकलने की क्या

जरूरत थी? मत निकलते घर से।" वह अपने मित्र के साथ मिलकर नन्हे तोते का मजाक उड़ाने में लग गया। उन लोगों की बातों से यह तोता बहुत क्रोधित हो रहा था, लेकिन कुछ कर भी नहीं सकता था बेचारा, इसलिए चुपचाप निराश होकर बैठा रहा।

अनजान परिंदा हँसते हुए बोला, "देखो भाई, हम तो उड़ान भरना जानते हैं और अपनी मर्जी से कहीं भी उड़कर आ-जा सकते हैं।" इतना कहकर अनजान परिंदे ने उस नन्हे से तोते की आँख के सामने ही पहली उड़ान भरी, वह फिर थोड़ी देर बाद वापस लौटकर आया और दो-चार कड़वी बातें बोलकर पुनः उड़ गया, ऐसा उसने पाँच-छह बार लगातार किया और हर बार यही करता। उड़ान से वापस आकर कड़वी बात सुनाता और पुनः उड़ जाता, लेकिन जब इस बार वह उड़ान भरने के बाद वापस लौटकर आया तो नन्हा तोता वहाँ नहीं था।

अनजान परिंदा अपने मित्र से, "लगता है नन्हे तोते ने अपनी उड़ान भर ली।" उस समय अनजान परिंदे के चेहरे पर बेहद खुशी झलक रही थी।

मित्र परिंदा, "हाँ, नन्हे तोते ने तो अपनी उड़ान भर ली, लेकिन तुम इतना खुश क्यों हो रहे हो मित्र? तुमने तो उसे उड़ान भरना सिखाने के बजाय ऊपर से उसका कई कड़वी बातें सुनाकर बार-बार मजाक उड़ाने में ही लगे थे।"

अनजान परिंदा, "मित्र, तुमने मेरी सिर्फ नकारात्मकता पर ध्यान दिया, लेकिन वह नन्हा सा तोता मेरी नकारात्मकता पर कम और सकारात्मकता पर ज्यादा ध्यान दे रहा था। इसका मतलब यह है कि वह मेरी मजाक को अनदेखा करते हुए मेरी उड़ान भरनेवाली चाल पर ज्यादा ध्यान देकर उड़ान समझने की कोशिश कर रहा था और अंत में वह स्वयं ही अपनी उड़ान भरने में सफल हो गया।"

मित्र परिंदा, "जब तुम्हें उसे उड़ान भरना सिखाना ही था तो उसका मजाक बनाकर क्यों सिखाया? सहज ढंग से बिना मजाक बनाए भी उसको उड़ान भरना सिखा सकते थे तो उसे बहुत अच्छा लगता और जीवन भर तुम्हारा एहसास भी मानता।"

अनजान परिंदा, "मित्र, नन्हा तोता अपने जीवन की पहली बड़ी उड़ान भर रहा था और मैं उसके लिए एकदम अजनबी था, अगर मैं उसको सीधे तरीके से उड़ना सिखाता तो वह पूरी जिंदगी मेरे एहसास के नीचे दबा रहता और आगे भी

कभी कोशिश खुद से नहीं करता। मैंने उस नन्हे से तोते के अंदर छिपी हुई उड़ान भरने की लगन देखी थी। जब मैंने उसको कोशिश करते हुए देखा था, तभी समझ गया था कि इसे थोड़ी सी दिशा देने की जरूरत है और मैंने अनजाने में उसे दी और वह अपनी मंजिल को पाने में कामयाब हुआ। अब वह पूरी जिंदगी खुद से कोशिश करेगा और दूसरों से कम मदद माँगेगा।"

□

# सम्मान का कारण

राजदत्त अपने समय के एक बहुत विद्वान् और सदाचारी व्यक्ति थे, वे अत्यंत आकर्षक व्यक्तित्व एवं बहुमुखी प्रतिभा के धनी थे। सभी लोग उनकी विद्वत्ता का लोहा मानते थे, इसलिए महाराजा ब्रह्मदत्त के राज्य में वे राजपुरोहित के पद पर आसीन थे और सभी धार्मिक कार्यों को पूरे विधि-विधान के साथ संपन्न कराते थे। कभी-कभी महाराजा राज्य संचालन के कार्य में अन्य विषयों पर भी राजदत्त से सलाह-मशविरा किया करते थे, जिससे उनके ज्ञान का लाभ पूरे साम्राज्य को मिलता रहे। महाराजा उनका बहुत आदर और सम्मान किया करते थे, इसलिए राजदरबार सहित संपूर्ण राज्य में सभी लोग उनको बड़े आदर और सम्मान के साथ देखते थे। अचानक एक दिन राजदत्त के मन में यह विचार आया कि क्यों न महाराजा की परीक्षा ली जाए कि महाराजा, जो मेरा इतना अधिक मान-सम्मान करते हैं, यह मान-सम्मान मेरे ज्ञान के कारण है या मेरे सदाचार के कारण, इसकी पहचान भी करनी चाहिए। इसकी परीक्षा करने के लिए राजदत्त ने एक प्लान तैयार किया और थोड़े ही दिन में उस प्लान पर काम करना शुरू कर दिया।

कुछ ही दिन बीते होंगे। एक दिन सायंकाल राजसभा से लौटते हुए राजपुरोहित राजदत्त राज के कोषागार के पास से निकल रहे थे तो उन्होंने कोषागार से चुपचाप एक सोने का सिक्का उठाकर अपने पास रख लिया। कोषप्रमुख यह देखकर बड़ा हैरान हुआ, वह सोचने लगा कि राजदत्त जैसे महान् सदाचारी व्यक्ति ने आज सोने का सिक्का क्यों उठाया और उठाया है तो अवश्य कोई विशेष प्रयोजन होगा। हो सकता है कि आज किसी जल्दी के कारण कुछ नहीं बता पाए हों तो बाद में बता देंगे, थोड़े ही दिन बीते होंगे कि उधर से निकलते हुए राजदत्त ने फिर यही काम किया। कोषप्रमुख ने आज भी देखा, पर अपना धैर्य बनाए रहा, कुछ नहीं बोला, लेकिन अब वह सोचने

के लिए कि मजबूर हो गया कि यह क्या माजरा है, थोड़े ही दिन बाद राजदत्त ने पुनः मुट्ठी भरकर स्वर्ण मुद्राएँ उठाकर अपने पास रख लीं तो अब कोषप्रमुख से एकदम नहीं रहा गया, उसको लगा कि अब मुझे चुप नहीं रहना चाहिए, नहीं तो मैं राजद्रोही हो जाऊँगा और मैं स्वयं अपने को माफ नहीं कर पाऊँगा तथा मैं भी इनके कृत्य में शामिल माना जाऊँगा। उसे दाल में कुछ काला नजर आने लगा, उसने तत्काल आदेश दिया और सिपाहियों को बुलाकर राजदत्त को गिरफ्तार करवा लिया, परंतु गिरफ्तारी से राजदत्त के चेहरे पर कोई अंतर नहीं पड़ा और बिना विचलित हए वे सामान्य रहे।

सिपाहियों के हवाले होते ही तुरंत यह घटना जंगल की आग की तरह राज्य भर में फैल गई। यह बात सुनकर सभी लोग आश्चर्यचकित थे। किसी को यह विश्वास भी नहीं हो रहा था कि इतने बड़े विद्वान् और सदाचारी व्यक्ति ने ऐसी चोरी क्यों की? राजमहल में यही चर्चा होने लगी कि राजा उनका बड़ा सम्मान करते हैं, इसलिए यदि उन्हें किसी काम के लिए धन की जरूरत थी तो कोषागार के प्रमुख या राजा को बताना चाहिए था, बिना बताए कोषागार से कुछ भी उठाकर ले जाना तो बहुत बड़ा अपराध ही है। इसकी सजा तो उनको महाराज द्वारा अवश्य मिलेगी ही और वे तो राजपुरोहित हैं, अतः उन्हें कल सुबह क्या सजा मिलेगी, इस का सभी लोगों को बड़ी बेसब्री से इंतजार था।

दूसरे दिन सिपाहियों के द्वारा राजदत्त को लाकर महाराजा के समक्ष राजदरबार में पेश किया गया। महाराजा ने राजदत्त से कहा, "आपने यह काम करके बहुत बड़ा अपराध किया है, इसलिए इस कृत्य की सजा आपको अवश्य मिलेगी और साथ-ही-साथ हमारी श्रद्धा तथा विश्वास को आपने अत्यधिक चोट पहुँचाई है।" महाराजा ने सजा के तौर पर राजदत्त के हाथ की चार उँगलियाँ काटने का फरमान भी सुना डाला। यह फैसला सुनने के बाद राजदत्त मुस्कुराकर बोले, "महाराज, मैंने धनवान बनने की इच्छा से यह चोरी नहीं की थी, मैं तो यह जानना चाहता था कि आप मेरा सम्मान ज्ञान के कारण करते हैं या सदाचार के कारण करते हैं? मैंने आपकी परीक्षा ली है, मेरा ज्ञान तो जितना कल था, उतना ही आज भी है, उसमें कोई भी कमी नहीं आई है, दो दिन में केवल फर्क सिर्फ इतना आया है कि मेरा सदाचार खंडित हो गया है। इसके कारण मुझे सजा मिली है।" यह सुनकर राजा को पूरा-का-पूरा माजरा समझ में आ गया। उन्होंने राजदत्त को बिना कोई सजा दिए सम्मान सहित मुक्त कर दिया।

□

# चने के चार दाने

बहुत समय पहले की बात है, जब मीरजापुर जिले के सुदूर में एक छोटे से गाँव में अतुलसेन नामक व्यक्ति रहता था। जमीन-जायदाद तो बहुत थी, लेकिन उपजाऊ जमीन नहीं थी। अतुलसेन होशियार तो बहुत थे, लेकिन उमर के हिसाब से शारीरिक दृष्टि से कमजोर रहने लगे थे। अपने चारों पुत्रों का विवाह समय पर कर चुके थे। सभी लोग अपने परिवार को लेकर अपने पिता के साथ घर पर रह रहे थे, लेकिन पढ़ाई-लिखाई में चारों के चारों जीरो थे और सब अपना जीवन जैसे-तैसे निर्वाह कर रहे थे। अब समय के साथ-साथ अतुलसेन वृद्ध हो चले थे, पत्नी के स्वर्गवास के बाद उन्होंने सोचा कि अब तो मेरे जीवन का कोई ठिकाना नहीं कब तक रहे, तो अभी तक के संगृहीत जमीन-जायदाद और बची हुई शेष संपत्ति का उत्तराधिकारी चारों में से किसे बनाया जाए? जिससे वह सँभालकर रख सकें और मेहनत करके उसमें बढ़ोतरी भी कर सके। इसके लिए वे चिंतित रहते थे। यह निर्णय लेने के लिए उसने अपने चारों बेटों को और उनकी पत्नियों को एक साथ अपने पास बुलाया और एक-एक करके चारों पुत्रों को चने के चार-चार दाने दिए और कहा कि मैं अब तीर्थयात्रा पर निकल रहा हूँ और चार साल बाद वापस लौटकर आऊँगा। आप चारों में से जो भी इन इन चारों दानों की सही-सलामत और हिफाजत करके मुझे वापस लौटाएगा, उसी को मेरी सारी संपत्ति मिलेगी। इतना कहकर अतुलसेन वहाँ से अपनी यात्रा पर चला गया।

पहले बहू-बेटे ने सोचा कि बुड्ढे की उमर अब ज्यादा हो गई और बुड्ढा सठिया गया है। इसका दिमाग अब ठीक से काम नहीं कर रहा है, हम लोग ये चार दाने कब तक सँभालकर रखेंगे, ये कोई सोना-चाँदी तो हैं नहीं, जिन्हें हिफाजत से सँभालकर रखें और चार साल तक कौन इतना सारा सब याद रखता है। हम

तो बड़े हैं तो सारे-के-सारे जायदाद पर सबसे पहला हक तो हमारा ही होगा और कानून भी यही कहता है। ऐसा सोचकर उन्होंने चने के चारों दाने सँभालकर रखने के बजाय कूड़े में फेंक दिए। पहले की तरह अपने फालतू के कामों में हमेशा के लिए व्यस्त हो गए।

दूसरे बेटे ने सोचा कि चार दाने को सँभालकर रखना तो बहुत मुश्किल काम है और यह खानेवाली चीज है, यदि हम इन्हें खा लें तो शायद उनको अच्छा लगे और लौटने के बाद हमें ही अपना आशीर्वाद दे दें। यह भी तो एक प्रकार से हिफाजत करना ही माना जाएगा, क्योंकि हमने फेंका तो है नहीं और कहा कि तुम्हारा मंगल इसी में छुपा था और सारी संपत्ति हमारी हो जाएगी। यह सोचकर उन्होंने वे चारों दाने खा लिये, पहले की तरह अपने फालतू के कामों में व्यस्त हो गए।

तीसरे बेटे ने सोचा कि हम पिताजी की तरह रोज मंदिर में पूजा-पाठ तो करते ही हैं और अपने मंदिर में जैसे पिताजी ठाकुरजी को भोग लगाते और पूजा-पाठ कर सँभालते थे, वैसे हम भी पूजा-पाठ करके सँभालते रहेंगे, समय-समय पर मंदिर में कीर्तन-भजन भी करवाते रहेंगे, उसी तरह हम चारों दाने भी सँभालकर रख लेंगे, हमारे भक्ति-भाव को देखकर वे अति प्रसन्न हो जाएँगे और उनके वापस आने के बाद उन्हें चारों दाने वापस लौटा देंगे तो उनकी सारी कृपा हमारे ऊपर ही हो जाएगी और पूरी जायदाद हमीं को मिल जाएगी।

चौथे बहू-बेटे ने बहुत समझदारी से सोचा और ठीक से समय देखकर खेत में जाकर चारों दानों को एक-एक कर जमीन में बो दिया और देखते-देखते वे पौधे बड़े हो गए और कुछ दिनों में बहुत सारे चने के पेड़ उग आए, उन पेड़ों में बहुत दाने निकले। अगली बार फिर उन्होंने उन्हें भी बो दिया। इस तरह हर वर्ष चने की और भी बढ़ोत्तरी होती गई। चार दाने चार बोरी और फिर पच्चीस बोरी और पचासों बोरी और वही चार दाने चने से सौ बोरियों में बदल गए, जिससे घर में चने का भंडार हो गया।

चार साल में अतुलसेन देश में सभी धार्मिक स्थानों पर दर्शन करने गए, जहाँ-जहाँ गए अपनी पूरी भक्ति-भाव से दर्शन-पूजन किया, सभी संत-महात्माओं से मिलकर सबको प्रणाम कर आशीर्वाद लिया, जितना बन पाया, उतना दान-पुण्य किया, सभी स्थानों से प्रसाद लिया और अपनी सारी तीर्थयात्रा पूरी करके लौटकर अपने गाँव वापस आए। घर में कथा-भागवत सुनकर भंडारे का आयोजन किया,

सभी गाँववालों को अपनी सामर्थ्य के अनुसार निमंत्रण देकर बुलाया और भंडारा का प्रसाद खिलाया-पिलाया। सभी को अपनी यात्रा का मंगल सुखद हालचाल सुनाया।

अब अतुलसेन सभी पुत्रों का हाल-समाचार जानने के लिए एक-एक को बुलाकर बिस्तार से हालचाल जानने की अपनी इच्छा जताई। सभी ने बारी-बारी से अपनी पत्नी के साथ आकर पिताजी को अपना-अपना हाल बताया। उस चने के चार दाने के बारे में तीनों ने जैसा-जैसा व्यवहार किया था, सभी ने अपनी-अपनी कहानी बताई और जब चौथे बेटे की बारी आई तो उन्होंने भी अपनी पत्नी के साथ पिताजी के पास आकर अपने द्वारा चने के साथ जो किया था, बहुत विस्तार से बताते हुए कहा, "पिताजी, आपने जो चार दाने हमें सँभालकर रखने के लिए दिए थे, उन्हें हम लोग बढ़ाकर चार सौ बोरियों में बदल चुके हैं और हमने उन्हें सँभालकर गोदाम में रख दिया है।" उन पर आप ही का हक है और गोदाम में ले जाकर उन चार सौ बोरियों को दिखाया। चौथे बेटे की कहानी सुनकर अतुलसेन प्रसन्न हो गए और फौरन वकील को बुलाकर अपनी सारी जायदाद अपने चौथे सबसे छोटे बहू-बेटे को सौंप दी और कहा, "तुम ही अब मेरी सारी संपत्ति के असल हकदार हो।"

□

# बूढ़ा पिता

पुराने शहर लखनऊ के चौक में पचासी वर्षीय बुजुर्ग गंगारामजी ने अपने बेटे अंकुर का बड़े प्यार से पालन-पोषण किया था, छोटेपन में जब भी अपने काम से छुट्टी पाकर घर आते तो गोदी में लिए इधर-उधर घुमाते रहते थे। उम्र अधिक होने पर काम से मुक्ति लेकर बेटे और बहू के साथ रहते थे, परिवार काफी सुखी संपन्न था। गंगारामजी बचपन में अच्छे खासे बलिष्ठ नौजवान थे, घर के पास एक जिम था, उसमें रोज जाकर अभ्यास भी किया करते थे। भगवान् की कृपा से और खूब भाग-दौड़कर अपने बलबूते से अपना बिजनेस खड़ा किया था। लंबा-चौड़ा चिकन का व्यापार था, बिजनेस व्यापार ठीक चल रहा था, हमेशा दुकान पर मेला की तरह भीड़ लगी रहती थी, खूब लक्ष्मी की कृपा बरस रही थी, दो कमरे के छोटे से मकान से बड़ा मकान बना लिया था, एक बड़ी गाड़ी भी खरीद ली थी, जहाँ कहीं आना-जाना हो, उसी गाड़ी से जाते आते थे। व्यापार के लिहाज से भी शहर के एक सम्मानित व्यक्ति माने जाते थे।

बचपन के मजबूत और बलिष्ठ गंगाराम आज अपने बुढ़ापे से हार गए थे। उम्र के इस पड़ाव पर वह अत्यंत कमजोर हो चुके थे। हाथ-पैर काँपते थे और दिखाई भी कम देता था, चलते समय पैर लड़खड़ाते थे, लाठी के सहारे की जरूरत पड़ने लगी थी, बिना किसी का सहारा लिए एक कदम चलना-फिरना बहुत मुश्किल हो गया था। कहीं रिश्ते-नाते में चाहकर भी जा नहीं पाते थे। चेहरा झुर्रियों से भर चुका था, बस अपना जीवन किसी तरह व्यतीत कर रहे थे, घर में एक चीज का सुख सबसे अच्छा था कि शाम को खाना खाते समय पूरा परिवार एक साथ टेबल पर बैठकर खाना खाया करता था, बस इसी एक सुख के सहारे गंगाराम की जिंदगी आराम से चलती जा रही थी।

एक दिन घर में ऐसी ही शाम को जब सारे लोग टेबल पर खाना खाने बैठे थे, बेटा ऑफिस से आया था और भूख थोड़ा ज्यादा ही लगी थी, सो जल्दी से खाना खाने बैठ गया और साथ में बहू और बेटा भी खाना खाने लगे। गंगाराम के हाथ जैसे ही थाली सँभालने को हुए थाली हाथ से छूटकर नीचे जमीन पर गई, थोड़ी दाल टेबल पर गिरकर फैल गई, शेष खाना नीचे जमीन पर गिर गया। बहू-बेटे दोनों ने बड़ी घृणा भरी दृष्टि से पिता की ओर देखा और फिर से अपना खाने में लग गए। बूढ़े पिता ने जैसे ही अपने हिलते हाथों से खाना खाना शुरू किया तो खाना कभी कपड़ों पर गिरता, कभी जमीन पर, इसलिए जमीन और उनके कपड़े सब गंदे हो गए, वे चाह कर भी सँभालकर खाना नहीं खा सकते थे।

बहू ने यह सब देखकर चिढ़ते हुए कहा, "हे राम! कितनी गंदी तरह से खाना खाते हैं, आखिर कब तक इनकी वजह से हम लोग अपने खाने का मजा किरकिरा करते रहेंगे और हम इस तरह चीजों का नुकसान होते भी नहीं देख सकते, अब तो मन करता है, इनकी थाली किसी अलग कोने में दूसरे टेबल पर लगवा दें बेटे ने भी ऐसे सिर हिलाया, जैसे पत्नी की बात से पूरा-पूरा सहमत हो गया हो, अगले दिन पिता की थाली उस टेबल से हटाकर एक कोने में एक छोटे से टेबल पर लगवा दी गई।

गंगाराम के बेटे अंकुर का छोटा बेटा बिक्कू था। बिक्कू यह सब बड़ी मासूमियत से देख रहा था, दूसरे दिन बाबूजी जब खाने के लिए आकर टेबल पर बैठे तो बहू ने कहा कि बाबूजी, आपकी थाली इस टेबल पर नहीं है, उधर कोने में उस दूसरे टेबल पर लगी है, आप वहाँ बैठकर खाना खाइए। पिता गंगाराम की डबडबाती आँखें यह सबकुछ देख रही थीं, फिर भी कुछ बोल नहीं पा रही थीं। पिता की आँखों में आँसू देखकर भी बहू-बेटे का मन नहीं पिघलता था, उनकी छोटी-से-छोटी गलती पर ढेरों बातें सुना देते। बूढ़ा पिता रोज की तरह बड़े टेबल पर सबके साथ न बैठकर छोटे टेबल पर बैठकर खाना खाने लगा, जैसे ही खाना खाना शुरू किया, खाना कभी इधर गिरता, कभी उधर, कितना भी सँभालकर खाने की कोशिश करते गंगारामजी, फिर भी कुछ खाना कपड़े पर और कुछ जमीन पर इधर-उधर गिर ही जाया करता था। करते भी तो क्या करते और कोई रास्ता नहीं बचा था। बहू-बेटे के आगे इनकी अब कुछ चल नहीं पाती थी और अब तो सबकुछ बहू-बेटे के हिसाब से चलता था।

घर में छोटा बच्चा बिक्कू, जब भी खाना खाने साथ बैठता था तो अपना खाना छोड़कर लगातार अपने दादाजी की तरफ ही बार-बार देखता रहता था। माँ ने पूछा, "क्या हुआ बिक्कू बेटे, तुम लगातार दादाजी की तरफ क्या देख रहे हो और तुम खाना ठीक ध्यान देकर क्यों नहीं खा रहे हो?" "जी माँ, खा रहा हूँ," एक रात खाने से पहले उस बिक्कू को उसके माता-पिता ने जमीन पर बैठकर कुछ करते हुए देखा तो पिता ने पूछा, "तुम क्या बना रहे हो, बिक्कू?"

बच्चा बड़ी मासूमियत से बोला, "अरे, मैं तो आप लोगों के लिए एक लकड़ी का कटोरा बनाना सीख रहा हूँ माँ, क्योंकि मैं जब आप लोगों की तरह बड़ा हो जाऊँगा और आप लोग दादाजी की तरह बहुत बूढ़े हो जाओगे तो मैं भी आपको इसी तरह कोने में टेबल पर इसी लकड़ी के कटोरे में खाना खिलाया करूँगा, जिससे बरतन टूटने सहित मेरे किसी भी चीजों का कोई नुकसान नहीं होगा।" यह कहकर वह पुनः अपने काम में लग गया।

बच्चे के मुँह से ऐसा सुनते ही बेटे और बहू दोनों एकदम से काँप उठे, उनके मुँह से एक शब्द भी नहीं निकला और आँखों से आँसू बहने लगे, शायद बच्चे की बात उनके मन में बैठ गई थी, क्योंकि बच्चे ने बड़ी मासूमियत के साथ एक बहुत बड़ा सबक दोनों को दे दिया था। बेटे ने जल्दी से आगे बढ़कर पिताजी को उठाया और वापस अपने टेबल पर खाने के लिए बिठाया। बहू भी भागकर जल्दी से पानी का गिलास लेकर आई कि पिताजी को कोई तकलीफ न हो।

□

# तन ढकने के लिए सूट

एक दिन मैं एक घर के करीब से निकल रहा था कि अचानक मुझे उस घर के अंदर से एक बच्चे के रोने की आवाज आई। उस बच्चे की आवाज में इतना दर्द था कि अंदर जाकर वह बच्चा क्यों रो रहा है, यह मालूम करने से मैं खुद को रोक नहीं पाया। अंदर जाकर मैंने देखा कि एक माँ अपने दस साल के बेटे को आहिस्ता से मारती और बच्चे के साथ खुद भी रोने लगती। मैंने आगे होकर पूछा, "बहनजी, आप इस छोटे से बच्चे को क्यों मार रही हो? जबकि आप खुद भी रोती हो?" उसने जवाब दिया, "भाई साहब, इसके पिताजी प्रभु को प्यारे हो गए हैं और हम लोग बहुत गरीब हैं, उनके जाने के बाद मैं लोगों के घरों में काम करके घर और इसकी पढ़ाई का खर्च बड़ी मुश्किल से उठाती हूँ और यह कमबख्त स्कूल रोजाना देर से जाता है और रोजाना घर देर से आता है, जाते हुए रास्ते में कहीं खेल-कूद में लग जाता है और पढ़ाई की तरफ थोड़ा भी ध्यान नहीं देता है, जिसकी वजह से रोजाना अपनी स्कूल की वर्दी गंदी करके आता है।" मैंने बच्चे और उसकी माँ को जैसे-तैसे थोड़ा समझाया और चल दिया, इस घटना को कुछ दिन ही बीते थे कि एक दिन सुबह-सुबह कुछ काम से मैं सब्जी मंडी गया था तो अचानक मेरी नजर उसी दस साल के बच्चे पर पड़ी, जो रोजाना घर से पिटता था, मैं क्या देखता हूँ कि वह बच्चा मंडी में घूम रहा है और जो दुकानदार अपनी दुकानों के लिए सब्जी खरीदकर अपनी बोरियों में डालते तो उनसे कोई सब्जी जमीन पर गिर जाती थी, वह बच्चा उसे फौरन उठाकर अपनी झोली में डाल लेता, मैं यह नजारा देखकर परेशानी में सोच रहा था कि यह चक्कर क्या है, मैं उस बच्चे का चोरी-चोरी पीछा करने लगा, जब उसकी झोली सब्जी से भर गई तो वह सड़क के किनारे बैठकर उसे ऊँची-ऊँची आवाज लगाकर सब्जी बेचने लगा, मुँह पर मिट्टी, गंदी वर्दी और

आँखों में नमी, ऐसा महसूस हो रहा था कि ऐसा दुकानदार जिंदगी में पहली बार देख रहा हूँ। अचानक एक आदमी अपनी दुकान से उठा, जिसकी दुकान के सामने उस बच्चे ने अपनी नन्ही सी दुकान लगाई थी, उसने आते ही एक जोरदार लात मारकर उस नन्ही दुकान को एक ही झटके में रोड पर बिखेर दिया और बाजुओं से पकड़कर उस बच्चे को भी उठाकर धक्का दे दिया, वह बच्चा आँखों में आँसू लिये चुपचाप दोबारा अपनी सब्जी को इकट्ठा करने लगा और थोड़ी देर बाद अपनी सारी सब्जी एक दूसरे दुकान के सामने डरते-डरते लगा ली, भला हो उस शख्स का, जिस की दुकान के सामने इस बार उसने अपनी नन्ही दुकान लगाई, उस शख्स ने बच्चे को कुछ नहीं कहा, थोड़ी सी सब्जी थी, ऊपर से बाकी दुकानों से कम कीमत, जल्द ही बिक्री हो गई। वह बच्चा उठा और बाजार में एक कपड़ेवाली दुकान में दाखिल हुआ और दुकानदार को वह पैसे देकर दुकान में पड़ा अपना स्कूल बैग उठाया और बिना कुछ कहे वापस स्कूल की ओर चल पड़ा मैं भी उस के पीछे-पीछे चल रहा था।

बच्चा रास्ते में अपना मुँह धोकर स्कूल पहुँच गया, मैं भी उसके पीछे स्कूल चला गया, जब वह बच्चा स्कूल गया तो एक घंटा लेट हो चुका था, जिस पर उस के टीचर ने डंडे से उसे खूब मारा। मैंने जल्दी से जाकर टीचर को मना किया कि मासूम बच्चा है, इसे मत मारो। टीचर कहने लगे कि यह रोजाना एक डेढ़-घंटे लेट ही आता है और मैं रोजाना इसे सजा देता हूँ कि डर से स्कूल वक्त पर आए और कई बार मैं इस के घर पर भी खबर दे चुका हूँ। खैर, बच्चा मार खाने के बाद क्लास में बैठकर पढ़ने लगा, मैंने उसके टीचर का मोबाइल नंबर लिया और अपने घर की तरफ चल दिया, घर पहुँचकर एहसास हुआ कि जिस काम के लिए सब्जी मंडी गया था वह तो भूल ही गया, मासूम बच्चे ने घर आकर माँ से एक बार फिर मार खाई, सारी रात मेरा सिर चकराता रहा। सुबह उठकर फौरन बच्चे के टीचर को कॉल की कि आप हर हालत में टाइम पर मंडी पहुँचें; और वे मान गए। सूरज निकला और बच्चे का स्कूल जाने का वक्त हुआ। बच्चा घर से सीधा मंडी अपनी नन्ही दुकान का इंतजाम करने लगा। मैंने उसके घर जाकर उसकी माँ को कहा कि बहनजी, आप मेरे साथ चलो, मैं आपको बताता हूँ, आप का बेटा स्कूल क्यों देर से जाता है। वह फौरन मेरे साथ यह कहते हुए चल पड़ीं कि आज इस लड़के की मेरे हाथों खैर नहीं, छोड़ूँगी नहीं आज। मंडी में लड़के का टीचर भी आ चुका

था, हम तीनों ने मंडी की तीन जगहों पर पोजीशन सँभाल ली और उस लड़के को छुपकर देखने लगे, आज भी उसे काफी लोगों से डाँट–फटकार और धक्के खाने पड़े और आखिरकार वह लड़का अपनी सब्जी बेचकर कपड़े वाली दुकान पर चल दिया, अचानक मेरी नजर उसकी माँ पर पड़ी तो क्या देखता हूँ कि वह बहुत ही दर्द भरी सिसकियाँ लेकर लगातार रो रही थी। मैंने फौरन उसके टीचर की तरफ देखा तो बहुत शिद्दत से उसके आँसू बह रहे थे, दोनों के रोने में मुझे ऐसा लग रहा था, जैसे उन्होंने किसी मासूम पर बहुत जुल्म किया हो और आज उनको अपनी गलती का एहसास हो रहा हो। उसकी माँ रोते–रोते घर चली गई और टीचर भी सिसकियाँ लेते हुए स्कूल चला गया, बच्चे ने कपड़ेवाले दुकानदार को पैसे दिए और आज उसको दुकानदार ने एक लेडीज सूट देते हुए कहा कि बेटा, आज सूट के सारे पैसे पूरे हो गए हैं, अपना सूट ले लो, बच्चे ने उस सूट को पकड़कर स्कूल बैग में रखा और स्कूल चला गया।

आज भी वह एक घंटा देर से लौटा था, वह सीधा टीचर के पास गया और बैग डेस्क पर रखकर मार खाने के लिए अपनी पोजीशन सँभाल ली और हाथ आगे बढ़ा दिए कि टीचर डंडे से उसे मारे। टीचर कुरसी से उठा और फौरन बच्चे को गले लगाकर इस कदर जोर से रोया कि मैं भी देखकर अपने आँसुओं पर काबू न रख सका। मैंने अपने आप को सँभाला और आगे बढ़कर टीचर को चुप कराया बच्चे से पूछा कि यह जो बैग में सूट है, वह किसके लिए है। बच्चे ने रोते हुए जवाब दिया कि मेरी माँ अमीर लोगों के घरों में मजदूरी करने जाती है और उसके कपड़े फटे हुए होते हैं, उसके पास तन ढकनेवाला सूट नहीं और और मेरी माँ के पास पैसे नहीं हैं, इसलिए उसके लिए यह सूट खरीदा है। “तो यह सूट अब घर ले जाकर माँ को आज दोगे?” मैंने बच्चे से सवाल पूछा, जवाब ने मेरे और उस बच्चे के टीचर के पैरों के नीचे से जमीन ही निकाल दी, बच्चे ने जवाब दिया, “नहीं अंकल, छुट्टी के बाद मैं इसे दरजी को सिलाई के लिए दे दूँगा, रोजाना स्कूल से जाने के बाद कुछ काम करके थोड़े–थोड़े पैसे सिलाई के लिए दर्जी के पास जमा किए हैं।”

□

# पुराने कपड़े

कुछ दिन पूर्व की बात है, उत्तर प्रदेश के लखनऊ शहर से दो सौ पचास किलोमीटर दूर एक छोटे से गाँव में पंडित द्वारिकानाथजी अपने एक छोटे से परिवार के साथ रहते थे। अपने घर के पास एक मंदिर बनवाया। पूजा-पाठ तो स्वयं बड़े विधि-विधान से करते थे, पर मंदिर की और सारी व्यवस्था देखने के लिए एक भले व्यक्ति को तलाश करके रखी, जिससे मंदिर की साफ-सफाई हमेशा बनी रहे। हर आनेवाले को सुंदर लगे, भले व्यक्ति ने मंदिर की व्यवस्था को बड़े अच्छे ढंग से सँभाला, सभी आनेवाले दर्शनार्थी उत्तम प्रबंध देखकर खुश रहते थे, मंदिर के खर्च के लिए अपनी ही भूमि और बगीचे मंदिर के नाम कर दिए, इससे उनके कुछ हितैषी अच्छा तो कुछ मूर्ख समझते थे कि अपनी सारी जायदाद मंदिर के नाम क्यों कर दी है, मंदिर तो सार्वजनिक स्थान होता है, परंतु द्वारिकाजी को इसकी कोई परवाह नहीं थी, मंदिर में ऐसा प्रबंध किया था कि मंदिर में जो भी दीन-दुःखी या साधु-संत आए, वे वहाँ दो-चार दिन ठहर सकें और सभी को भोजन-प्रसाद भी आराम से मिल सके।

स्वयं द्वारिकानाथजी एक बड़े विद्वान् शिक्षक थे, साँवला रंग, लंबा-सा कद, हृष्ट-पुष्ट शरीर के साथ-साथ चेहरे पर एक दिव्य तेज झलकता रहता था। बड़े सीधे-सरल और सहज स्वभाव के थे। वेशभूषा से तो वे बहुत सामान्य से दीखते थे, परंतु ज्ञान बहुत था उन्हें, लेकिन ज्ञान का अहंकार नाम की कोई चीज तो उन्हें छू तक भी नहीं पाई थी और उन्हें ज्योतिष का ज्ञान बहुत था, साथ-साथ कुछ विशेष प्रकार की अलौकिक सिद्धि भी उन्हें प्राप्त थी, उसी कारण उनकी ख्याति आसपास के पूरे क्षेत्र में फैली हुई थी। हमेशा दूर-दूर से सामान्य से लेकर बड़ी-बड़ी हस्तियाँ, जिसमें राजनीतिक, सामाजिक और प्रशासनिक अधिकारी तक उनसे मिलने और

अपनी अनेक प्रकार की उलझी हुई समस्याओं का समाधान जानने के लिए आते ही रहते थे। एक-एक कर वे सबसे मिलते थे, अपने विशेष कक्ष में एक विशेष स्थान पर बैठते ही उन्हें किसी अदृश्य शक्ति का ऐसा आशीर्वाद प्राप्त हो जाता था कि फिर तो पलक झपकते ही सामने बैठे हुए व्यक्ति के जीवन की बीती हुई अच्छी-बुरी सभी उन घटनाओं का ऐसा सटीक उल्लेख कर देते थे कि वह आश्चर्यचकित हो जाता था, कुछ चीजों का तो ऐसा स्पष्ट उल्लेख करते थे कि सामने बैठनेवाले को लगता था, जैसे वे उस घटना के प्रत्यक्षदर्शी रहे हों, इसलिए उनकी बात पर सभी को अटूट विश्वास रहता था।

एक दिन की बात है, पंडितजी अपने एक निकट के अनुयायी के साथ प्रात:काल कहीं घूमने के लिए घर से निकले थे कि पास के गाँव का एक व्यक्ति अचानक ही उनके पास आकर और बिना कुछ विचार किए उन्हें भला-बुरा कहना शुरू कर दिया, लगातार बिना रुके उसने पंडितजी के लिए बहुत सारे अपशब्द कह डाले, पर पंडितजी चुप ही रहे और उससे कुछ भी नहीं बोले और हमेशा की तरह मुसकराते हुए अपने मार्ग पर आगे चलते रहे, पंडितजी को ऐसा करते देख वह व्यक्ति और भी क्रोधित हो गया और उनके पूर्वजों तक को भी अपमानित करने लगा। पर इसके बावजूद पंडितजी मुसकराते हुए आगे बढ़ते रहे, पंडितजी पर उसकी बातों का कोई असर न होते हुए देख अंतत: वह व्यक्ति निराश-हताश होकर वापस चला गया और उनके रास्ते से हमेशा के लिए इसलिए हट गया कि इनके ऊपर तो कुछ भी असर ही नहीं हो रहा है।

उस व्यक्ति के चले जाते ही पंडितजी के साथ जो अनुयायी चल रहा था, उसने बड़े आश्चर्य से पंडितजी से पूछा, "पंडितजी, पहले तो उस व्यक्ति ने आपको बहुत सारे अपशब्द कहे और बाद में आपके पूर्वजों तक को उस व्यक्ति ने अपशब्द कह डाले, लेकिन आप इतने भले निकले कि उस दुष्ट व्यक्ति की बातों का कोई जवाब नहीं दिया और तो और आप हमेशा की भाँति मुस्कुराते ही रहे, क्या आपको उसकी बातों से किसी प्रकार का कोई कष्ट नहीं पहुँचा? हमें तो उसकी बातें सुनकर बहुत खराब लगीं, एक बार तो मेरे मन में आया कि मैं ही उस दुष्ट व्यक्ति को जवाब दे दूँ, पर मैं चुप रहा कि कहीं आपको मेरा उसे कुछ कहना अनुचित न लगे।"

पंडितजी फिर भी कुछ नहीं बोले और उसे अपने पीछे आने का इशारा करते हुए चलते रहे। कुछ देर चलने के बाद पंडितजी अपने कक्ष तक पहुँच गए,

पंडितजी बोले, "तुम यहीं रुको, मैं अंदर से अभी थोड़ी देर में आता हूँ।"

पंडितजी कुछ देर बाद अंदर से बाहर आए तो अपने हाथ में एक मैला-कुचैला सा कपड़ा लेकर बाहर आए और उसे अपने अनुयायी को थमाते हुए बोले, "लो आप जो कपड़े पहने हो, उन्हें उतारकर रख दो और इस कपड़े को धारण कर लो?" तुम्हें यह कपड़ा बहुत अच्छा लगेगा, जो कपड़ा पंडितजी अपने साथ में लेकर आए थे, उन कपड़ों में से एक अजीब सी दुर्गंध एवं बदबू आ रही थी, जिसे सहा भी नहीं जा सकता था, इसलिए उस अनुयायी ने उन्हें हाथ में लेते ही धारण करने के बजाय उठाकर दूर फेंक दिया और नाराज होकर बोला, "इस प्रकार गंदे कपड़े को मैं कदापि धारण नहीं कर सकता हूँ।"

पंडितजी बोले, "क्या हुआ, तुम जैसे आज इन मैले कपड़ों को नहीं धारण कर सकते, ठीक उसी तरह मैं भी उस व्यक्ति द्वारा फेंके हुए अपशब्दों को कभी नहीं ग्रहण कर सकता, इसलिए मैंने उसे कोई जवाब देना उचित नहीं समझा।"

इतना याद रखो कि यदि तुम किसी के बिना मतलब भला-बुरा कहने पर स्वयं भी क्रोधित हो जाते हो तो इसका अर्थ है कि तुम अपने साफ-सुथरे वस्त्रों की जगह उसके फेंके फटे-पुराने मैले कपड़ों को धारण कर रहे हो।

□

# सबसे अमीर व्यक्ति

कुछ समय के अंतराल पर दुनिया में सबसे धनवान व्यक्ति कौन है, इसका मूल्यांकन करनेवाली एक संस्था ने अपना सर्वे किया, उस समय दुनिया के सबसे धनवान व्यक्ति रहे बिल गेट्स से यों ही किसी व्यक्ति ने पूछ लिया कि क्या इस पूरी धरती पर आपसे भी अधिक अमीर व्यक्ति कोई है? बिल गेट्स ने जवाब दिया, "हाँ, एक व्यक्ति है इस दुनिया में, जो मुझसे भी बहुत ज्यादा अमीर है।"

"कौन?" बिल गेट्स ने जवाब में बताया—

एक समय था, जब मैं एक सामान्य व्यक्ति था, मेरी प्रसिद्धि और अमीरी के दिन आज के जैसे एकदम नहीं थे तो उस समय मैं एक दिन न्यूयॉर्क के एयरपोर्ट पर कहीं बाहर जाने के लिए विमान के इंतजार में खड़ा था, वहाँ सुबह-सुबह आवाज लगाकर अखबार बेचनेवाले को देखकर मैंने एक अखबार खरीदना चाहा, परंतु मेरे पास खुदरा पैसे नहीं थे, सो मैंने अखबार लेने का अपने मन से विचार त्याग ही दिया, अखबार बेचनेवाले काले रंग के छोटे से लड़के ने मुझे देखकर पूछा, सर अखबार लेना है? तो मैंने खुदरा पैसे न होने की बात बताकर अखबार लेने से साफ मना कर दिया। लड़के ने अखबार देते हुए कहा कि कोई बात नहीं बाबूजी, यह अखबार मैं आपको मुफ्त में देता हूँ, आप ले लीजिए, उस समय बात आई गई हो गई, फिर कोई एक तीन महीना बीता होगा, संयोग बस उसी एयरपोर्ट पर मैं फिर उतरा और अखबार बेचते हुए, फिर वही लड़का दिखाई पड़ा, लेकिन आज भी अखबार लेने के लिए फिर मेरे पास खुदरा पैसे नहीं थे, उस लड़के ने मुझे फिर अखबार दिया तो मैंने मना कर दिया, मैं यह नहीं ले सकता। उस लड़के ने कहा, "आप इसे ले सकते, मैं इसे अपने प्रॉफिट के हिस्से में से दे रहा हूँ, मुझे नुकसान नहीं होगा, यह कहकर उसने मेरी ओर अखबार बढ़ा दिया, कुछ समाचार देखना था, इसलिए मैंने अखबार ले लिये।"

वह दिन भी चला गया, समय जाते देर नहीं लगी और धीरे-धीरे लगभग उन्नीस साल बीत जाने पर जब मेरा काम और व्यापार बहुत बढ़ गया और पूरी दुनिया में मेरी बहुत प्रसिद्ध हो गई तो कुछ दिन बाद एक दिन मुझे उस लड़के की अचानक याद आई और मैंने उसे ढूँढ़ना शुरू किया, बहुत कोशिश करने के बाद कोई डेढ़ महीने खोजने में लग गए, तब आखिर में वह एक दिन मिल गया, उसको मैंने अपने ऑफिस में बुलवाया। वह आज भी अखबार ही बेचने का काम कर रहा था, उन्नीस साल के लंबे अंतराल में उसके चेहरे और शरीर में काफी बदलाव होकर छोटे से बड़ा हो गया था तो मैंने उससे पूछा, "क्या तुम मुझे पहचानते हो?"

"हाँ, मैं आपको जानता हूँ, अखबार में आपका फोटो छपा था और लिखा था कि आप दुनिया के सबसे बड़े अमीर आदमी बिल गेट्स हैं।"

गेट्स—"तुम्हें याद है, कभी तुमने मुझे फ्री में एक बार एक अखबार दिया था?"

लड़का—"जी हाँ, बिल्कुल याद है और ऐसा एक बार नहीं दो बार हुआ था।"

गेट्स—"मैं तुम्हारे द्वारा उस समय तुम्हारे किए हुए उपकार की कीमत अदा करना चाहता हूँ, तुम अपनी जिंदगी में जो कुछ चाहते हो, बताओ किसी प्रकार की हो, आज भगवान् ने मुझ पर बहुत बड़ी कृपा कर रखी है, इसलिए बिना संकोच किए हुए बताओ, मैं तुम्हारी हर जरूरत पूरी कर सकता हूँ।"

लड़का—"सर, लेकिन क्या आपको यह नहीं लगता कि ऐसा करके आप मेरे काम की कुछ भी कीमत नहीं अदा कर पाएँगे।"

गेट्स—"ऐसा क्यों?"

लड़का—"मैंने जब आपकी मदद की थी, उस समय मैं एक बहुत गरीब लड़का था, जो रोड पर घूम-घूमकर डेली अखबार बेचता था और उसी आमदनी से किसी तरह मैं अपना पेट भरता था, मेरी कोई हैसियत नहीं थी, तब भी मैं अपनी हैसियत की बिना चिंता किए हुए आपको अखबार देकर मैंने मदद की थी। और आप मेरी मदद आज तब कर रहे हैं, जब आप इस दुनिया के सबसे अमीर और सामर्थ्य वाले व्यक्ति हैं तो आप खुद विचार कर सकते हैं कि आप मेरी मदद की बराबरी कैसे कर सकते हैं?"

बिल गेट्स की नजर में वह व्यक्ति दुनिया के सबसे अमीर व्यक्ति से भी अमीर था, क्योंकि उसने किसी की मदद करने के लिए अमीर होने का इंतजार नहीं किया था। □

# गुरु का स्थान

बहुत पहले की बात है, एक बहुत बड़े महाराजा थे, उनका साम्राज्य दूर-दूर तक फैला हुआ था, वृद्धावस्था आने पर राज्य का कार्यभार वे अपने पुत्र को सौंपकर जंगल में साधना करने के लिए प्रस्थान कर गए। पुत्र बचपन में महाराजा के बहुत कोशिश करने के बाद भी ज्यादा पढ़ लिख तो नहीं सका था, परंतु उसमें किसी प्रकार का कोई दुर्गुण नहीं था, राज्य सँभालने की जिम्मेदारी अपने ऊपर आने पर उसे पढ़ाई-लिखाई करने की आवश्यकता महसूस हुई, पढ़ाई करने की अपनी इच्छा मंत्री परिषद् के समक्ष प्रगट की। मंत्री-परिषद् ने काफी विचार-विमर्श करके अपने राज्य के एक ऐसे योग्य एवं कुशल शिक्षक की व्यवस्था की, जिनकी विद्वत्ता की चर्चा पूरे राज्य में फैली थी। यहाँ तक कि आसपास के साम्राज्य में भी सम्मानपूर्वक बुलाने पर शिक्षा के निमित्त जाते थे, उन्हें ही राजा को पढ़ाने के लिए जिम्मेदारी सौंप दी गई।

जिम्मेदारी मिलने के थोड़े दिन बाद ही वे शिक्षक राजा को पढ़ाने के लिए राजमहल में आने लगे। राजा को शिक्षा ग्रहण करते हुए कई महीने बीत गए, मगर उन्हें कोई विशेष लाभ नहीं दिखाई दे रहा था। गुरु तो प्रतिदिन बहुत परिश्रम करते थे, परंतु राजा को उस शिक्षा का कोई फायदा नहीं हो रहा था। राजा बड़े परेशान हुए और अपने इस परेशानी की चर्चा उन्होंने अपने मंत्री से की। मंत्री ने कहा, "महाराज, गुरु की प्रतिभा और योग्यता पर कोई सवाल उठाना गलत है, क्योंकि वे एक बहुत ही प्रसिद्ध और योग्य गुरु हैं, राज्य में बहुत से लोगों को उन्होंने अच्छी शिक्षा प्रदान की है और उनसे शिक्षा पाकर सभी लोगों ने अपनी-अपनी योग्यता में महारथ हासिल की है, कई बार तो दूसरे राज्य के राजाओं ने भी अपने यहाँ उनसे शिक्षा की नीति बनाने की सलाह लेने के लिए बुलाया है।"

एक दिन अपने मन की यही बात राजा ने महल में अपनी महारानी को बताई तो महारानी ने राजा को यह सलाह दी कि राजन! आप इस सवाल का जवाब उन्हीं गुरुजी से ही पूछकर देखिए, वे जरूर कोई आपको उचित उपाय बताएँगे और हो सकता है कि उनकी बताई हुई सलाह से योग्य समाधान निकल सके। राजा को महारानी की यह सलाह उचित लगी, इसलिए गुरुजी से पूछने को सोचा।

राजा ने एक दिन हिम्मत करके अपनी समस्या के समाधान हेतु गुरुजी के सामने जिज्ञासा प्रगट की, "हे गुरुवर! क्षमा कीजिएगा, आपकी योग्यता पर तो मैं कोई संदेह नहीं कर सकता हूँ, क्योंकि आप हमारे संपूर्ण राज्य के सबसे योग्य और महान् शिक्षक हैं और मैं भी कई महीनों से आपसे शिक्षा ग्रहण कर रहा हूँ, परंतु मुझे इसका कुछ विशेष लाभ नहीं हो पा रहा है, ऐसा क्यों हो रहा है कुछ मेरी समझ में नहीं आ रहा है? कृपया मेरा उचित मार्गदर्शन करें तो आपकी बड़ी कृपा होगी।"

"गुरुजी, ने बड़े ही शांत स्वर में जवाब दिया, "हे राजन्! इसका कारण बहुत ही सीधा सा है।"

गुरुवर कृपा करके आप मुझे शीघ्र इस प्रश्न का उत्तर दीजिए।" राजा ने विनती की।

गुरुजी ने कहा, "राजन्! बात बहुत छोटी है, परंतु आप अपने 'बड़े' होने के अहंकार के कारण इसे समझ नहीं पा रहे हैं, इसलिए आप बहुत परेशान और दु:खी हैं। यह भी मैं समझ रहा हूँ, माना कि आप एक बहुत बड़े राजा हैं। आपके साम्राज्य का बहुत विस्तार है, राज्य में पूरी प्रजा आपसे बहुत खुश है, प्रजा को किसी प्रकार की कोई शिकायत नहीं है, सभी को बराबर न्याय मिल रहा है, किसी को कोई परेशानी नहीं है और आप हर दृष्टि से मुझसे पद और प्रतिष्ठा में बड़े हैं, परंतु यहाँ पर आप का और मेरा रिश्ता एक गुरु और शिष्य का है। गुरु होने के नाते मेरा स्थान आपसे उच्च होना चाहिए, परंतु आप स्वयं तो ऊँचे सिंहासन पर बैठते हैं और मुझे अपने से नीचे के आसन पर बैठाते हैं, नीचे बैठकर ही मैं आपको शिक्षा देता आ रहा हूँ, बस यही एक कारण है, जिससे आपको न तो कोई शिक्षा प्राप्त हो पा रही है और न ही कोई ज्ञान मिल पा रहा है। आपके राजा होने के कारण मैं आप से यह बात चाहकर भी नहीं कह पा रहा था। आपने पूछा तो मैं आप के समक्ष सत्यता प्रकट कर रहा हूँ। इस व्यवस्था में सुधार करके आप कल से अगर

मुझे ऊँचे आसन पर बैठाएँ और स्वयं नीचे आसन पर बैठकर शिक्षा ग्रहण करें तो कोई कारण नहीं कि आप उच्च शिक्षा प्राप्त न कर पाएँ।" राजा की समझ में सारी बात आ गई और उसने तुरंत अपनी गलती को सुधारा और दूसरे दिन से ही गुरुवर को ऊँचा स्थान देकर उनसे शिक्षा प्राप्त की।

□

# बुद्धि का एक मिनट

लखन ने अपनी पढ़ाई-लिखाई पूरी करके विवाह के दो साल बाद ही परदेस जाकर व्यापार करने की इच्छा अपने पिता से जताई। पिता ने सहज ही स्वीकृति दे दी तो वह अपनी गर्भवती पत्नी शांति को अपने माँ-बाप के जिम्मेदारी पर घर पर छोड़कर व्यापार करने के लिए पानी के जहाज में बैठकर परदेश के लिए रवाना हो गया। परदेश में बड़ी मेहनत से अपना व्यापार किया, खूब सारा धन कमाया, वह कुछ दिनों बाद परदेश में एक धनी सेठ बन गया, वहाँ उसकी बड़ी इज्जत और सामाजिक प्रतिष्ठा हो गई। देश और समाज के कई प्रकार के धार्मिक कार्यों में सहयोग करते हुए बड़े-बड़े काम किए।

लगभग सत्रह वर्ष धन कमाने में बीत गए, तब जाकर कहीं मन को संतुष्टि हुई, बहुत सारा धन कमाने के बाद अब वापस अपने घर लौटने की इच्छा हुई, घर पर पत्नी को पत्र लिखकर अपने वापस घर आने की सूचना दी और पानी के जहाज में बैठकर घर के लिए रवाना हो गया, उसे जहाज में एक व्यक्ति मिला, जो बहुत दुःखी मन से बैठा था। लखन सेठ ने उसकी उदासी का कारण जानना चाहा तो उसने बताया कि मैं यह मानकर इस देश में आया था कि यहाँ बुद्धि की कोई कद्र होगी, परंतु यहाँ कुछ दिन रहने पर मेरी समझ में आ गया कि यहाँ बुद्धि की बिल्कुल कद्र नहीं है। मैं यहाँ बुद्धि के कुछ सूत्र बेचने के लिए आया था, पर कोई यहाँ लेने को तैयार नहीं मिला, इसलिए अब अपने यहाँ वापस जा रहा हूँ। सेठ ने सोचा कि इस देश में मैंने व्यापार करके बहुत सारा धन कमाया है और एक प्रकार से यह मेरी कर्मभूमि है, इसका मान और इज्जत हमें रखना चाहिए, इसलिए उसने बुद्धि के सूत्र को खरीदने की अपनी इच्छा जताई। बुद्धि के व्यापारी ने उस व्यक्ति से कहा कि मेरे हर बुद्धि के सूत्र की कीमत पाँच सौ स्वर्ण मुद्राएँ हैं। सेठ को सौदा

तो बहुत महँगा लग रहा था, लेकिन कर्मभूमि का मान रखने के लिए पाँच सौ स्वर्ण मुद्राएँ व्यापारी को देकर एक बुद्धि का सूत्र खरीद लिया।

उस व्यक्ति ने बुद्धि का पहला सूत्र लखन को दिया कि 'कोई भी कार्य करने से पहले एक मिनट रुककर सोच जरूर लेना चाहिए, उसके बाद ही कोई कार्य करना चाहिए।' उसके बदले में पाँच सौ स्वर्ण मुद्राएँ लखन से ले लीं। सेठ ने यह सूत्र अपनी कॉपी में सँभालकर लिख लिया। कई दिनों की जहाज की लंबी यात्रा पूरी करने के बाद रात्रि के समय सेठ अपने नगर में पहुँचा। उसने सोचा, इतने सालों बाद अपने घर वापस लौटा हूँ तो क्यों न चुपके से बिना खबर दिए सीधे पत्नी के पास पहुँचकर उसे आश्चर्य का उपहार दूँ। ऐसा ही किया, घर के दरवाजे पर जो मिले, सबको मौन रहने का इशारा करके आगे गया और सीधे अपने पत्नी के शयनकक्ष में पहुँच गया तो वहाँ का सारा नजारा देखकर तो उसके पाँवों के नीचे की जमीन खिसक गई। पलंग पर उसकी पत्नी के पास पता नहीं कौन सा एक नवयुवक गहरी नींद में सोया हुआ था। लखन अत्यंत क्रोध में आकर सोचने लगा कि मैं अपना देश छोड़कर धन कमाने के लिए परदेश चला गया कि हमारा परिवार सुख से रह सके, परदेस से भी मैं इसकी इतनी चिंता करता रहा और ये यहाँ अन्य पुरुष के साथ यह काम कर रही है, यह तो बहुत बड़ा विश्वासघात है मेरे साथ, जो क्षमा योग्य बिल्कुल नहीं है।

आज मैं इन दोनों को जिंदा नहीं छोड़ूँगा, क्रोध में आकर अपनी तलवार निकाल ली, दोनों पर एक साथ वार करने ही जा रहा था कि उतने में ही उसे पाँच सौ स्वर्ण मुद्राओं से प्राप्त किया बुद्धि का सूत्र याद आ गया कि कोई भी कार्य करने से पहले एक मिनट सोच लेना चाहिए। सोचने के लिए एक मिनट रुका और अपनी निकाली हुई तलवार वापस पीछे खींच ली तो घर में ही पास रखी एक बरतन से तलवार टकरा गई। बरतन गिरा तो गहरी निद्रा में सोई हुई पत्नी की नींद खुल गई, जागने पर जैसे ही उसकी नजर अपने पति पर पड़ी, वह बहुत खुश हो गई और बोली, "आप आ गए, आपके बिना तो मेरा जीवन ही सूना-सूना लग रहा था, आपके इंतजार में इतने वर्ष मैंने कैसे निकाले, यह तो सिर्फ मैं ही जानती हूँ।" लखन सेठ तो पलंग पर सोए पुरुष को देखकर अत्यंत कुपित हो रहा था, क्रोध से चेहरा लाल हो रहा था, पत्नी अपने क्रोधित पति को देखकर घबरा गई।

ऐसा देखते ही पत्नी ने अपने साथ बिस्तर पर सोए हुए नवयुवक को उठाने

के लिए आवाज लगाई, "बेटा जाग, तेरे पिता परदेश से घर वापस आ गए हैं।" युवक उठकर जैसे ही अपने पिता को प्रणाम करने के लिए अपना माथा पैरों की तरफ झुकाया तो माथे पर बँधी पगड़ी नीचे एकाएक जमीन पर गिर गई और उसके लंबे काले घने बाल खुलकर एकदम बिखर गए। सेठ की पत्नी ने कहा, "स्वामी यह आपकी अपनी बेटी है, पिता के बिना इसके मान और आपके कुल की मर्यादा को कभी कोई आँच न आए, इसलिए मैंने इसे बचपन से ही पुत्र के समान इसका पालन-पोषण करके इसको संस्कार दिए हैं, अब आप जब घर वापस आ गए हैं तो अब हमें किसी प्रकार का भय नहीं है, यह पुत्री वेष में रह सकती है।

यह सुनकर सेठ की आँखों से तुरंत अश्रुधारा बह निकली, अपनी पत्नी और बेटी को गले लगाकर लखन यह सोचने लगा कि यदि आज मैंने उस बुद्धि के सूत्र को नहीं अपनाया होता तो जल्दबाजी में कितना बड़ा अनर्थ हो जाता, मेरे ही हाथों मेरा निर्दोष परिवार आज खत्म हो जाता, जिसका मुझे बहुत पाप लगता और मैं अपने को कभी माफ नहीं कर पाता। बुद्धि का यह अनमोल सूत्र उस दिन तो मुझे बहुत महँगा लग रहा था, लेकिन आज ऐसे सूत्र के लिए तो पाँच सौ स्वर्ण मुद्राएँ बहुत कम हैं, 'बुद्धि तो अनमोल है, बुद्धि के एक मिनट जीवन में अनंत सुख की बरसात कर सकते हैं।'

*बिना बिचारे जो करे, सो पीछे पछताय।*
*काम बिगारे आपनो, जग में होत हँसाय।।*

□

# सेहत

काशी प्राचीन नगरी है, उसे भगवान् विश्वनाथ की नगरी या विश्वनाथपुरी भी कहा जाता है, जिसे विद्वानों की नगरी भी कहा जाता है, बहुत पुराने समय में वहाँ बड़े धर्मात्मा महाराजा का राज था, काशी राज्य के एक छोटे से गाँव में किशोर नाम का एक वृद्ध व्यक्ति रहता था, उसकी उम्र अस्सी साल से भी ऊपर थी, पर वह चालीस साल के व्यक्ति से भी ज्यादा स्वस्थ लगता था, उसकी अच्छी सेहत देखकर गाँव के सभी लोग हमेशा दंग रहते थे, सभी लोग बार-बार उससे उसकी इस सेहत का रहस्य जानना चाहते, पर वह कभी किसी को कुछ भी नहीं बताता था। एक दिन राजा को भी उसकी सेहत के बारे में पता चला तो वह भी उसकी सेहत का रहस्य जाने के लिए उत्सुक हो गया। राजा ने अपने गुप्तचरों से किशोर पर पैनी नजर रखने के लिए कहा, गुप्तचर अपना भेष बदलकर उस पर नजर रखने के लिए किशोर के पीछे लग गए कि वह कहाँ कब जाता है और कब क्या करता है, क्या-क्या खाता-पीता है, कैसे रहता है, किससे मिलता है, जिससे उसकी इस सेहत का रहस्य पता लग सके और वह राजा को जानकारी दे सके।

अगले दिन उन्होंने देखा कि किशोर भोर में ही जल्दी उठकर कहीं जा रहा है, वे गुप्तचर भी उसके पीछे-पीछे लग गए कि कहाँ जा रहा है, इसकी जानकारी हो सके, किशोर बड़ी तेजी से अपना कदम बढ़ता हुआ चलता चला जा रहा था, मीलों चलने के बाद वह एक बहुत ऊँची पहाड़ी पर चढ़ने लगा और चढ़ते-चढ़ते अचानक ही कहीं गुप्तचरों की नजरों से गायब हो गया, गुप्तचर रुककर वहीं छिप गए और उसके वापस लौटकर आने का इंतजार करने लगे, कुछ देर बाद जब वह पहाड़ी से वापस उसी रस्ते से लौटा तो उसने अपनी दोनों मुट्ठी में कुछ छोटे-छोटे जंगली फल पकड़ रखे और उन्हें आराम से खाता हुआ चला आ रहा था, गुप्तचरों

ने अंदाजा लगाया कि हो न हो, किशोर इन्हीं रहस्यमय फलों को खाकर इतना स्वस्थ रहता है। चलो, राजा को बताते हैं।

गुप्तचर अगले दिन दरबार में हाजिर होकर उन्होंने राजा को आँखों देखा किशोर का सारा किस्सा कह सुनाया। राजा ने उस पहाड़ी पर जाकर उन फलों का पता लगाने का आदेश कर दिया, गुप्तचर उसी पहाड़ी पर गए तो पर बहुत खोजबीन करने के बाद भी कोई ऐसा असाधारण फल वहाँ उनको कहीं नहीं दिखाई पड़ा, जिससे उसकी सेहत का रहस्य पता लगाया जा सके, अंततः सभी गुप्तचर थक-हारकर लौट आए और पहाड़ी पर कोई रहस्यमयी फल न मिलने की जानकारी दी, राजा ने किशोर को दरबार में हाजिर करने का हुक्म दे दिया, दूसरे दिन किशोर दरबार में हाजिर हुआ।

राजा—"किशोर, इतनी उम्र होने के बाद भी आज तुम्हारी इतनी अच्छी सेहत देखकर हम लोग बहुत प्रसन्न हैं। बताओ, तुम्हारी इतनी अच्छी सेहत का रहस्य क्या है, हम सभी लोग जानना चाहते हैं?"

किशोर कुछ देर तक चुपचाप खड़ा सोचता रहा और फिर थोड़ी देर बाद बोला, "महाराज, मैं रोज एक बहुत ऊँची पहाड़ी पर जाकर एक रहस्यमयी फल खाता हूँ और फिर वापस आता हूँ, वही मेरी सेहत का रहस्य है।"

राजा ने कहा, "ठीक है, चलो हमें भी उस ऊँची पहाड़ी पर वहाँ लेकर चलो, जहाँ तुम जाकर वापस आते हो और दिखाओ तुम कौन सा फल खाते हो।"

किशोर ने कहा, "महाराज, वह बहुत ऊँची पहाड़ी है, वहाँ मैं पैदल चढ़ जाता हूँ और वहाँ तक कोई किसी साधन से नहीं जा सकता है तो आप कैसे चलेंगे?"

राजा ने कहा कि तुम हमें लेकर वहाँ चलो, मैं चलूँगा, कितनी भी ऊँची पहाड़ी क्यों न हो, तुम चिंता मत करो, हमें कोई परेशानी नहीं होगी।

दूसरे दिन सभी लोग राजा के साथ किशोर के पीछे-पीछे उस ऊँची पहाड़ी की ओर चल दिए, वहाँ पहुँचकर किशोर ने उन्हें एक बेर के पेड़ के पास ले जाकर खड़ा कर दिया और उसके फलों को दिखाते हुए बोला, "हुजूर, यही वे फल हैं, जिन्हें मैं रोज यही आकर खाता हूँ, जिससे हमारी सेहत फिट बनी रहती है।"

राजा क्रोधित होते हुए बोले, "क्या तुम हम लोगों को एकदम मूर्ख समझते हो, यह फल तो जगह-जगह बहुत सारा मिलता है, बाजार में हर रोज हजारों लाखों लोग इस फल को खाते हैं, पर सभी लोग तुम्हारे इसी तरह सेहतमंद क्यों नहीं हो

जाते हैं? जरूर तुम कुछ और खाते हो, जो हम लोगों को बताना नहीं चाहते हो, सच-सच बताओ, नहीं तो तुम्हें सच न बताने के जुर्म में बहुत बड़ी सजा मिलेगी।"

किशोर बड़ी विनम्रता से हाथ जोड़कर जोर से बोला, "सरकार, आप हमारे महाराजा हैं, मैं आपसे झूठ बिल्कुल नहीं बोल सकता हूँ, एकदम सच बोल रहा हूँ कि मैं यही फल रोज खाता हूँ और रोज हजारों लोग जो फल खाते रहते हैं, वह केवल बेर का ही फल होता है, पर मैं जो फल नित्य पहाड़ी पर आकर खाता हूँ, वो सिर्फ बेर का फल ही नहीं होता, वह मेरी मेहनत का भी फल होता है, इसे खाने के लिए मैं रोज सुबह-सुबह अपने घर से दस मील पैदल चलता हूँ, तब यहाँ आकर पहुँच पाता हूँ, जिससे मेरे शरीर की अच्छी-खासी कसरत हो जाया करती है और यहाँ आकर उगते हुए सूर्य भगवान् के दर्शन कर उन्हें प्रणाम करता हूँ और सुबह-सुबह प्रकृति की ठंडी, सुंदर व स्वच्छ हवा मेरे शरीर के लिए जड़ी-बूटियों का काम करती है, बस यही मेरी इस अच्छी सेहत का रहस्य है, इसमें कुछ भी गलत नहीं बता रहा हूँ।"

महाराजा अब किशोर की बात को पूरी तरह से समझ चुके थे, उन्होंने वापस आकर किशोर को बहुत सारी स्वर्ण मुद्राएँ देते हुए राजदरबार में सम्मानित किया।

□

# सिद्धियाँ

छत्तीसगढ़ के एक गाँव में करन नाम का एक व्यक्ति कहीं से एक कमजोर सा कबूतर का जोड़ा उठाकर लाया और उसे अपने यहाँ पाल लिया, उस कबूतर को बराबर अपने भोजन से बचा हुआ अन्न खिला देता था, उसकी जूठन खानेवाला वह कमजोर कबूतर खा-पीकर खूब मोटा-तगड़ा हो गया, फिर कुछ दिन बाद कबूतर का परिवार बढ़ा तो उसे बेचकर-बेचकर पैसा कमाने लगा, फिर उसने कई प्रकार के पक्षियों को इकट्ठा कर लिया। धीरे-धीरे वह सभी प्रकार के पशु-पक्षियों का व्यापार करने लगा, कुछ ही दिन बीते थे कि उसके व्यापार में लाभ होने लगा, वह स्वभाव से बहुत लालची और स्वार्थी था, इसीलिए उसका व्यापार ठीक से चल नहीं पा रहा था और परेशान रहता था, एक दिन उसे पता लगा कि उसके जो गुरु हैं, उनके पास एक इस प्रकार की एक विशेष सिद्धि है, जिससे वे पशु-पक्षियों की बोली को समझ लिया करते हैं, उसके मन लालच भरा यह ख्याल आया कि कितना अच्छा होगा, अगर यह विद्या उसे भी मिल जाए, उसके लिए यह बहुत फायदेमंद हो सकता है और हमारे व्यापार में काम भी आएगा, व्यापार अच्छा चलेगा, यही सोचकर गुरुजी से यह विद्या सीखने का मन बनाकर उनके पास पहुँच गया।

गुरु महाराज घने जंगल में आश्रम बनाकर वहीं रहते थे, वहाँ जंगल में बहुत प्रकार के पशु-पक्षी भी निवास करते थे, गुरुजी ने अपने इस शिष्य को देखकर बैठाया और घर-परिवार का हाल-चाल पूछा। करन ने बताया कि गुरुजी, इधर मेरे पास थोड़ा समय था तो मैं आपकी सेवा में आ गया हूँ और एक अच्छे शिष्य की भाँति उसने गुरु की खूब सेवा-शुश्रूषा की, सेवा के कुछ दिनों बाद उसने गुरुजी से वह विद्या सिखाने के लिए आग्रह किया, गुरुजी ने पूछा कि यह विद्या सीखकर तुम

क्या करोगे? और इस प्रकार की सिद्धियों की विद्या केवल संत-महात्माओं के लिए होती है, उन्हीं के पास रहनी चाहिए, घर-गृहस्थी में जीवन व्यतीत करनेवालों के पास अर्थोपार्जन की विद्या ही ठीक लगती है। लेकिन करन लगातार कई दिनों तक अनुनय-विनय करता रहा, गुरुजी के लाख समझाने के बाद भी शिष्य अपनी पर अड़ा रहा। कई दिनों बाद गुरु ने उसे यह विद्या सिखा तो दी, लेकिन साथ ही उसे बहुत बड़ी चेतावनी भी दी कि ये सब सिद्धियाँ परोपकार के लिए होती हैं और तुम अपने लोभ के लिए इस विद्या का इस्तेमाल नहीं करोगे अन्यथा इसका बहुत गलत परिणाम भोगना पड़ेगा। गुरु के सामने तो करन ने हामी भर दी, अपने स्वार्थ के लिए इसका उपयोग कभी नहीं करूँगा और विद्या सीखकर आश्रम से अपने घर वापस आ गया। गाँव आकर उसने इस बात की गोपनीयता बनाए रखी, कानोकान इसकी खबर किसी को नहीं लगने दी।

घर आए कुछ ही दिन बीते होंगे, एक दिन उसने अपने एक कबूतर के जोड़े को यह कहते हुए सुना कि मालिक का काला घोड़ा दो दिन बाद मरनेवाला है, इस पर वह तुरंत बाजार में जाकर अगले ही दिन उस घोड़े को मोल-भाव करके अच्छे दाम पर बेच दिया, उसका बहुत बड़ा नुकसान होने से बच गया, अब उसे पूरा भरोसा होने लगा कि सभी पशु-पक्षी एक-दूसरे को बहुत अच्छे ढंग से जानते हैं, अगले दिन उसने अपने कुत्ते को यह कहते हुए सुना कि मालिक की सारी-की-सारी मुर्गियाँ एक सप्ताह बाद ही मर जाएँगी तो उसने बाजार जाकर सारी मुर्गियों को भी अच्छे दामों पर बेच दिया और कई दिनों बाद उसने सुना कि शहर की अधिकतर मुर्गियाँ किसी महामारी की वजह से मर चुकी हैं, वह बड़ा खुश हुआ कि चलो, मेरा तो कोई नुकसान नहीं हो रहा है। कुछ ही दिनों बाद उसने उस विद्या का उपयोग अपने स्वार्थ के लिए करना शुरू कर दिया, धीरे-धीरे सभी व्यापारी उसकी बात का कुछ-न-कुछ विश्वास करने लगे, इस विद्या के कारण उसका व्यापार बढ़ता गया, अब इसे व्यापार में किसी प्रकार का घाटा नहीं होता था, लेकिन गाँव में इस प्रकार के व्यापार करनेवाले दूसरे व्यापारियों का बहुत बड़ा घाटा हो जाया करता था, जिससे इसको बड़ी प्रसन्नता होती थी।

हद तो तब हो गई, जब उसने एक दिन अपनी बिल्ली को यह कहते हुए सुना कि हमारा मालिक अब तो कुछ ही दिनों का मेहमान है तो उसे पहले तो विश्वास ही नहीं हुआ, लेकिन बाद में अपने गधे को भी उसने वही बात दोहराते हुए सुना तो

वह घबराकर अपने गुरु के पास गया और उनसे बोला कि गुरुजी, मेरे अंतिम क्षणों में करने योग्य कोई काम है तो बता दें, क्योंकि मेरी मृत्यु निकट है, इस पर गुरुजी ने उसे डाँटा और कहा कि मूर्ख, मैंने पहले ही तुझसे कहा था कि अपने हित के लिए इस विद्या का उपयोग मत करना, क्योंकि सिद्धियाँ न किसी की हुई हैं और न किसी की होंगी, इसलिए मैंने तुझसे यह कहा था कि अपने लाभ के लिए और किसी के नुकसान के लिए इनका प्रयोग मत करना, नहीं तो इसका भयंकर दुष्परिणाम भोगना पड़ेगा, वही हो रहा है।

□

# भूलने की दवा

एक छोटे से शहर में पंकज त्रिपाठी की छोटी सी, मगर बहुत पुरानी मेडिकल स्टोर की दुकान थी, पूरे शहर में उस दुकान की बहुत ख्याति थी, दवा का काम ही उनका मुख्य व्यवसाय था, उदार-चित्त और प्रतिभाशाली पुरुष, लंबा शरीर, गोरा बदन, चमकता चेहरा लिये वे सदैव मुसकराते रहते थे, त्रिपाठीजी खुद उस दुकान को बहुत मन से चलाते थे, पूरे शहर में ही नहीं तो पूरे जिले में उनकी दुकान की बड़ी प्रतिष्ठा थी, जो दवा कहीं न मिले वह उनके यहाँ मिल जाती थी और सभी को यह भी विश्वास था कि चाहे छोटा बच्चा जाए या बूढ़ा आदमी, सभी को सही और समान रेट पर दवा मिलती थी, इसलिए दूर-दूर से दवा लेने उनकी दुकान पर लोग आते रहते थे। दुकान के अंदर काम करनेवाले चार-पाँच स्टॉफ रहते थे, क्योंकि बिना उनके तो अकेले दुकान को सँभाल पाना किसी के बस में नहीं था। हमेशा दुकान पर मेला जैसा लगा रहता था, इतनी सारी भीड़ दुकान पर होने के बाद भी त्रिपाठीजी कभी गुस्से में नहीं आते थे और जैसे त्रिपाठीजी उसी तरह उनकी दुकान में काम करनेवाले सभी लड़के भी कभी क्रोध या गुस्से में नहीं दिखाई पड़ते थे, शायद भगवान् ने मालिक और दुकान के सभी कर्मचारियों एक जैसा स्वभाव बनाया हो, कितनी भी भीड़ हो वे किसी ग्राहक को कभी निराश भी नहीं करते थे, इतनी मीठी बात करते थे कि कोई दवा अगर दुकान में न भी हो, तब भी कोई ग्राहक असंतुष्ट होकर नहीं जाता था, 'सबकी सुनना सबकी करना' के सिद्धांत पर हमेशा चलते थे।

गरमी का महीना था, दुकान पर दवा लेनेवालों की बड़ी भीड़ लगी थी, दुकान के सारे लड़के अपने-अपने काम में लगे थे, कोई दवा निकाल रहा था, कोई दवा ग्राहक को दे रहा था, कोई बिल बना रहा था, सभी लोग व्यस्त थे, सड़क के उस

पार दुकान के ठीक सामने एक नीम का पेड़ था, उस नीम के पेड़ के नीचे एक बुजुर्ग महिला खड़ी दुकान की तरफ देख रही थी, जैसे दुकान पर आकर कुछ कहना चाह रही हो या दुकान की भीड़ छँटने का इंतजार कर रही हो और सड़क पर चलते दौड़ते हुए वाहनों को देखकर इस पार आ न पा रही हो और इस इंतजार में हो कि जब सड़क की भीड़ कम हो जाए तो सड़क पार करके दुकान पर आए, शायद स्वयं या किसी के लिए कोई दवा लेनी हो।

अपनी दुकान की भीड़ को चीरती हुई त्रिपाठीजी की नजर सामने नीम के पेड़ के नीचे खड़ी बुजुर्ग महिला पर पड़ी तो लगा कि वह बूढ़ी माँ इधर ही देख रही है, कोई जाना-पहचाना सा चेहरा लग रहा है, रिश्तेदार जैसी लग रही है, शायद हमें आवाज देकर कुछ कहना चाह रही हो। सोचा भीड़ को निपटाकर चलकर पूछता हूँ क्या बात है, जल्दी-जल्दी सारी भीड़ को निपटाने में लग गए, फटाफट सबको दवा दिलाने, सबका बिल बनाने के काम में तेजी से सबको लगा दिया, घंटों बाद भीड़ खत्म हुई तो देखा, अभी भी वह बूढ़ी माँ उसी पेड़ के नीचे खड़ी मेरा ही इंतजार कर रही है, लड़कों से बोले—"तुम लोग पाँच मिनट दुकान सँभालो, मैं थोड़ी देर में सामने खड़ी बुजुर्ग महिला से बात करके वापस आता हूँ।" दुकान से निकले सड़क पार किया, उनके पास जाकर बोले—"अम्माजी, प्रणाम! क्या बात है, आप क्या कहना चाह रही हैं? ऐसा लग रहा था काउंटर से कि हमसे आप कुछ कहना चाह रही हैं, कुछ बोलना चाह रही हैं, कुछ बताना चाह रही हैं, आप कुछ परेशान सी लग रही हैं? प्लीज, आप निस्संकोच बताइए, क्या बात है, मैं आपकी क्या सेवा मदद कर सकता हूँ।"

अम्मा ने बताया कि "बेटा, मैं आई तो दवा लेने थी, पर भूल गई कौन सी दवा लेनी है।"

त्रिपाठीजी बोले, "याद करिए अम्माजी, मैं आपको फटाफट दुकान से दवा लाकर दे दूँगा, कौन सी दवा लेनी है, प्लीज बताइए, शायद मैं आपकी कुछ मदद कर सकूँ, हमें कुछ जानी-पहचानी-सी आप लग रही हैं।"

अम्मा ने बताया—"बेटा हमारे बच्चे बड़े शहर में बाहर अपने बच्चों के साथ रहते हैं, उन्होंने कहा था कि माँ मैं पत्नी बच्चों को लेकर गरमी के महीने में आऊँगा कुछ दिन आपके साथ रहकर जाऊँगा, लेकिन कल शाम को उनका फोन आया कि अम्मा, हम लोग गरमी की छुट्टी में हिल स्टेशन पर घूमने जा रहे हैं, अभी नहीं

गए तो फिर दुबारा छुट्टी नहीं मिलेगी, वी आर सॉरी,( we are sorry ) इस बार हमलोग नहीं आ पाएँगे, यह कहकर फोन रख दिया।" जब अम्मा यह बात बता रही थीं तो उनकी आँखों से टप-टप-टप-टप आँसू गिर रहे थे, उसी समय अपने को सँभाला और कहा, "हाँ-हाँ बेटा, याद आ गया कि कौन सी दवा लेनी है।"

"हाँ माँ बताओ ? मैं तुरंत दवा लाकर यहीं दूँगा।"

अम्मा ने बताया कि "बेटा, क्या तुम्हारी दुकान पर बच्चों को भूलनेवाली दवा मिलेगी ?" यह कहकर वहाँ से चुपचाप चल दीं।

यह सुनकर त्रिपाठीजी एक वक्त के लिए जहाँ खड़े थे, वहीं पर सुन्न से हो गए, थोड़ी देर तो जहाँ खड़े थे, वहीं खड़े ही रह गए, फिर चुपचाप अपनी दुकान में वापस चले आए और बैठकर सोचने लग गए कि बच्चों को भूलनेवाली दवा कहाँ मिलेगी, उस दिन के बाद से जब भी गरमी के सीजन में वे दवा की दुकान पर होते तो सामनेवाले नीम के पेड़ के नीचे उन्हें बूढ़ी अम्मा का चेहरा ही नजर आता है। □

# कर्म-फल

चंदनलाल सांसारिक व्यवहारों में बहुत चालाक, चरित्रहीन, कोर्ट के मामले में मुकदमेबाज और सभी दुर्गुणों से युक्त थे, इसलिए हमेशा उनके धन में वृद्धि होती रहती थी। मुँह से निकलते ही उनका सारा काम हो जाता था। पूरे इलाके में बहुत दबदबा था, सभी लोग उनका नाम सुनकर डरते थे, वहीं उनके छोटे भाई सुंदरलाल परोपकारी, धार्मिक और संतों की सेवा करने में लगे रहते थे। हमेशा संत-महात्मा उनके घर पधारते रहते थे, उन्हीं की सेवा में सारा दिन निकल जाता था, इसलिए इनका सारा धन दूसरे की भलाई में लग गया, अब सुंदरलाल को खाने के लाले पड़ने लगे, कुछ दिन तक जैसे-तैसे कटे, अंत में निराश होकर बड़े भाई के पास जाकर शरण ली।

बड़े भाई ने कहा, "ठीक है, तुमने अच्छे काम में अपना धन लगाया है, जिससे खानदान की प्रतिष्ठा ही बढ़ी है, मैं तुम्हारी मदद करूँगा, मैं तो दुनिया को बेवकूफ बनाना ही जानता हूँ, यह तुम्हारा ही घर है, हमारी जमीन, जो घर दूसरे गाँव में है, वहीं अपने बच्चों को ले जाकर सब काम सँभालो, लेकिन संतों की सेवा में खर्च नहीं करना है और हमारी बुराई भी नहीं करनी है।"

सुंदरलाल के गाँव जाकर खेती सँभालते ही वहाँ की पैदावार बढ़ गई, पर इनके रहने से संत-महात्मा आने शुरू हो गए, कुछ बड़े भाई की आँख से बचाकर और कुछ अपने खाने में से कटौती करके उनकी सेवा करते थे, इसलिए शरीर कमजोर हो गया, ठीक से दवा न मिलने से दो साल में शरीर शांत हो गया, इस समाचार से चंदनलाल को इस बात का भी दुःख हुआ कि मैं भाई पर ध्यान नहीं दे पाया।

फिर चंदनलाल अपने परिवार को शहर का काम-धाम सौंपकर खुद ही खेती-बारी सँभालने के लिए गाँव आ गए, कई साल पहले बड़े शौक से चंदन ने एक छोटी

सी, मगर अच्छे नस्ल की कुतिया खरीदकर गाँव पर रख दी थी, जिससे वहाँ की रखवाली होती रहे। अब वह बड़ी हो चुकी थी, वे उसकी भी बड़ी सेवा करते थे। जब समय आया तो उसने एक सुंदर सा बच्चा दिया तो बड़े धूमधाम से उसका जन्मोत्सव मनाया, इस कुत्ते का नाम रखा गया 'उदित'। एक ज्योतिषी से उसकी जन्मकुंडली भी बनवाई गई, उसके अनुसार बच्चा बड़ा होनहार भाग्यशाली, स्वामिभक्त निकला, केवल छठे वर्ष पर उसे एक संकट की शंका थी, उससे बच गया तो फिर जीवनपर्यंत सुख से रहेगा।

सफेद रंग का कुत्ता और उसके माथे पर काला तिलक था, आँखें काली थीं, अत्यंत मनोहर स्वरूप था, दिन भर छलाँग मारता था, चंदनलाल का मन उसे छलाँगें भरते देख खुश हो जाता था। वह भी चंदनलाल से इतना घुल-मिल गया था कि दिन भर पीछे दौड़ा करता था, जब वह शाम और सुबह अपनी खाट पर बैठकर अपने यहाँ काम करनेवालों से बातें करने लगते थे तो उदित उनके पास खड़ा रहता था, वह प्यार से उसके पीठ पर हाथ फेरने लगते थे तो उसकी पूँछ खड़ी हो जाती थी और आँखें उल्लास से चमकने लगती थीं, चंदनलाल को भी उससे इतना स्नेह था कि जब तक वह उनके सामने न बैठा हो, भोजन में स्वाद ही नहीं आता था, उसके लिए चाँदी का पट्टा बनवाया था, एक आदमी उसे नित्य नहलाता और झाड़ता-पोंछता था, जब कभी चंदनलाल किसी काम से दूसरे गाँव जाने के बाद लौटकर आते तो छलाँगें भरता हुआ उनके पास पहुँच जाता था और पैरों को चाटने लगता था। पशु और मनुष्य में यह पिता-पुत्र सा प्रेम देखकर लोग चकित हो जाते थे।

एक दिन चंदनलाल अपने प्रिय कुत्ते को अपने दरवाजे पर नहला रहे थे, उसी समय एक साधु-महात्मा द्वार पर आकर खड़े हो गए। चंदनलाल ने अनादरपूर्वक कहा, "यहाँ क्यों खड़े हो महराज, आगे बढ़ो।"

साधु ने कहा, "नहीं, बस इस जानवर को देख रहा हूँ, मैंने ऐसा सुंदर जानवर आज तक नहीं देखा, साक्षात् देवरूप है।" यह कहकर महात्माजी उदित के निकट आ गए और उसके पैर छूने लगे।

चंदनलाल—"आपका शुभागमन कहाँ से हुआ, महराजजी ? आज यहीं विश्राम कीजिए तो बड़ी दया होगी।"

साधु—"नहीं बाबा, क्षमा करो, मुझे आवश्यक कार्य से बाहर जाना है, ठहरने से विलंब होगा।"

चंदनलाल—"तो फिर कभी दर्शन दीजिएगा।"

साधु—"हाँ, तीर्थयात्रा से तीन वर्ष बाद लौटकर इधर से फिर जाना होगा, उस समय आपकी इच्छा होगी तो ठहर जाऊँगा, आप बड़े भाग्यशाली पुरुष हो कि ऐसे जानवर की सेवा का अवसर मिला है, इसे पशु मत समझिए, ये महान् आत्मा है, इसे कभी भूल से भी मत मारिएगा।" यह कहकर साधु ने फिर उदित के चरणों में सीस नवाया और चल दिए।

उस दिन से उदित की और सेवा होने लगी, वह पशु से देवता हो गया, चंदनलाल उसे रसोई के सब पदार्थ खिलाकर तब भोजन करते, प्रातःकाल सबसे पहले उसके दर्शन करते, उनकी श्रद्धा देखकर गाँव के अन्य लोग भी अब उदित का आदर करने लगे, सुबह उसके दर्शन करने तो प्रायः कई लोग आ जाते थे, इसी प्रकार तीन साल और बीते, अब उदित का छठा वर्ष लगा।

चंदनलाल को ज्योतिषी की बात यद आई, यह भी डर था कि कहीं उसकी भविष्यवाणी सच न हो जाए, औषधियाँ मँगा लीं, उदित को टीका भी लगवाया, कहीं नौकर उसे खराब खाना पानी न खिला-पिला दे। इस आशंका से चंदन उसे अपने हाथों से खाना-पानी देने लगे।

संध्या हो गई थी, चंदनलाल उदित को खाना खिला रहे थे, इतने में सहसा वही साधु आ निकले, जिन्होंने आज से तीन वर्ष पहले दर्शन दिए थे। चंदनलाल देखते ही उन्हें पहचान गए, दंडवत् कर कुशलक्षेम पूछी और भोजन का प्रबंध करने लगे। इतने में उदित ने जोर से डकार ली और धम्म से भूमि पर गिर पड़ा, चंदनलाल दौड़कर उसके पास आए, उसकी आँखें पथरा रही थीं, पहले एक स्नेहपूर्ण दृष्टि डाली, वह चित्त हो गया, चंदनलाल घर में से दवाएँ लाने दौड़े, कुछ समझ में न आया कि खड़े-खड़े इसे क्या हो गया, जब तक घर से दवाइयाँ लेकर निकलें, तब तक उदित का अंत हो चुका था। चंदनलाल शायद अपने छोटे भाई की मृत्यु पर भी इतने दुःखी न हुए थे, वह लोगों के रोकने पर भी बार-बार उदित के शव के पास जाकर उससे लिपट जाते, किसी तरह रात रो-रोकर काटी, उसकी सूरत आँखों से न जाती थी, रह-रहकर हृदय में एक वेदना सी होती थी, प्रातःकाल लाश उठाई गई, चंदनलाल ने यथाविधि उसका संस्कार किया, गाँव के सभी लोगों को भोजन कराया, उक्त साधु महात्मा को उन्होंने अब तक नहीं जाने दिया था।

दूसरे दिन चंदनलाल ने महात्मा से पूछा, "महात्माजी, कुछ समझ में नहीं आता

है कि उदित को कौन सी बीमारी हुई थी ज्योतिषी ने उनके जन्म-पत्र में लिखा था कि उसका छठा साल अच्छा न होगा, लेकिन मैंने इस तरह किसी जानवर को मरते नहीं देखा, आप तो योगी हैं, आप को यह रहस्य कुछ समझ में आता है?"

साधु—"हाँ, कुछ थोड़ा-थोड़ा समझता हूँ।"

चंदनलाल—"मुझे भी कुछ बताइए।"

साधु—"वह उस जन्म का कोई सच्चरित्र, साधुभक्त, परोपकारी जीव था, उसने अपनी सारी संपत्ति धर्म कार्यों में लगा दी थी, आपके संबंधियों में ऐसा कोई सज्जन था?"

चंदनलाल—"हाँ, महाराज था।"

साधु—"उसने तुम्हें धोखा दिया, तुमसे विश्वासघात किया, तुमने उसे कोई अपना काम सौंपा था, वह तुम्हारी आँख बचाकर तुम्हारे धन से साधु जनों की सेवा-सत्कार किया करता था।"

चंदनलाल—"मुझे उस पर इतना संदेह नहीं होता था, वह इतना सरल स्वभाव और सच्चरित्र मनुष्य था कि बेईमानी करने का उसे कभी ध्यान भी नहीं आ सकता था।"

साधु—"लेकिन उसने विश्वासघात किया, अपने स्वार्थ के लिए नहीं, अतिथि-सत्कार के लिए सही, पर था वह विश्वासघात।"

चंदनलाल—"संभव है, गरीबी ने उसे धर्मपथ से विचलित कर दिया हो।"

साधु—"हाँ, यही बात है, उस प्राणी को भगवान् ने उसके पूर्व कर्म से स्वर्ग में स्थान देने का निश्चय किया था, पर उसे विश्वासघात का प्रायश्चित्त करना आवश्यक था, उसने बेईमानी से तुम्हारा जितना धन हर लिया था, उसकी पूर्ति करने के लिए उसे तुम्हारे यहाँ इस रूप में जन्म दिया गया, यह निश्चय कर लिया गया कि छह वर्ष में प्रायश्चित्त पूरा हो जाएगा, इतनी अवधि तक तुम्हारे यहाँ रहा, ज्यों ही अवधि पूरी हुई, त्यों ही उसको स्वर्ग में स्थान मिल गया।"

महात्माजी तो दूसरे दिन विदा हो गए, लेकिन चंदनलाल के जीवन में उसी दिन से एक बड़ा परिवर्तन दिखाई पड़ने लगा, उसका स्वभाव बदल गया, दया और विवेक से हृदय परिपूर्ण हो गया, वह मन में सोचते, जब ऐसे धर्मात्मा प्राणी को जरा से विश्वासघात के लिए इतना कठोर दंड भगवान् के यहाँ मिला तो मुझ जैसे कुकर्मी की क्या दुर्गति होगी, यह बात उनके ध्यान से कभी नहीं जाती थी।

□

# तेजराम की बिल्ली

चौबीस साल का तेजराम कुशीनगर के पास एक गाँव में रहता था। बचपन में ही बेचारे के माँ–बाप गुजर चुके थे। अति निर्धन होने के कारण उसके पास जमीन का एक टुकड़ा भी नहीं था, दूसरों की खेती में सारा दिन छोटे–मोटे काम करता उसके बदले में खाने के लिए उसे आटा–चावल मिल जाता था, घर आकर वह अपना भोजन तैयार करता और खा–पीकर सो जाता, जीवन का एक–एक दिन ऐसे ही निकल रहा था, ऊपर से एक और मुसीबत उसके ऊपर आ पड़ी। एक दिन उसने अपने लिए चार रोटियाँ बनाकर रखीं। हाथ–मुँह धोकर वापस आया, तब तक तीन रोटियाँ ही बचीं। दूसरे दिन भी यही हुआ, तीसरे दिन उसने रोटियाँ बनाने के बाद उस स्थान पर नजर रखी, उसने देखा कि कुछ देर बाद वहाँ एक मोटी सी बिल्ली आती है और एक रोटी उठाकर ले जाने लगी।

तेजराम तैयार था, वह तुरंत बिल्ली को पकड़ लेता है, बिल्ली बोली, "भैया, मेरी किस्मत का क्यों खा रहे हो, मेरे हिस्से की रोटी मुझे ले जाने दो।" "तुम्हें ले जाने दूँ तो मेरा पेट कैसे भरेगा? मैं पहले से ही अपनी जिंदगी से परेशान हूँ, ऊपर से अब पेट भर खाना भी न मिले तो मैं क्या करूँगा। न जाने मेरे जीवन में खुशहाली कब आएगी?" तेजराम बोला। इस पर बिल्ली बोली, "तुम्हारे सारे सवालों का जवाब तुम्हें एक संत दे सकते हैं।"

तेजराम ने पूछा, "कौन हैं वह?"

बिल्ली ने जवाब दिया, "वह एक बहुत पहुँचे हुए संत हैं, उत्तर दिशा में कई पर्वतों और नदियों को पार करके ही उनके आश्रम तक जाया जा सकता है, तुम उन्हीं के पास जाओ, वही तुम्हारा कल्याण करेंगे।"

तेजराम बिल्ली की बात मान गया और अगली सुबह ही खाने की पोटली

लेकर संत के आश्रम की ओर बढ़ चला। काफी दूर चलने के बाद उसे एक हवेलीनुमा घर दिखाई दिया, तेजराम वहाँ गया और रात भर के लिए शरण माँगी, हवेली की मालकिन ने पूछा, "बेटा, कहाँ जा रहे हो?"

तेजराम—"मैं एक पहुँचे हुए संत के आश्रम जा रहा हूँ, उन्हीं से हमारा कल्याण होगा।"

मालकिन—"बहुत अच्छा, बेटा, उनसे मेरे भी एक प्रश्न का उत्तर माँगकर लाना कि मेरी बेटी बीस साल की हो गई है, वह देखने में अत्यंत सुंदर है, उसके अंदर हर प्रकार के गुण भी विद्यमान हैं, बेचारी ने अभी तक एक शब्द नहीं बोला है, पूछना—वह कब बोलना शुरू करेगी?" और ऐसा कहते-कहते मालकिन रो पड़ीं।

तेजराम—"जी, आप परेशान न हों, मैं आपका उत्तर जरूर लेकर आऊँगा।" तेजराम अगले दिन आगे चल पड़ा। रास्ता बहुत ज्यादा लंबा था, रास्ते में उसे बड़े-बड़े बर्फीले पहाड़ मिले, उसे समझ नहीं आ रहा था कि उन्हें कैसे पार करें, समय बीत रहा था, तभी उसे एक तांत्रिक दिखाई दिया, जो वहाँ बैठकर तपस्या कर रहा था। तेजराम उस तांत्रिक के पास गया और उससे बोला कि मुझे एक संत के दर्शन को जाना है, कैसे जाऊँ? रास्ता तो बहुत ही परेशानी वाला लग रहा है?

तांत्रिक—"मैं तुम्हारा सफर आसान बना दूँगा, पर तुम्हें मेरे एक प्रश्न का उत्तर लाना होगा।"

तेजराम—"किंतु जब आप मुझे वहाँ पहुँचा सकते हैं तो स्वयं क्यों नहीं चले जाते?"

तांत्रिक—"क्योंकि मैंने इस स्थान को छोड़ा तो मेरी तपस्या भंग हो जाएगी।"

तेजराम—"ठीक है, आप अपना प्रश्न बताएँ?"

तांत्रिक—"पूछना—मेरी तपस्या कब सफल होगी? मुझे ज्ञान कब मिलेगा?"

तेजराम—"ठीक है, मैं इस प्रश्न का उत्तर जरूर लाऊँगा।"

इसके बाद तांत्रिक ने अपनी तांत्रिक विद्या से तेजराम को पहाड़ पार करा दिए।

अब आश्रम तक पहुँचने के लिए सिर्फ एक नदी ही पार करनी थी। तेजराम इतनी विशाल नदी देखकर घबरा गया, तभी उसे नदी के किनारे एक बड़ा सा कछुआ दिखाई दिया, तेजराम ने कछुए से मदद माँगी, "आप मुझे अपनी पीठ पर बैठाकर नदी पार करा दीजिए।"

कछुए ने कहा, "ठीक है।"

जब दोनों नदी पार कर रहे थे तो कछुए ने पूछा, "कहाँ जा रहे हो?"

तेजराम ने उत्तर दिया, "मैं एक संत से मिलने जा रहा हूँ।"

कछुए ने कहा, "यह तो बहुत अच्छी बात है, क्या तुम मेरा एक प्रश्न उनसे पूछ सकते हो?"

तेजराम—"जी, अपना प्रश्न बताइए।"

कछुआ—"मैं एक असाधारण कछुआ हूँ, जो समय आने पर ड्रैगन बन सकता है, एक हजार सालों से मैं इसी नदी में हूँ और ड्रैगन बनने की कोशिश कर रहा हूँ, मैं ड्रैगन कब बनूँगा, बस यह पूछ करके आना है।"

नदी पार करके कुछ दूर जाने पर संत आश्रम दिखाई देने लगा, आश्रम में प्रवेश करने पर शिष्यों ने तेजराम का स्वागत किया। संध्या के समय संत ने तेजराम को दर्शन दिए और बोले, "बेटा, मैं किन्हीं के भी तीन प्रश्नों का उत्तर दे सकता हूँ। पूछो अपने प्रश्न?" तेजराम असमंजस में फँस गया कि वह अपना प्रश्न पूछे या उसकी मदद करनेवाली मालकिन, तांत्रिक और कछुए के? वह अपना प्रश्न पूछना चाहता था, पर उसने सोचा कि उसे मुसीबत में मदद करनेवाले लोगों का उपकार नहीं भूलना चाहिए, उसे यह नहीं भूलना चाहिए कि उसने उन लोगों से उनके प्रश्नों के उत्तर लाने का वादा किया है।

उसी पल उसने निश्चय किया कि वह खूब मेहनत करेगा और अपनी जिंदगी बदल देगा, लेकिन इस समय उन तीन लोगों की जिंदगी में बदलाव लाना जरूरी है और यही सोचते-सोचते उसने संत से पूछा, "हवेली के मालिक की बेटी कब बोलेगी?"

संत—"जैसे ही उसका विवाह होगा, वह बोलना शुरू कर देगी।"

तेजराम—"तांत्रिक को ज्ञान कब प्राप्त होगा?"

संत—"जब वह अपनी तांत्रिक विद्या का मोह छोड़ उसे किसी और को दे देगा, तब उसे ज्ञान की प्राप्ति हो जाएगी।"

तेजराम—"वह कछुआ ड्रैगन कब बनेगा?"

संत—"जिस दिन उसने अपना कवच उतार दिया, वह ड्रैगन बन जाएगा।"

तेजराम संत से उत्तर पाकर बहुत प्रसन्न हुआ, अगली सुबह वह संत के चरण स्पर्श कर वहाँ से प्रस्थान कर गया, वापस रास्ते में कछुआ मिला। उसने तेजराम को

नदी पार करा दी और अपने प्रश्न के बारे में पूछा, तब तेजराम ने कछुए से कहा कि भैया अगर तुम अपना कवच उतार दो तो तुम ड्रैगन बन जाओगे।

कछुए ने जैसे ही कवच उतारा, उसमें से ढेरों मोती झड़ने लगे, कछुए ने वे सारे मोती तेजराम को दे दिए और कुछ ही पलों में ड्रैगन में बदल गया, उसकी खुशी का ठिकाना नहीं रहा, उसने फौरन तेजराम को अपने ऊपर बिठाया और बर्फीली पहाड़ियाँ पार करा दीं।

थोड़ा आगे जाने पर उसे तांत्रिक मिला। तेजराम ने उसे संत की बात बता दी कि जब आप अपनी तांत्रिक विद्या किसी और को दे देंगे तो आपको ज्ञान की प्राप्ति हो जाएगी।

तांत्रिक बोला, "अब मैं कहाँ किसे ढूँढ़ने जाऊँगा, ऐसा करो, तुम ही मेरी विद्या ले लो" और ऐसा कहते हुए तांत्रिक ने अपनी सारी विद्या तेजराम को दे दी और अगले ही क्षण उसे ज्ञान-प्राप्ति की अनुभूति हो गई। तेजराम वहाँ से आगे बढ़ा और तांत्रिक से मिली विद्या के दम पर जल्द ही हवेली पहुँच गया। मालकिन ने उसे देखते ही पूछा, "बेटा क्या कहा, संत ने मेरी बिटिया के बारे में? "जिस दिन उसकी शादी हो जाएगी, वह बोलने लगेगी। तेजराम ने उत्तर दिया। मालकिन बोलीं, "तो देर किस बात की है, तुम इतनी बड़ी खुशखबरी लाए हो, भला तुम से अच्छा लड़का उसके लिए कौन हो सकता है।" दोनों की शादी करा दी गई और सचमुच लड़की बोलने लगी। तेजराम अपनी पत्नी को लेकर गाँव पहुँचा, उसने सबसे पहले उस बिल्ली को धन्यवाद दिया और अपने लिए महलनुमा नया मकान बनवाया, उसी मकान में उस बिल्ली के रहने की एक जगह भी बनवा दी।

□

# पहली मुस्कान

कानपुर शहर की रहनेवाली मीना लखमानी का सिविल लाइन एरिया में बहुत बड़ा बँगला था, काफी लंबा-चौड़ा व्यापार चल रहा था, कई नौकर-चाकर, बड़ी-बड़ी गाड़ियाँ, भगवान् ने उन्हें वह सबकुछ दे रखा था, जो आजकल के जमाने में एक बड़े रईस आदमी के पास होना चाहिए।

मीना एक दिन नब्बे लाख की बड़ी सी अपनी गाड़ी में सवार होकर महँगे कपड़े और गहने पहनकर शहर के एक बड़े डॉक्टर के यहाँ अपनी परेशानी लेकर पहुँची; बताया कि डॉ. साहब! मुझे अब जीवन जीने का मन नहीं करता है, मैं हमेशा बहुत परेशान सी रहती हूँ, मुझे आप बस इतना बताइए कि मैं क्या काम करूँ कि मैं जीवन में खुश रह सकूँ। डॉ. साहब ने उसकी बड़ी सी गाड़ी और बहुत महँगे कपड़े और रहन-सहन का स्तर देखकर मन-ही-मन अंदाजा लगा लिया कि इसके पास कोई किसी प्रकार की परेशानी तो नहीं होनी चाहिए, फिर क्या कारण हो सकता है? डॉ. साहब ने पूछा, "बताइए मैडम, आपको क्या परेशानी है? मैं क्या कर सकता हूँ आपके लिए?"

"डॉ. साहब मेरे पास गाड़ी-बँगला, रुपया-पैसा सबकुछ है, मुझे किसी चीज की कोई कमी नहीं है, भगवान् ने हमें सबकुछ दे रखा है, लेकिन फिर भी मेरे पास खुश रहने की कोई वजह नहीं है, इसलिए अब मेरी ऐसी जिंदगी का कोई अर्थ नहीं रह गया है।"

डॉ. साहब ने कहा, "वह सामने हॉस्पिटल में जो महिला काम कर रही है, जो वहाँ झाड़ू-पोंछा लगा रही है, उसे देख रही हैं न आप?"

"हाँ, देख रहीं हूँ।"

"उसको मैं बुलाता हूँ, वह आपको अपने खुद के जीवन पर बीती कहानी

सुनाएगी, उसे बड़े ध्यान से सुनिएगा—देखिए क्या सुनाती है।" डॉ. साहब ने कहा! इसके बाद डॉ. साहब ने उस महिला को वहीं से आवाज देकर अपने पास बुलाया और उस महिला ने हॉस्पिटल से आकर अपने जीवन की ऐसी मार्मिक कहानी अपने जुबान से सुनाई—

"हमारी फैमिली बहुत गरीब लोगों की है, बड़ी मुश्किल से हमारा दोनों समय का खाना-पीना हो पाता था, कुछ दिन पहले मेरे पति की मलेरिया के कारण मृत्यु हो जाने से वह इस दुनिया से हमेशा के लिए चल बसे और उसके तीन महीने बाद ही एक भयानक रोड एक्सीडेंट में मेरे इकलौते जवान बेटे की असमय मौत हो गई, उसके बाद मैं खुद अपने जीवन से बहुत निराश और हताश हो गई, लगा कि अब मेरे जीवन जीने का कोई मतलब नहीं है, मैं अब क्या करूँगी जीकर? बहुत दिनों मैं मुस्कराई भी नहीं थी हँसी नहीं थी, कुछ भी अच्छा नहीं लग रहा था, किसी भी तरह जीवन काटना मुश्किल हो गया था, बस जैसे-तैसे जीवन कट रहा था, किसी तरह मरने की वजह तलाश कर रही थी, परंतु मर नहीं पा रही थी, इसलिए जिंदा थी, भगवान् से रोज यही प्रार्थना करती थी कि बस मुझे भी आप किसी तरह अपने यहाँ उठाकर ले चलो!"

एक रात जब मैं हॉस्पिटल से अपने घर वापस आ रही थी, अचानक रास्ते में एक बिल्ली का बहुत छोटा सा बच्चा मेरे पीछे-पीछे हो लिया, अँधेरी रात थी, ठंड का महीना था, हलकी-हलकी बारिश भी हो रही थी, शायद उसे भी ठंड लग रही होगी, मेरे पीछे चलते-चलते वह मेरे घर के दरवाजे तक आ गया, मैं दरवाजा खोलकर अंदर आई तो वह बाहर खड़ा काँप रहा था, उसे काँपते हुए देखकर मुझे लगा इसे ठंड लग रही होगी तो उसे मैंने अपने घर के अंदर ले लिया, घर के अंदर से एक कटोरी में थोड़ा-सा गरम दूध लाकर उसके पीने के लिए रख दिया। मैंने देखा, वह इतना मन लगाकर गरम दूध पी रहा था, ऐसा लग रहा था कि जैसे कितने दिन से बेचारा भूखा हो, उसे देखकर मेरे चेहरे पर उस दिन पता नहीं कितने दिनों बाद पहली मुस्कान आई।

दूध पीने के बाद वह आकर मेरे पैरों से लिपट गया और मेरे दोनों पैरों को चाटने लगा। उस दिन ऐसा होते देखकर मैं खुलकर मुस्कराई, न जाने कितने महीनों के बाद और उसी पल मुझे एहसास हुआ कि एक बिल्ली के बच्चे के लिए इतना सा करने के बाद यदि मुझे इतनी खुशी मिल सकती है तो मेरे आस-पास इतने सारे

जरूरतमंद लोग हैं, अगर मैं उनके लिए कुछ कर पाऊँगी तो मुझे कितनी खुशी मिल सकती है, अगले दिन अपने बीमार पड़ोसी के लिए मैंने कुछ खास खाना बनाया और उसके लिए लेकर गई तो मुझे बहुत खुशी मिली और उसी दिन से मैं आकर अस्पताल में काम करने लगी, तभी से जितना हो पाता है, यहाँ बीमार लोगों की सेवा करती हूँ, बहुत असहाय लोगों की सेवा करके मैं लोगों को खुश कर पाती हूँ और उनके चेहरे की मुस्कराहट देखकर उससे कहीं अधिक मुझे खुशी मिलती है, उसी से मुझे जीने का सहारा मिल गया।

□

# चंदा का पति

विजय गुलाटी की प्रयाग के सबसे पुराने बाजार में एक बड़ी सी जूते-चप्पल की दुकान थी, प्रतिदिन सुबह ग्यारह बजे तैयार होकर घर से दुकान के लिए निकल जाते थे, बाजार थोड़ी देर से ही खुलता था, दुकान में काम करनेवाले लड़का-लड़की मिलाकर कुल सात लोग काम करते थे, जब तक ये दुकान नहीं पहुँचते थे, तब तक वे सब लड़के आकर दुकान के पास खड़े रहते थे। गुलाटी के आ जाने के बाद ही दुकान खुलती थी। दुकान की सारी साफ-सफाई रात में दुकान बढ़ाते समय ही हो जाती थी, इसलिए सुबह खुलते समय बहुत कोई खास काम नहीं रहता था, बस धूप-बत्ती दिखा करके ही काम शुरू हो जाता था। दुकान चलती बहुत थी, इसलिए सारा दिन दुकान में भीड़-भाड़ बनी ही रहती थी। विजय गुलाटी खुद बड़े सरल एवं सीधे स्वभाव के थे, क्रोध तो उन्हें छू तक नहीं पाया था, अपने यहाँ काम करनेवाले लड़के या आनेवाले ग्राहक से बात करते समय तो लगता था कि जैसे अमृत की बरसात हो रही हो, कोई भी ग्राहक कभी नाराज होकर तो गया ही नहीं और तो और दुकान में घुसने के बाद कोई भी बिना सामान लिये खाली हाथ वापस नहीं गया, दुकान का काम थोड़ी देर से खत्म होने के कारण वे रोज घर पर विलंब से पहुँचते थे। खाना-पानी करते-कराते सोने में देर हो ही जाती थी, इसलिए सुबह उठने में भी थोड़ी देर हो जाती थी।

पत्नी पुष्पा को तो सुबह जल्दी उठना पड़ता था, क्योंकि दोनों छोटे बच्चों का स्कूल सुबह आठ बजे का ही होता था, इसलिए घर के पास वाले चौराहे पर साढ़े सात बजे ही स्कूल की बस आकर खड़ी हो जाती थी, तब तक अगर कोई बच्चा चौराहे पर नहीं आ पाया तो बिना देर किए बस उसे छोड़कर चली जाती थी, फिर पैरेंट्स को खुद स्कूल छोड़ने के लिए जाना पड़ता था, इसलिए इस काम में बिना कोई देर

किए पत्नी पुष्पा अपने दोनों छोटे बच्चो को तैयार करके घर के पास चौराहे पर स्कूल की बस में बिठाकर घर वापस आ जाती थी, तब तक साढ़े आठ बज चुके होते थे।

इसके बाद ही घर में झाड़ू-पोंछा और बरतन सफाई का काम करनेवाली चंदा घर पर आती थी, साफ-सफाई का सारा काम तो चंदा ही सँभालती थी पर कुछ काम जो चंदा को नहीं करना था, वह काम पुष्पा खुद करती थी, तब तक विजय बाबू भी सोकर उठ चुके होते थे, फिर तो पुष्पा अपना काम करते-करते विजय बाबू को कुछ न कुछ खरी-खोटी सुनाती रहती थी, जैसे—हो गया सवेरा? पूरी हो गई नींद? घोड़ा बेचकर सोते रहते हो, एक कुंतल वजन हो गया है! मोटापे का ख्याल है कुछ! पता नहीं कब सुधरेंगे, कुछ तो सीखो अड़ोस-पड़ोसवालों से, सुबह-सुबह उठकर ही पड़ोस वाले रिंकू के पापा पार्क में घूमकर आ गए, देखते हो कितना अच्छा स्वास्थ्य बना रखा है, कोई बीमारी नहीं है उनको और ऐसी कोई बीमारी बची नहीं है जो न हो आपको।

विजय बाबू ऐसे थे कि सब कुछ सुनते-सहते रहते थे, पर कुछ भी नहीं बोलते थे। भगवान् ने स्वभाव ही ऐसा बनाया था उनका कि सब सहन कर जाते थे। चंदा अपना काम करते-करते अपनी मालकिन की वे सारी बात सुनती रहती थी, जो विजय बाबू को उसकी मालकिन सुनाती थी।

आज नौ से ऊपर बज चुके थे, पर चंदा काम करने नहीं आई थी। मालकिन पुष्पा अपने घर के ड्राइंगरूम में सोफे पर बैठकर चंदा के आने का इंतजार कर ही रही थी कि सुबह-सुबह साढ़े नौ बजे घर के दरवाजे की घंटी बजी। पुष्पा ने दरवाजा खोला तो देखा बाहर दरवाजे पर एक सिक्योरिटी गार्ड की वर्दी पहने एक दुबला-पतला आदमी खड़ा है। पुष्पा ने पूछा, "कौन हो तुम? सुबह-सुबह घंटी बजा दी, यह कोई समय होता है किसी के घर आने का, अभी सो रहे हैं विजय बाबू, जाओ बाद में आना या दुकान पर जाकर मिल लेना।"

"नहीं मालकिन! मैं आपके यहाँ झाड़ू-पोंछा करनेवाली चंदा का पति सुधाकर हूँ, मैं आपको आज केवल यह बताने के लिए आया हूँ कि आज से चंदा आपके यहाँ काम करने के लिए नहीं आ पाएगी।"

"क्यों, क्या हो गया चंदा को, बीमार हो गई क्या? या कहीं बाहर चली गई है या उसके मायके में किसी की तबीयत खराब है, वहाँ गई है क्या?" एक साथ कई बातें पूछ गई।

"नहीं मालकिन! वह बीमार नहीं है ठीक है, बस नहीं आएगी, इतना ही बता रहा हूँ और कोई बात नहीं, अच्छा! आप अंदर आओ बैठकर बात करो।" यह कहकर ड्राइंगरूम में आ गई, पीछे से सुधाकर भी आ गया, उसको सोफे पर बैठने का इशारा करते हुए पुष्पा बोली, "अगर कोई तनख्वाह वगैरह बढ़ाने की बात हो तो बताओ, मैं बढ़ा दूँगी, उसकी चिंता मत करो, लेकिन काम पर आने दो उसे या आपको किसी प्रकार की परेशानी हो तो बताओ, मैं कोई-न-कोई रास्ता निकालकर हल कर दूँगी या विजय बाबू से कहकर काम करवा दूँगी, पर वह नहीं आएगी तो मेरा काम कैसे चलेगा, इतना सारा काम रहता है दोनों समय, दूसरा कोई जल्दी मिलता नहीं है, मैं तो सारा दिन परेशान हो जाऊँगी, इसलिए उसका मेरे यहाँ आना बंद मत करिए, अपनी बात बताइए, तभी मैं समझ पाऊँगी कि क्या बात है।"

चंदा का पति बोला, "नहीं मालकिन, जब आप इतना सब कह रही हैं तो मैं आपको साफ-साफ बता ही दे रहा हूँ कि जब हमारी बीवी चंदा आपके यहाँ काम करने नहीं आती थी, तब उसका स्वभाव बहुत अच्छा था, लेकिन जब से आपके घर आकर काम करते समय आप द्वारा अपने पति पर चिल्ला-चिल्लाकर गाली-गलौज करते हुए बात करना सुन-सुनकर उसके स्वभाव में जमीन-आसमान का अंतर आ गया है और अब वह भी हमसे गाली-गलौज करके ही बात करने लगी है, केवल इसलिए, अब आप के यहाँ काम करने के लिए आने से हमने उसे मना कर दिया है।" इतना कहकर सुधाकर वहाँ से उठकर चला गया।

यह सुनकर तो पुष्पा वहीं सोफे पर बैठी-बैठी सुन्न हो गई, उसके पैरों के नीचे की जमीन खिसक गई हो, कुछ देर बाद होश आने पर विजय बाबू के कमरे में जाकर आँखों में आँसू भरे पुष्पा बोली, "हमें माफ कर दीजिए विजय बाबू, आज कामवाली बाई चंदा का पति मेरी आँखें खोलकर गया।"

सुधाकर की बात को विजय बाबू बगल में अपने कमरे में बैठकर सुन रहे थे तो विजय बाबू शायद मन-ही-मन सोच रहे थे कि जो काम मैं अपनी शादी के बाद सात साल तक नहीं कर पाया, वह सुधाकर ने पंद्रह मिनट में करके दिखा दिया।

□

# मेरी महत्त्वाकांक्षा

एक छोटे से गाँव में रहनेवाली चालीस वर्षीया नीरू अपने बच्चे को पढ़ाने के लिए बड़े शहर में अपने पति और बच्चे के साथ खुद का मकान बनाकर रहती थी, उसका एक सबसे छोटा बच्चा पिंटू, जो एक अच्छे से पब्लिक स्कूल में पढ़ता था और उसी स्कूल में उसकी माँ टीचर थी। रोज सुबह वह अपनी माँ के साथ स्कूल जाता था, पिंटू का क्लास तो अपने समय पर समाप्त हो जाता था, लेकिन नीरू को तो स्कूल में और भी बहुत सारे काम पूरे करने पड़ते थे और अंत में प्रिंसिपल के साथ मीटिंग होने के बाद ही सभी टीचर अपने-अपने घर जा सकते थे, इसलिए नीरू थोड़ा देर से ही छूटती थी, तब तक पिंटू स्कूल में ही रुका रहता था और अपने जैसे और भी रुकनेवाले कुछ बच्चों के साथ खेलता रहता था, क्योंकि माँ के साथ ही अपनी गाड़ी में वापस घर आना होता था।

आज सुबह पिंटू के क्लास टीचर ने अपने क्लास के सभी बच्चों का हिंदी विषय का टेस्ट लिया था, जिसमें अपनी महत्त्वाकांक्षा विषय पर दो पेज का निबंध सभी बच्चों को लिखना अनिवार्य था, चूँकि स्कूल में हिंदी विषय नीरू मेम ही पढ़ाती थी, इसलिए निबंध की कॉपियाँ जाँचने के लिए नीरू मेम को ही दी गई थीं, स्कूल में कॉपी जाँचने का समय कम ही मिल पाता था, इसलिए सभी टीचर कॉपी जाँचने के लिए अपने घर ही ले जाते थे, व्यस्ततावश एक दिन तो कॉपियाँ वहीं पड़ी रह गईं, दूसरे दिन रविवार था, इसलिए नीरू वे कॉपियाँ जाँचने के लिए अपने घर लेकर आ गई थी, क्योंकि रविवार होने के कारण ठीक से देखने का समय मिल जाएगा। दूसरे दिन रविवार को नीरू सारी कॉपियाँ जाँचने के लिए लेकर बैठी थी, सभी बच्चों की अपनी अलग-अलग महत्त्वाकांक्षा थी, अनेक प्रकार की महत्त्वाकांक्षा पढ़ने में मजा भी बहुत आ रहा था कि छोटे बच्चों की क्या-क्या महत्त्वाकांक्षा हो सकती है, जो कभी टीचर ने भी कल्पना नहीं की होगी, ऐसी-ऐसी महत्वाकांक्षाएँ थीं।

अचानक बच्चों की कॉपियाँ देखते-देखते नीरू के आँखों से आँसू बहने लगे और रोने लगी, छुट्टी होने कारण उनके पति भी आज घर पर ही थे, वहीं पास में बगल के कमरे में लेटे हुए मोबाइल में कुछ देख रहे थे, रोने की आवाज सुनकर पति बोले, "क्या हुआ नीरू ?" उन्होंने रोने का कारण पूछा तो नीरू बोली, "दो दिन पूर्व स्कूल में सभी बच्चों को 'मेरी सबसे बड़ी महत्त्वाकांक्षा' विषय पर निबंध लिखने को मिला था; एक बच्चे द्वारा लिखा निबंध पढ़कर मुझे बहुत रोना आ गया। अपने निबंध में एक बच्चे ने अपनी इच्छा जाहिर की है कि भगवान् उसे मोबाइल बना दें।" यह सुनकर उसके पतिदेव महोदय हँसने लगे। टीचर बोली, "अरे आगे तो सुनो, बच्चे ने क्या-क्या लिखा है, यदि मेरी महत्त्वाकांक्षा पूरी हुई और मोबाइल बन जाऊँगा तो मेरे घर में मेरी एक खास जगह होगी और सारा परिवार मेरे इर्द-गिर्द ही घूमता रहेगा, जब भी मैं बोलूँगा तो घर के सारे लोग अपने सभी कामों से अपना ध्यान हटाकर केवल और केवल मुझे ही सुनेंगे, मुझे कोई भी बोलने से रोकेगा-टोकेगा नहीं, कभी भी कोई उलटे-सीधे सवाल मुझसे नहीं करेगा, जब मैं मोबाइल बनूँगा तो मेरे पापा कभी भी ऑफिस से आने के बाद थके होने के बावजूद चाहे थोड़ी ही देर के लिए ही हो, मेरे साथ बैठेंगे जरूर, मम्मी को जब भी किसी प्रकार तनाव होगा तो वे मुझे डाँटकर अपने पास से कभी भगाएँगी नहीं, बल्कि अपना सारा काम छोड़कर मेरे साथ अधिक समय रहना चाहेंगी, मेरे सभी बड़े भाई और बहनों के बीच मेरे पास सदैव बने रहने के लिए हमेशा झगड़ा होगा और यहाँ तक कि जब भी मोबाइल बंद रहेगा, तब भी उसकी अच्छी तरह देखभाल और हिफाजत जरूर की जाएगी और हाँ, मोबाइल के रूप में मैं सबको अपार खुशी दे सकूँगा।"

उस बच्चे के द्वारा निबंध में इतनी बड़ी महत्त्वाकांक्षा लिखी गई सुनने के बाद उसके पति भी थोड़ा गंभीर होते हुए बोले, 'हे भगवान्! उस बेचारे के तो माँ-बाप उस पर जरा भी ध्यान नहीं देते होंगे! कैसे-कैसे माँ बाप होते हैं कि अपने बच्चे पर इतना भी ध्यान नहीं दे सकते हैं तो फिर बच्चा पैदा ही क्यों करते हैं!"

टीचर पत्नी ने अपनी आँसू भरी आँखों से उनकी तरफ देखा और बोली, "जानते हो, यह बच्चा कौन है?···हमारा अपना बच्चा, हमारा पिंटू।"

यह सुनकर तो उसके पति के भी आँखों में आँसू भर आए और उठकर बैठ गए और अपने द्वारा अपने बच्चे के साथ किए गए व्यवहार का चित्र उनकी आँखों के सामने घूमने लगा।

सोचिए, यह पिंटू कहीं आपका बच्चा तो नहीं। □

# अनपढ़ का रामायण पाठ

गोविंद एक छोटे से गाँव के रहनेवाले थे, दूसरों की खेती-बाड़ी में काम करके जो कुछ मिलता था, उसी से उनका काम चलता था। माता-पिता तो अपनी आयु पूरी कर स्वर्ग सिधार चुके थे और गोविंद ने अपनी शादी नहीं की थी, इसलिए घर में कोई और नहीं था, पढ़ना-लिखना वह बिल्कुल नहीं जानते थे, कुछ लोगों ने तो बहुत कोशिश की, पर वह अपना नाम लिखना तक भी नहीं सीख पाए। कहीं जरूरत पड़ने पर अँगूठे का निशान लगाने के लिए अपना हाथ बढ़ा देते थे। एक बार उनके पास के गाँव में श्री अयोध्या धाम के प्रसिद्ध कथाकार पूज्य संत श्री बालक दासजी की राम-कथा हो रही थी। कथा का आनंद लेने के लिए बहुत दूर-दूर से हजारों लोग आते थे, कथा तो पूरे सप्ताह चलनेवाली थी, सभी गाँव के लोग बालक दासजी की राम-कथा सुनने के लिए रोज इकट्ठे होकर अपनी बैलगाड़ी से आते-जाते थे। जिस दिन कथा का समापन था, उस दिन जब सभी गाँववाले कथा सुनने के लिए निकलकर गाँव में एक जगह पर इकट्ठा हो रहे थे, तभी वहाँ अचानक घूमते हुए कहीं से गोविंद दिखाई पड़ गए। देखते ही कथा सुनने के लिए जानेवालों में से एक साथ कई लोग बोल पड़े कि गोविंद, तुम भी चलो राम-कथा सुनने, आज अंतिम दिन है कथा का, वहाँ कथा सुनने का लाभ भी मिलेगा और संत महात्मा के दर्शन भी हो जाएँगे तुमको, बड़ी मुश्किल से इतने बड़े संत-महात्मा अपने आस-पास के गाँव में अपना कीमती समय निकालकर तो आते हैं, नहीं तो यहाँ छोटे से गाँव और इतने पिछड़े इलाके में कौन महापुरुष आता है, यह समझिए कि घर पर बैठे-बिठाए साक्षात् भगवान् के दर्शन हो जाएँगे और तुम्हारा कल्याण हो जाएगा। गोविंद को लगा कि सब लोग ठीक ही कह रहे हैं, आज के दिन किसी के यहाँ काम पर जाना भी तो नहीं है, चलेंगे तो वहीं कुछ भजन-भाव हो जाएगा। वे

उसी समय चलने के लिए सभी के साथ बैलगाड़ी में सवार हो गए।

गोविंद को छोड़कर शेष सभी लोग तो कुछ-न-कुछ पढ़े-लिखे थे, इसलिए आपस में पिछले एक सप्ताह से सुनते आ रहे कथा-प्रसंगों पर चर्चा भी कर रहे थे और गोविंद न पढ़े-लिखे थे और न पिछले सप्ताह से हो रहे कथा को सुना ही था तो चुपचाप केवल एक कोने में श्रोता बनकर बैठे थे।

ऊबड़-खाबड़ रास्ता किसी तरह पार करके वहाँ पहुँच ही गए, जहाँ पर कथा होने की संपूर्ण तैयारी चल रही थी। सभी सेवादार भक्त तैयारी के अपने-अपने काम में पूरे मन से समर्पित होकर लगे थे, क्योंकि सायंकाल की कथा शुरू होने के पहले ही सारी तैयारी पूरी होनी चाहिए थी, कोई भी नहीं चाहता था कि संत बालक दासजी के आने के बाद तैयारी करने में कोई काम बाकी रह जाए, श्रोता भक्त सब अपने-अपने साधन से पंडाल में कीर्तन गाते और झाल बजाते हुए पहुँच रहे थे। पंडाल में प्रवेश करने के समय ही छोटे-बड़े सभी के माथे पर चंदन का तिलक लगानेवाले सभी द्वार पर खड़े थे। छोटे बच्चे से लेकर बड़े बुजुर्ग तक सभी स्त्री-पुरुष आकर पंडाल में अपनी-अपनी जगह लेकर बैठ रहे थे, सभी के साथ गोविंद भी पंडाल में अपनी जगह लेकर बैठ गए, बैठते ही देखा कि बड़ा सुंदर हनुमानजी की विशालकाय मूर्ति मंच पर अच्छे से सजाकर रखी है। खड़े होकर वहीं से हाथ जोड़कर प्रणाम किया।

कुछ ही देर बाद पूज्य संत बालक दासजी का आगमन पंडाल में हुआ। 'श्री राम जयराम जय जय राम' के स्वागत महामंत्र से पूरा पंडाल गुंजायमान हो गया। हनुमान चालीसा का वाचन करते हुए बालक दासजी मंच पर पधारकर व्यास पीठ पर अपना आसन लिया। मानस की आरती होने के बाद कथा प्रारंभ हुई, लगभग तीन घंटे तक कथा हुई, सारा मंडप राम-कथा के भक्ति रस का आनंद लेने में लगा रहा। बालकदासजी ने भी रामचरितमानस के अनेक प्रसंगों को बहुत विस्तार से समझाया, रामायण के अनेक प्रसंगों का आनंद लेते हुए सभी श्रोता आँखों में कभी आँसू तो कभी चेहरे पर मुस्कान लिये प्रभु भक्ति के रस में सराबोर हो गए।

राम-कथा का समापन करते हुए बालक दासजी ने कहा, "सभी को नित्य रामचरितमानस का पाठ करना चाहिए, इससे प्रभु प्रसन्न होंगे, ऐसा करने से आप सब पर हनुमानजी की विशेष कृपा भी होगी।"

सभी लोगों के साथ राम-कथा सुनकर गोविंद भी अपने गाँववालों के साथ

अपने घर वापस आ गए, गोविंद के दिमाग में तो बालक दास महाराजजी का वह कथन अंतर्मन तक उतर गया, जिसमें उन्होंने नित्य मानस पाठ करने की बात सबको बताई थी, लेकिन इन्हें तो कुछ भी पढ़ना नहीं आता था, कई दिनों तक तो बेचारे परेशान रहे कि क्या करें, कहाँ से मिलेगा रामचरितमानस और कैसे मैं पाठ कर पाऊँगा, लेकिन सुनकर आया हूँ तो करना ही पड़ेगा, महात्माजी ने कहा है, कुछ दिनों तक मेहनत-मजदूरी करके जो कमाए थे, वह लेकर बाजार गए और वहाँ से रामचरितमानस खरीदकर ले आए, जिसमे बीच-बीच में चित्र बने थे, परंतु उन्हें यह भी नहीं पता था कि रखते समय किस तरह रखूँ कि मानस सीधा रहे, बहुत देर बाद यह समझ सके कि मानस के ऊपर बना हुआ प्रभु राम और सीता का चित्र अगर सीधा रहेगा तो मानस सीधा रहेगा।

गाँव में ही एक छोटा सा मंदिर था, वहीं पर गोविंद अपना रामचरितमानस लेकर जाते और मंदिर के दरवाजे के एक किनारे पर चुपचाप हनुमानजी के सामने हाथ जोड़कर बैठे रहते थे, एक घंटे बाद वापस घर लौट आते थे, ऐसा कई दिन तक किया, कुछ पढ़ना तो आता नहीं था तो पढ़ते क्या, लगातार एक सप्ताह ऐसा करने के बाद वह एक-एक पन्ना पलटकर ऐसा देखते थे, जैसे कि वह सचमुच में पढ़ ही रहे हों, आते-जाते गोविंद जब गाँव के किसी व्यक्ति को दिखाई पड़ते थे तो लोग पूछते थे कि गोविंद कहाँ जा रहे हो? गोविंद का उत्तर होता था कि मंदिर जाकर रामायण का पाठ करते हैं, लोग कहते थे कि जब आपको पढ़ना नहीं आता है तो आप वहाँ जाकर क्या पढ़ते हो तो उन्होंने कहा, हनुमानजी जानें। लोगों को नहीं रहा गया तो कुछ लोग पीछे-पीछे जाकर देखते थे, वहाँ मंदिर पर कौन सा पाठ करते हैं, एक दिन गोविंद पन्ना पलट-पलटकर अपने हिसाब से मानो पढ़ रहे थे तो देखने वालों ने बहुत मजाक बनाया, अब यह रोज का काम हो गया, कुछ लोग आ जाते थे और मजाक उड़ाते हुए कहते थे—'यह देखो गोविंद को, इनके लिए करिया अक्षर भैंस बराबर है, फिर भी चले हैं बड़े तुलसीदास बनने।' यह रोज का काम हो गया था, गोविंद सबकी सुनते थे और हनुमानजी जाने ऐसा बोलते थे, केवल हनुमानजी का चित्र मन में बिठाकर मौन बने रहते थे।

एक रोज मंगलवार के दिन बगल के गाँव के रहनेवाले विद्वान् पंडितजी आए थे मंदिर में हनुमानजी का दर्शन करने, गोविंद के पाठ करने और लोगों के मजाक करने की चर्चा भी पहले से सुन चुके थे। आज प्रत्यक्ष देख भी लिया कि अनपढ़

गोविंद भी रामायण का पाठ कर रहे हैं। पंडितजी ने बिना मजाक किए गोविंद से पूछा कि क्या कर रहे हो गोविंद ? गोविंद समझ गए कि ये मेरा मजाक नहीं उड़ा रहे हैं तो बताया—पंडितजी मैं रामायण का पाठ कर रहा हूँ, पर आप को तो पढ़ना नहीं आता है तो कैसे पढ़ते हैं ? गोविंद ने कहा—हनुमानजी जाने, हमें तो कुछ भी मालूम नहीं है, बालक दासजी की राम-कथा सुनने गए थे। उन्होंने बताया था नित्य पाठ करने के लिए, तभी से कर रहा हूँ, मानस का एक-एक पन्ना पलटता हूँ, हर लाइन को आँखों से देखता हूँ और बीच-बीच में जहाँ चित्र आता है, वही आगे-पीछे के सभी प्रसंगों का मतलब मैं समझ जाता हूँ, बैठिए आपको सुनाता हूँ। यह सुनकर पंडितजी गोविंद के पास एक श्रोता की तरह बैठ गए।

फिर क्या था, एक बार गोविंद एक चित्र देख लेते और उसके बाद एक-एक पन्ना पलटते और हर लाइन को देखते हुए गोविंद ने जिस तरह मानस की बिना चौपाई और दोहा बोले उस पन्ने में लिखे हुए अनेक प्रसंगों का उल्लेख अपनी भाषा में बोलकर पंडितजी को सुनाया तो पंडितजी यह सुनकर और देखकर दंग रह गए कि जैसे एक पन्ने का प्रसंग पूरा होता गोविंद पन्ना भी पलट देते थे और आस-पास जो हमेशा मजाक बनानेवाले लोग भी खड़े थे, वे भी सुनने लगे। पंडितजी तो समझ गए कि गोविंद पर हनुमानजी की विशेष कृपा हो गई है, फिर किसी ने उनका मजाक नहीं बनाया।

□

# स्मार्ट फोन और रिश्ते

रामदयाल बाबू वाराणसी के पास एक गाँव के रहनेवाले थे। कुल छह भाई थे। सबका परिवार मिलाकर कुल अठारह सदस्यों का भरा-पूरा बड़ा सा परिवार था। सबसे बड़े होने के नाते परिवार के सभी सदस्यों में रामदयाल बाबू का बड़ा आदर-सम्मान था। घर में चाहे कोई छोटा हो या बड़ा, महिला हो या पुरुष, सभी लोग सलाह के लिए उनके पास समय निकालकर बैठते थे, सभी को उचित सलाह भी देते थे। पूरे गाँव में रामदयाल के परिवार की बड़ी प्रतिष्ठा थी।

रामदयाल बाबू ब्लॉक में सरकारी अधिकारी थे। बड़े ईमानदारी से अपना काम करते थे, सभी अधीनस्थ काम करनेवाले बड़ी श्रद्धा से उनको देखते थे, सभी बड़े अधिकारी भी उनके काम से हमेशा संतुष्ट रहते थे, किसी के द्वारा कोई शिकायत कभी नहीं आती थी।

गाँव में बहुत बड़ा घर बना था, पूरा परिवार एक ही छत के नीचे निवास करता था, सबका खाना-पीना सामूहिक रूप से एक साथ होता था। घर के काम और रसोई में सहयोग करने के लिए रामदयाल बाबू पड़ोस के गाँव से पैंतालीस वर्षीय शंकर को अपने घर ले आए, सभी परिवार वालों को इकट्ठा करके शंकर की पहचान करा दी और सबको बता दिया कि आज से शंकर भी हमारे परिवार के सदस्य जैसे ही रहेंगे। सभी लोग इन्हें 'शंकर काका' के नाम से ही बुलाएँगे, घर में रिश्ते नाते सहित आने-जानेवाले सभी का यथायोग्य आदर-सम्मान होता था। समय के अनुसार द्वार पर आनेवाले संत-महात्मा का आदरपूर्वक भोजन-जलपान और दक्षिणा का पूरा प्रबंध किया जाता था।

ध्यान देकर दयाल बाबू ने सभी भाइयों के काम की पूरी व्यवस्था बना रखी थी। एक को व्यापार, एक को अध्यापक, एक को डॉक्टर, एक को खेती बारी और

एक को गौशाला। सभी लोग अपना काम बड़े साफ-सुथरे ढंग से करते थे, समाज में सभी भाइयों के काम की बहुत प्रतिष्ठा थी। समाज में सभी के काम की प्रशंसा भी होती थी, काम के साथ-साथ गौशाला चलने के कारण गायों की सेवा भी होती थी, उसका पुण्य भी पूरे परिवार को मिलता था, सभी के काम में भगवान् ने खूब प्रगति दे रखी थी, किसी चीज की कोई कमी नहीं थी।

बदलते परिवेश में भी रामदयाल बाबू अपने बड़े से परिवार में हिंदू समाज में होनेवाले सभी सोलह संस्कारों (गर्भाधान, पुंसवन, सीमंतोन्नयन, जातककर्म, नामकरण, निष्क्रमण, अन्नप्राशन, चूड़ाकरण, कर्णवेधन, उपनयन, वेदारंभ, केशांत, समावर्तन, विवाह, विवाहाग्निपरिग्रह, अंत्येष्टिक्रिया) को बड़े सावधानी से सँभालकर रखा था। परिवार के सभी सदस्यों को संस्कारों के साथ जीना और चलना सिखाया।

छोटे भाई डॉ. आलोक की बेटी अंजलि ने अच्छे ढंग से अपनी पढ़ाई करते हुए कंप्यूटर साइंस का कोर्स कंप्लीट कर लिया था। एक दिन दयाल बाबू ने डॉ. आलोक को बुलाकर बताया कि बेटी बड़ी हो रही है, उसकी शादी की चर्चा हमने भी एक दो स्थानों पर की है। तुम्हारे भी संपर्क का क्षेत्र बहुत बड़ा है, कहीं बातचीत करके देखो, अच्छा सा लड़का मिल जाए तो यह शुभ कार्य समय पर पूरा कर दिया जाए। दो साल तक कई जगह देखते हुए दिल्ली के रहनेवाले सुधीर कुमार के परिवार से रिश्ते के लिए बात आगे बढ़ी, वह परिवार काफी संभ्रांत था। अच्छा-खासा व्यापार था, लड़का राजकुमार भी कंप्यूटर साइंस से अपनी पढ़ाई पूरी कर रखी थी, देखने में बहुत सुंदर था और एक बड़ी सी कंपनी में पोस्टेड था, लगभग तीन लाख रुपया महीना सैलरी थी, अन्य बहुत सारी सुविधाएँ थीं। घर में माँ-पिता और एक बहन थी, कुल चार लोगों का छोटा सा बड़ा खुशहाल परिवार था।

आलोक ने अब तक की सारी जानकारी बड़े भाई रामदयाल बाबू को दी। समय निकालकर लड़का देखने के लिए रामदयाल बाबू अपने कुल पुरोहित को भी साथ लेकर दिल्ली पहुँच गए, दोनों के बच्चों की कुंडली को पुरोहितजी ने विचारकर बताया कि विवाह हो सकता है, विस्तार से सभी विषयों पर वार्त्ता हुई, लगभग बात बन सी गई, बात बनते देख रामदयाल बाबू ने पहली रस्म भी पूरी कर दी और वहीं लड़की देखने की एक महीना बाद के मुहूर्त के हिसाब से तिथि भी पक्की हो गई।

निर्धारित तिथि आने पर सुधीर अपने छोटे से परिवार को लेकर दिल्ली से विमान द्वारा वाराणसी लड़की देखने के लिए आए। बड़े से होटल में लड़की दिखाने

का कार्यक्रम था। लड़की की पढ़ाई–लिखाई तो अच्छी थी ही, गौर वर्ण, पतली लंबी शरीर के साथ अति सुंदर भी थी। संस्कार तो रामदयाल बाबू के परिवार में सभी बच्चों पर था ही, इसलिए लड़की तो पसंद आनी ही थी, पारंपरिक रीति–रिवाजों से कार्यक्रम संपन्न हुआ। उसी समय मुहूर्त देखकर विवाह की तिथि लगभग सात माह बाद की निश्चित हो गई, उसी समय रामदयाल बाबू ने सभी के सामने यह बात पक्की कर दी कि विवाह हिंदू धर्म की छोटी–से–छोटी और बड़ी–से–बड़ी सभी रीति–रिवाजों परंपराओं के साथ संपन्न होगा। इस बात का ध्यान हमारे कुल पुरोहित पं. रामकृपालजी रखेंगे, इसमें कोई कमी नहीं होनी चाहिए। सुधीरजी को तो कुछ को छोड़कर बहुत सारी परंपराओं का ज्ञान नहीं था, फिर भी इच्छा थी, सब ठीक से होना चाहिए, लेकिन बेटे राजकुमार को तो रीति–रिवाज परंपरा का बिल्कुल भी ज्ञान नहीं था। दिल्ली से आए सुधीर कुमार अपने परिवार को लेकर विमान से उसी दिन सायंकाल वापस चले गए।

अब दोनों परिवारों को विवाह के समय की प्रतीक्षा थी। सुधीर और रामदयाल बाबू के रिश्ते–नाते, दोस्त–मित्र में यह बात फैल गई कि दोनों परिवारों के संबंध पक्के हो गए हैं, दोनों परिवार अपनी–अपनी छोटी बड़ी तैयारी में लग गए।

राजकुमार का पालन–पोषण तो नए जमाने के हिसाब से हुआ था, उसके सारे दोस्त भी नए प्रकार के थे, इसलिए प्राय: अंजलि से फोन पर क्या कर रही हो, क्या खाया, क्या हुआ दिन भर, घर में लोग क्या कर रहे हैं, कौन आया गया घर में आदि बातें होने लगीं, कभी–कभी होनेवाली बातें अब रोज होने लगीं और दिन में कई बार घंटों वार्त्ता होने लगी। अंजलि का स्वयं का स्वभाव तो अपने परिवार के हिसाब से था और यहाँ परिवार का माहौल अलग था, फिर भी न चाहते हुए भी एडजेस्ट करती जा रही थी। वार्त्ता का दौर यहाँ तक गया कि अंजलि आज क्या पहनेगी ? दिन में कितनी बार ड्रेस बदलेगी, यह सब राजकुमार डिसाइड करने लगे और हर बार ड्रेस बदलने पर फोटो भी मँगाने लगे, खाली समय में दोस्तों के साथ बैठने पर सबको फोटो दिखाने भी लगे और अंजलि की सुंदरता का बखान भी करने लगे। कई बार अपने दोस्तों से भी बात कराने लगे, वीडियो कॉलिंग होने लगी। यह सिलसिला एक के बाद एक बढ़ता ही गया और हद तो तब हो गई जब शॉर्ट ड्रेस में फोटो और वीडियो कॉलिंग की डिमांड हो गई। इस प्रस्ताव को अंजलि ने एक सिरे से नकार दिया और फोन उठाना बंद कर दिया।

पहले जो अंजलि घर में हमेशा खुश दिखाई पड़ती थी, वह गुमशुम रहने लगी। घरवालों ने यह सोचा कि शायद शादी के बाद यहाँ सबका साथ छोड़कर जाना है, इस बात का दुःख होने लगा हो, परंतु बात तो कुछ और थी, जिसने अंदर-ही-अंदर अंजलि का हृदय छलनी कर दिया था, एक तरफ घर भर का निर्णय इतना रस्मो-रिवाज पूरा हुआ है और हमारे जीवनसाथी का यह हाल! क्या करे, कैसे करे, कुछ समझ में नहीं आ रहा है।

राजकुमार ने अपनी माँ से कहा, "माँ, इतनी सब तैयारी विवाह की हो रही है और अंजलि हमारा फोन ही नहीं उठा रही है!"

"उठाएगी बेटा, कहीं व्यस्त रही होगी, नहीं उठा पाई होगी।" "नहीं माँ, एक महीना हो गया, न फोन उठाती है और न कॉल बैक करती है। अच्छा छोड़ो किसी दिन शाम को मैं बात कर लूँगी, उसकी माँ से तो तुम्हे बता दूँगी।" एक दिन दिल्ली से उनका फोन अंजलि की माँ के पास आया, "क्या हाल है बहनजी!" घर-परिवार का हालचाल लेने के बाद बोली कि कैसी है हमारी बहू? ठीक है, बहनजी अच्छी है, अरे हमारा राजकुमार कह रहा था कि पहले फोन पर बात हो जाती थी, लेकिन इधर उसका फोन अंजलि नहीं उठा रही है और जब शादी होनी है पूरा जीवन साथ बिताना ही है तो बातचीत करते रहना चाहिए, एक-दूसरे को ठीक से समझने का मौका मिलता है या और कोई बात है क्या? ठीक है बहनजी अभी तो वह सो गई है, कल हम बात कर लेंगे।

दूसरे दिन माँ ने अंजलि को अपने पास बुलाकर बैठाया। बहुत सारी बात करते-करते माँ ने कहा, "बेटी, कल तुम्हारी सासू माँ का फोन आया था, तुम्हारा हालचाल पूछ रही थी।" इतना सुनते ही अंजलि फफककर रो पड़ी और माँ से लिपट गई। माँ के लाख प्रयास करने बाद भी अंजलि के आँसू रुकने का नाम नहीं ले रहे थे। माँ के बहुत पूछने के बाद अंजलि ने सँभाला अपने आप को और बोली, "तो क्या बताया आपने उनको?" "हमने यही बताया कि कल बात करेगी, लेकिन बात क्या है कि तुम इतना क्यों रो रही हो?" "आप सुन नहीं पाओगी माँ।" "अरे, बताओ तो माँ को नहीं बताओगी तो किसे बताओगी, मैं तो तुमको समझती हूँ, बोल क्या बात है बेटा?" फिर तो अंजलि ने इतने दिनों तक अपने ऊपर बीती सभी बातों को रोते हुए वर्णन कर दिया और फोन का कॉल रिकॉर्ड ऑन करके सुना दिया, माँ तो जहाँ बैठी थी, वहीं सुन्न हो गई और पैरों के नीचे से जमीन खिसक गई। काटो तो शरीर में खून नहीं।

दूसरे दिन शाम को सारी बातें अंजलि की माँ और बाप ने विस्तार से रामदयाल बाबू के पास रखीं, तुरंत रामदयाल बाबू ने दिल्ली सुधीर कुमार को फोन लगा दिया और बिना भूमिका बनाए बोल दिया कि सुधीर कुमारजी, आज से हमारे सभी रिश्ते समाप्त हो गए।

"क्या हुआ भाई साहब ? हमारे यहाँ सारी तैयारी हो गई, विमान के सारे टिकट बुक हो गए हैं, बात इतनी आगे बढ़ चुकी है, सभी रिश्ते-नातों को सूचना हो गई है, आखिर ऐसा हुआ क्या ?"

रामदयाल बाबू ने मर्यादित भाषा में कुछ बातें बताईं, अधिक समझना है तो अपने बेटे से जानकारी कर लीजिए और सुधीरजी एक बात और जान लीजिए कि मेरे परिवार के किसी भी सदस्य ने अगर कोई बात मुझसे कही है तो उसमे असत्य कुछ भी नहीं होता है।

इस पर सुधीर कुमार ने कहा, "भाई साहब ! हम लोग हैं पुराने ख्याल के और आजकल के पढ़े-लिखे बच्चों की दुनिया अलग प्रकार की है, बड़ा मॉडर्न जमाना आ गया है और अब तो केवल कुछ दिन का इंतजार है कि बहू हमारे घर आ जाएगी, लगभग विवाह हो ही गया है।"

"नहीं सुधीर कुमारजी, जब तक सिंदूर दान पूरा न हो जाए, तब तक विवाह नहीं माना जाता है।" यह कहकर हमेशा के लिए फोन रख दिया।

□

# सबसे बड़े इनाम का हकदार

उत्तर प्रदेश के बहराइच में मिहिपुरवा जंगल के पास एक छोटे से गाँव प्रेमनगर की कहानी है। देश स्वतंत्र होने के कुछ महीनों बाद, जब छोटे-छोटे कई गाँव मिलाकर ग्राम पंचायत की रचना बनी तो धीरे-धीरे गाँव की तरक्की होनी प्रारंभ हुई और सभी लोग आजाद होकर अपने गाँव में पढ़ना-लिखना सीखने लगे। ग्राम सभा का गठन हुआ, आस-पास के कई ग्राम मिलाकर प्रेमनगर के रहनेवाले विनय कुमार पांडेय वहाँ के सरपंच बने। स्वभाव और कर्म से बहुत अच्छे आदमी थे, समय-समय पर सबकी मदद भी करते रहते थे, उनके साथी भी उन्हें अच्छी सलाह देते थे, सरपंच होने के बाद उस साल जब दीवाली का त्योहार निकट आनेवाला था तो उन्होंने सभी गाँव में ढिंढोरा पिटवा दिया कि मेरे इलाके के सभी गाँव के निवासी दीवाली के दिन अपने-अपने घर को अच्छे ढंग से सजाएँगे और हमारी टीम सभी के घर जाकर उसका निरिक्षण करेगी, जिसका घर सबसे सुंदर सजा होगा, उसको सम्मान समारोह में सम्मानित करके पुरस्कार भी दिया जाएगा।

यह ढिंढोरा सुनते ही सभी गाँव के लोग पूरी मेहनत और लगन से अपने-अपने घर को सजाने में लग गए। सभी लड़कियाँ अपना घर सजाने के लिए गेरु और खड़िया इकट्ठा करने में लग गईं। बच्चे पटाखे और फुलझड़िया जमा करने में लग गए, बुजुर्ग महिलाएँ दीया-बाती के प्रबंध में लग गईं। पुरुष लोग घर बाहर की साफ-सफाई में लग गए, सभी घरवाले वन से केले का पौधा आम के पत्ते इकट्ठा करके घर सजाने के लिए ले आए और अपने घर की पुताई करने में लग गए। अपने-अपने घर के सामने सजावट के लिए द्वार बना दिए थे, घर के बाहर दरवाजे और पेड़ों को भी सजा दिया, अंदर-बाहर मिट्टी का

दीये जलाकर रख दिया, आम के पत्ते और रंग-बिरंगे फूलों से वंदनवार बनाकर पूरे घर को दुलहन की तरह सजा दिया। रास्ते और गलियों को भी रोशनी से जगमग कर दिया, सभी बच्चे रात में नए नए कपड़े पहनकर तैयार हो गए और पटाखे-फुलझड़ियाँ छोड़ने में लग गए।

गाँव के सरपंच अपने कुछ प्रमुख साथियों के साथ गाँव में दीवाली की सजावट को देखने के लिए निकले, गाँव के सभी घरों को बहुत अच्छे ढंग से सजाया गया था, सभी की सजावट एक से बढ़कर एक थी। सरपंच विनय कुमार और उनके साथी यह नहीं समझ पा रहे थे कि किस घर की सजावट को सबसे सुंदर माना जाए। घूमते-घूमते जब रामदीन के घर के सामने पहुँचे तो सभी चौंक गए, उनके दरवाजे पर केवल एक दीया ही जल रहा था, दरवाजे पर खड़े होकर आवाज लगाई तो रामदीन बाहर आए। "क्या हुआ भाई रामदीन, पूरे गाँव के सभी घर दीयों की रोशनी से जगमगा रहे हैं, लेकिन तुम्हारे घर केवल एक दीया जल रहा है, तुमने अपना पूरा घर क्यों नहीं सजाया?" "किसी तरह हमने अपना घर सजाने के सारे प्रबंध किए थे, लेकिन…"

सरपंच बोले, "लेकिन क्या रामदीन, हमें बताइए?"

"सरपंचजी बात यह है कि कई महीना पहले हमारे पड़ोसी प्रह्लाद का लड़का मर गया था, हमारे गाँव का यह रिवाज है कि जिसके यहाँ कोई मौत हो जाए तो उसके यहाँ साल भर कोई त्योहार नहीं मनाया जाता है, गाँववाले ऐसे आदमी के यहाँ साल भर जाना भी अशुभ मानते हैं, इसलिए प्रह्लाद और उसके घरवाले दीवाली मनाना बिल्कुल नहीं चाह रहे थे, पर सरपंचजी हम यह सब नहीं मानते हैं, जो प्रभु की इच्छा थी, वह हो गया। सभी त्यौहार तो अपने जीवन के सब दुःख भूलकर खुशियाँ मनाने के लिए ही आता है, इसलिए प्रह्लाद को उनके घर जाकर हमने बहुत समझाया और जो हम अपना घर सजाने के लिए सारा सामान खरीदकर लाए थे, उसके घर दे आए और हमारी पत्नी-बच्चे उसके यहाँ उसका घर सजाने के लिए गए हैं, वे सब लौटकर अभी तक नहीं आए हैं, इसलिए मैं अपने घर में अकेला हूँ।"

सरपंच विनय कुमार ने यह सुनकर रामदीन को बड़े आश्चर्य से अपने गले लगा लिया और बोले, "मुझे तुम जैसे लोगों पर बहुत गर्व है, दीवाली तो सभी मनाते हैं, पर सच्ची दीवाली इस बार तुमने मनाई है, रामदीन! भले ही आप

का घर आज न सजा हो, पर मैं आज सभी के साथ तुम्हें सबसे बड़े इनाम का हकदार मानता हूँ।"

और फिर गाँव के पंचायत भवन पर अगले दिन जो सम्मान समारोह आयोजित हुआ, जिसमें सरपंच विनय कुमार ने दीवाली के दिन हुई रामदीन की कहानी उपस्थित सभी गाँव के लोगों को विस्तार से सुनाई। यह सुनकर गाँव के सभी लोगों की आँखें खुशी से छलछला आईं। सम्मानित होनेवालों में सबसे पहला नाम रामदीन का रखा और उसे पंचायत की तरफ से निःशुल्क भू-खंड दिया गया। □

# घास का तिनका

रावण ने अपनी मायावी शक्ति के बल से लक्ष्मण को राम के पीछे भेजकर और स्वयं एक संन्यासी का वेष बनाकर जब माँ सीताजी का हरण करके लंका ले जाकर अशोक वाटिका में रहने का प्रबंध किया, तब लंका में माँ सीताजी अशोक वाटिका में एक वट वृक्ष के नीचे बैठकर चिंतन करने लगीं। रावण बार-बार अपने महल से अशोक वाटिका में आता और माँ सीताजी को अपनी मायावी शक्तियों एवं अथाह ताकत के बल से डराता-धमकाता था, लेकिन माँ सीताजी उससे कभी कुछ नहीं बोलती थीं, यहाँ तक कि एक बार रावण ने श्रीरामजी की वेश-भूषा धारण करके अशोक वाटिका आकर माँ सीताजी को भ्रमित करने की भी बहुत कोशिश की, लेकिन फिर भी वह अपने इरादे में सफल नहीं हो पाया। रावण थक-हारकर जब अपने शयनकक्ष में वापस गया तो वहाँ महारानी मंदोदरी ने उससे कहा, "क्या हुआ नाथ, आज तो आप तो राम का वेश धारण करके सीताजी को भ्रमित करने के लिए उनके पास गए थे, फिर क्या हुआ ?"

रावण बोला, "महारानी मंदोदरी, जब मैं राम का रूप धारण कर सीता के समक्ष गया तो सीता मुझे वहाँ क्या पूरे अशोक वाटिका में नजर ही नहीं आ रही थी, इसलिए मैं निराश होकर वापस चला आया।"

रावण अपनी समस्त ताकत लगा चुका था माँ सीता को अपने वश में करने का, लेकिन जिस जगजननी माँ को आज तक पूरे संसार में कोई नहीं समझ सका, उन्हें रावण भी कैसे समझ पाता, रावण एक बार फिर आया और बोला, "मैं तुमसे सीधे-सीधे संवाद करता हूँ, लेकिन तुम कैसी नारी हो कि मेरे आते ही घास का तिनका उठाकर उसी तिनके की तरफ घूर-घूरकर देखने लगती हो, क्या यह घास का तिनका तुम्हें राम से भी ज्यादा प्यारा लगता है ?" रावण के इस प्रश्न को सुनकर

माँ सीताजी बिल्कुल चुप हो गईं और उनकी आँखों से आसुओं की धार बह पड़ी।

इसकी सबसे बड़ी वजह थी कि जब श्रीरामजी का विवाह माँ सीताजी के साथ हुआ और जब वे जनकपुर से अयोध्या आई, तब माँ सीताजी का बड़े आदर-सत्कार के साथ गृह प्रवेश हुआ। अयोध्या में बहुत बड़ा उत्सव मनाया गया। उस समय वहाँ की स्थानीय प्रथानुसार नववधू जब विवाह के पश्चात् पहली बार ससुराल आती है तो ससुराल की रसोई में उसके हाथ से कुछ मीठा पकवान बनवाया जाता है, ताकि जीवन भर घर और परिवार में मिठास बनी रहे, इसलिए माँ सीताजी ने उस दिन अपने हाथों से घर पर खीर बनाई और समस्त परिवार, राजा दशरथ एवं तीनों रानियों सहित चारों भाइयों और ऋषि-संत सभी लोग भोजन पर सादर आमंत्रित थे, सभी लोग रसोई में एक साथ भोजन करने के लिए बैठे थे।

माँ सीताजी ने सभी को अपने हाथ से खीर परोसना शुरू किया और भोजन शुरू होने ही वाला था कि जोर से एक हवा का झोका आया, सभी ने अपनी-अपनी पत्तलें सँभालीं। सीताजी बड़े गौर से सब देख रही थीं, ठीक उसी समय राजा दशरथजी की खीर पर एक छोटा सा घास का तिनका आकर गिर गया, जिसे माँ सीताजी ने देख लिया, लेकिन अब खीर में हाथ लगाकर घास के तिनके को बाहर कैसे निकालें? यह प्रश्न आ गया, माँ सीताजी ने दूर से ही उस तिनके को घूरकर देखा, वह घास का तिनका जहाँ था, वहीं जलकर राख का एक छोटा सा बिंदु बनकर रह गया। सीताजी ने सोचा—चलो अच्छा हुआ, यह करते हुए भोजन पर बैठे हुए में से किसी की नजर मुझ पर नहीं पड़ी।

लेकिन महाराजा दशरथ माँ सीताजी के इस अद्‌भुत चमत्कार की शक्ति को देख रहे थे, फिर भी महाराज दशरथजी चुप रहे और भोजन पूरा होने के पश्चात् अपने कक्ष पहुँचकर माँ सीताजी को अपने पास बुलवाया, फिर उन्होंने सीताजी से कहा कि मैंने आज भोजन करते समय हुए चमत्कार को मैंने देख लिया था, आप तो साक्षात् जगजननी स्वरूपा हैं, लेकिन एक बात आप जीवन भर मेरी जरूर याद रखना, आपने जिस नजर से आज खीर में पड़े उस घास के तिनके को देखा था, उस नजर से जीवन में आप अपने शत्रु को भी कभी मत देखना, नहीं तो वह जलकर भस्म हो जाएगा, इसीलिए माँ सीताजी के सामने जब भी रावण आता था तो वह पास में पड़े उस घास के तिनके को उठाकर राजा दशरथजी की बात याद कर लेती थीं।

*तृण धरि ओट कहति वैदेही। सुमिरि अवधपति परम सनेही।।*

यही है उस घास के तिनके का रहस्य! इसलिए माता सीताजी यदि चाहतीं तो रावण को उस जगह पर ही जलाकर राख कर सकती थीं, लेकिन राजा दशरथजी को अपने द्वारा दिए गए वचन एवं भगवान् श्रीराम को रावण-वध का श्रेय दिलाने हेतु वे शांत रहीं, ऐसी विशाल हृदया थीं हमारी माँ जानकी।

□

# जैसे को तैसा

बात आजादी के पहले की है। राकेश के माँ-बाप बचपन में ही स्वर्ग सिधार गए थे, उसके लिए परिवार के नाम पर उसके चाचा-चाची ही थे। राकेश का एक बड़ा भाई निर्मल था, जो दिन-रात मेहनत करके चाचा-चाची की सेवा करता था, राकेश बड़ा शरारती था, उसका दिमाग हमेशा बदमाशियों में ही लगा रहता था। गाँव के सभी लोग राकेश की बदमाशी से तंग आ चुके थे। राकेश के चाचा चाहते थे कि वह उनके कामों में हाथ बँटाए, परंतु राकेश का न तो काम में मन लगता था, न ही वह कोई काम आराम से करता था। राकेश का एक बड़ा भाई निर्मल था, जो चाचा के काम में मदद भी करता था और चाचा-चाची की सेवा भी करता था।

एक दिन चाचा ने डाँटते हुए राकेश से कहा, "तू तो काम कुछ नहीं करता है, सारा दिन पड़ा-पड़ा रोटियाँ तोड़ता रहता है, जब खुद कमाएगा तो पता लगेगा कि मेहनत की कमाई क्या होती है।" राकेश को चाचा की बात लग गई। उसने सोचा कि अगर चाचा के साथ काम भी करूँगा तो भी वह कुछ नहीं देंगे, इससे अच्छा है कि मैं कहीं और जाकर कमाई करके कुछ पैसा चाचा को दे सकूँ, यही सोचकर एक दिन घर से गायब हो गया।

चलते-चलते बहुत दूर के किसी गाँव में पहुँच गया, वहाँ एक निहाल चंद्र जमींदार रहते थे, जो बड़े कंजूस थे। लोगों से काम कराके पैसा न देने में उनको बहुत मजा आता था। राकेश अपने को बहुत चालाक समझता था, जमींदार के यहाँ पहुँचकर काम के लिए बात की। जमींदार ने कहा कि मैं तुम्हें काम पर रख लूँगा, पर हमारी एक शर्त है। राकेश ने कहा, "मैं किसी भी शर्त पर काम करके पैसा कमाना चाहता हूँ, बस मुझे तनख्वाह अच्छी चाहिए।"

जमींदार ने कहा, “मेरे पास पैसे की कमी नहीं है, मैं तुम्हें चाँदी के सौ रुपए हर महीने दूँगा, पर मेरी शर्त यह है कि तुम हमेशा मेरी इच्छानुसार काम करोगे, यह हमेशा ध्यान रखना कि मुझे किसी बात पर गुस्सा न आए, यदि मुझे महीने में एक बार भी गुस्सा आ गया तो मैं तुम्हें उस माह की तनख्वाह नहीं दूँगा।”

राकेश ने कहा, “यह कौन सी बड़ी बात है, जमींदारजी! मैं इतनी मेहनत से काम करूँगा कि आपको नाराज होने का मौका ही नहीं दूँगा, लेकिन जमींदारजी, आपसे एक प्रार्थना है कि आप मेरे रहने व भोजन का प्रबंध कर दें, ताकि मैं आपकी खूब सेवा कर सकूँ।”

जमींदार निहालचंद्र ने कहा, “तुम्हारे रहने का इंतजाम मैं कर दूँगा, लेकिन याद रखना, दोनों वक्त तुम्हें एक पत्ता भर के ही खाना मिलेगा।” राकेश ने कभी बाहर की दुनिया देखी नहीं थी, इसलिए वह जमींदार की चालाकी समझ नहीं सका और बोला, मैं थोड़ा सा ही खाना खाता हूँ। वह जमींदार के यहाँ खूब मन लगाकर काम करने लगा कि जमींदार कभी नाराज न हो, वह दिन-रात काम में लगा रहता, लेकिन एक छोटा सा पत्ता भर के खाना मिलता था, जमींदार के घर के दरवाजे पर आम का एक पेड़ था, उसी पर चढ़कर बड़ा पत्ता ढूँढ़ने की कोशिश करता, परंतु उस पत्ते पर थोड़ा सा ही भात आता था, जिससे पेट कभी नहीं भरता था, उसे हमेशा भूख लगी रहती थी, फिर भी वह खुश रहता था कि महीना पूरा होने पर चाँदी के सौ रुपए मिलेंगे और जब बहुत पैसे इकट्ठे हो जाएँगे तो ले जाकर चाचा को दूँगा तो वह खुश हो जाएँगे। काम करते पचीस दिन हो गए थे, वह खुश था कि जल्द ही महीना पूरा होगा और सौ रुपए मिल जाएँगे।

दूसरे दिन जमींदार ने राकेश को बुलाकर कहा, “आज तुम पास के गाँव में चले जाओ, वहाँ मेरा बड़ा सा मकान है, उसे अच्छे से साफ करके आओ।” राकेश उस गाँव की ओर चल दिया, वहाँ पहुँचा तो देखा कि जमींदार का मकान दूर तक फैला है, यहाँ तो पूरे मकान की सफाई करने में चार दिन भी लग सकते हैं, वैसे तो राकेश ने कभी इतना काम नहीं किया था, पर कमाने की धुन सवार थी तो काम में जुट गया और सफाई करने लगा, सारा दिन करने के बाद मुश्किल से एक-चौथाई काम हो पाया, शाम हो गई तो थककर आराम करने लगा, तभी उसे याद आया कि देर से वापस गया तो भोजन नहीं मिलेगा, वह तुरंत घर चल दिया, वहाँ पहुँचते ही जमींदार ने पूछा, “क्या हुआ, पूरी सफाई कर दी?”

"नहीं जमींदारजी, पूरी सफाई करने में चार दिन लगेंगे।" "फिर क्यों लौट आए, हमने तुझे पूरा सफाई करने के लिए कहा था।" राकेश ने धीरे से कहा, "अँधेरा हो गया था, सूरज डूब गया था।"

जमींदार गुस्से में बोला, "अरे, चाँदनी रात तो है, हमें कुछ नहीं पता, अभी जाओ और काम पूरा करके आओ।" राकेश को जिसका डर था, वही हुआ। बिना खाए-पिए वापस चला तो गया, पर थका होने के कारण वहाँ जाकर दरवाजे पर ही सो गया।

आधी रात के बाद उठा तो सफाई करने लगा, दूसरे दिन पूरे दिन लगा रहा तो किसी तरह काम पूरा कर पाया, फिर थका-हारा वापस आया और खाना खाकर सो गया, राकेश को मालूम था कि इस महीने तनख्वाह नहीं मिलेगी, क्योंकि जमींदार गुस्सा हो गया है। वही हुआ, इसी प्रकार पूरा एक साल बीत गया, किसी-न-किसी बात पर जमींदार गुस्सा हो जाता था और उस बेचारे को कुछ नहीं मिलता था।

राकेश का भाई निर्मल राकेश के जाने से बहुत दुःखी था, वह उसे खोजते-खोजते जमींदार निहालचंद्र के घर तक पहुँच गया, वहाँ अपने भाई की हालत देखकर वह बहुत परेशान हुआ, उसने राकेश को समझाया कि किसी बहाने वह नौकरी छोड़ दे, अगले दिन राकेश सुबह देर तक सोया रहा, दोपहर खाने के वक्त भोजन लेने पहुँच गया, जमींदार को पता लगा कि राकेश ने आज कोई काम नहीं किया है, अतः जमींदार ने राकेश को खूब डाँटा, वह रोने लगा। जमींदार ने कहा, "तुम्हें अपने घर जाना है तो जा सकते हो, मुझे लगता है कि तुम्हें घर की याद आ रही है, परंतु दो दिन में लौट आना।"

राकेश को खुश करने के लिए जमींदार ने उसके हाथ पर चाँदी का एक सिक्का रख दिया कि धन के लालच में फिर वापस लौट आएगा। जमींदार निहालचंद को मुफ्त का नौकर चले जाने का डर भी था।

अगले दिन निर्मल जमींदार के पास काम माँगने पहुँच गया तो जमींदार मन-ही-मन बहुत खुश हुआ कि चलो एक नौकर गया तो दूसरा नौकरी माँगने आ गया। उसने कहा, "निर्मल, हम तुम्हें नौकरी पर रख लेंगे, पर हमारी कुछ शर्तें हैं।"

निर्मल बोला, "आप अपनी शर्तें बताइए, आप यह भी बताइए कि आप मुझे कितना वेतन देंगे।"

जमींदार बहुत अच्छी तनख्वाह का लालच देकर नौकरों से चुपचाप काम

कराता था। जमींदार बोला, "देखो, मैं तुम्हें हर माह दो सौ चाँदी के सिक्के दूँगा, पर मेरी शर्त यह है कि पूरे माह मुझे तुम पर गुस्सा नहीं आना चाहिए, यदि एक बार भी मुझे गुस्सा आ गया तो तुम्हें उस माह का वेतन नहीं मिलेगा।"

निर्मल ने भोलेपन से कहा, "जमींदारजी, मुझे क्या पता कि आपको किस बात पर गुस्सा आता है, आदमी अपने गुस्सा पर काबू रख सकता है, किसी दूसरे के गुस्सा पर नहीं।" जमींदार अक्लमंद था, तुरंत बात को सँभालते हुए बोला, "ठीक है, यदि तुम्हें किसी बात पर किसी माह गुस्सा आया तो उस माह का वेतन नहीं मिलेगा और यदि मुझे गुस्सा आ गया तो दो सौ की जगह तीन सौ सिक्के वेतन में दूँगा।"

निर्मल बोला, "हाँ, यह मुझे मंजूर है, परंतु मैं अपने भोजन की बात भी तय कर लूँ कि मैं दोनों वक्त भोजन आपके यहाँ ही खाऊँगा।" जमींदार निहालचंद्र स्वीकृति देते हुए कहा, "ठीक है, तुम्हें एक वक्त में एक पत्ता भर भोजन मिलेगा।" निर्मल तैयार हो गया और बोला, "मैं चाहता हूँ कि यह भी तय हो जाए कि आप मुझे नौकरी से निकालेंगे नहीं।" जमींदार को निर्मल की बात सुनकर कुछ आशंका हुई, पर उसे अपनी चतुराई पर पूर्ण भरोसा था, जमींदार बोला, "यदि मैं एक वर्ष से पहले नौकरी से निकालूँगा तो पाँच सौ सिक्के तुम्हें हरजाने के तौर पर दूँगा, परंतु यदि तुमने बीच में नौकरी छोड़ी तो तुम जुरमाने के तौर पर पाँच सौ सिक्के हमें दोगे।"

यह सुनकर निर्मल भीतर-ही-भीतर थोड़ा डर गया कि जमींदार ने मुझ पर जुर्म किया तो मुझे नौकरी छोड़नी होगी, तब मैं जुरमाना कहाँ से भरूँगा, परंतु फिर निर्मल ने सारी बात ईश्वर पर छोड़कर नौकरी स्वीकार कर ली।

अगले ही दिन निर्मल काम पर लग गया और ठीक प्रकार काम करने लगा, जब भोजन का वक्त आया तो निर्मल केले का पत्ता लेकर पहुँचा, जिस पर पूरे घर के लिए बना भोजन समा गया, परंतु शर्त के अनुसार रसोइए को पत्ता भरना पड़ा, निर्मल सारा भोजन लेकर पास में बनी अपनी झोंपड़ी में आ गया, जहाँ राकेश इंतजार कर रहा था, दोनों भाइयों ने पेट भर भोजन किया, बाकी भोजन कुत्तों व कौओं को डाल दिया।

जमींदार को पता लगा तो उसे निर्मल की चालाकी पर बड़ा गुस्सा आया, परंतु वह निर्मल के आगे गुस्सा प्रकट नहीं कर सकता था। निर्मल ठीक प्रकार पूरे माह काम करता रहा, माह के अंत में जमींदार ने निर्मल को अपने बड़े से बगीचे में

भेजा और कहा कि सारा बगीचा साफ कर दो, शाम तक आधा बगीचा साफ कर वापस आ गया, जमींदार ने सोचा कि किसी तरह इसे गुस्सा दिलाया जाए, ताकि उसे निर्मल का वेतन न देना पड़े। जमींदार प्यार से बोला, "तुम वापस क्यों आए, जब सारा बगीचा साफ नहीं हुआ था?"

निर्मल ने शांति से कहा, "क्योंकि मैं थक गया था, अब मैं कल काम करूँगा।"

जमींदार को अचानक गुस्सा आ गया और बोला, "कल-कल क्या करते हो, अभी जाओ और सारा-साफ करके आओ।"

निर्मल जोर से हँसा और बोला, "जमींदारजी, अब तो मैं कल ही काम करूँगा और हाँ, कल आपको मुझे तनख्वाह में तीन सौ सिक्के देने होंगे।"

जमींदार अपने गुस्सा होने की उलटी शर्त भूल चुका था, गुस्से में चिल्लाया, "एक तो काम नहीं करते, ऊपर से हँसते हो, मैं तुम्हें तीन सौ सिक्के क्यों दूँगा?" निर्मल बोला, "जमींदारजी, क्योंकि आपको गुस्सा आ रहा है।" जमींदार ने अचानक अपना रुख बदला और नकली हँसी के अंदाज में बोला, "ओह, अच्छा...ठीक है, फिर अगले दिन जमींदार ने निर्मल को तनख्वाह की तीन सौ सिक्के दे दिए, लेकिन मन-ही-मन निश्चय किया कि कम-से-कम आठ माह तक उसे कोई वेतन नहीं दूँगा, फिर बेचारा खुद ही परेशान होकर नौकरी छोड़ देगा और जुरमाने के तौर पर पाँच सौ सिक्के मुझे देगा।

लेकिन निर्मल भी कम चालाक न था, वह तनख्वाह लेकर अगले दिन सुबह काम पर आ गया, जमींदार ने उसे गोदाम पर जाने को कहा और वह अपने काम में लग गया, थोड़ी देर बाद जमींदार जब उधर आया तो देखा कि निर्मल सर्दी की धूप सेंक रहा है, अभी तक गोदाम नहीं गया, जमींदार को निर्मल पर बहुत गुस्सा आया, लेकिन वह उससे कुछ कह नहीं सकता था, अतः प्यार से उसे गोदाम का काम करने को कहकर चला गया।

अब निर्मल अपनी मर्जी से कभी काम करता, कभी नहीं। एक सप्ताह बीत गया, परंतु निर्मल ठीक प्रकार से काम नहीं कर रहा था, वह जमींदार के अन्य नौकरों को भी खराब कर रहा था, जमींदार को मन-ही-मन बहुत गुस्सा आ रहा था, एक तरफ तो वह केले के पत्ते पर ढेरों भोजन ले लेता था, दूसरी तरफ ठीक प्रकार से काम भी नहीं करता था।

अगले दिन सुबह जमींदार ने निर्मल को बुलाने भेजा, परंतु निर्मल ने कहला भेजा कि वह थोड़ी देर में आएगा। दोपहर में निर्मल आया और आकर भोजन करने बैठ गया, जमींदार जोर से चीखा, "निर्मल! इधर आओ, मैं आज तुम्हें नौकरी से निकालता हूँ।"

निर्मल भोजन करके हँसता हुआ आया और बोला, "जमींदारजी, मेरा हरजाना दे दीजिए, मैं चला जाऊँगा, जमींदार इसके लिए पहले ही तैयार था, उसने तुरंत हरजाने के पाँच सौ सिक्के निर्मल को दिए और घर से निकलने का आदेश दिया।"

निर्मल रकम लेकर हँसते हुए चल दिया, जमींदार को गुस्सा बहुत आ रहा था, परंतु तसल्ली थी कि ऐसे नौकर से छुटकारा मिल गया, उसने बाहर झाँककर देखा, निर्मल एक छोटे लड़के का हाथ पकड़े अपनी पोटली लिये जा रहा था। जमींदार ने ध्यान से पहचानने का प्रयास किया तो उसे समझने में देर न लगी कि वह लड़का राकेश था, अब जमींदार ने कसम खाई कि किसी से मुफ्त में काम नहीं कराएगा।

□

# विश्वास की शक्ति

बहुत पहले की बात है, गोपाल दासजी अपने बुजुर्ग पिता के साथ चित्रकूट धाम के पास एक गाँव में पत्नी और अपने दो बच्चों के साथ रहते थे। बुजुर्ग पिता के लाख कहने के बाद भी गोपालदास ने न तो बचपन में पढ़ने-लिखने की तरफ ध्यान दिया और न बड़े होने पर कोई व्यापार-धंधा चालू किया, बस रात-दिन हनुमानजी का भजन किया करते थे। बड़े होने पर पिता ने सोचा, शायद गोपाल का विवाह हो जाए तो कुछ जिम्मेदारी समझकर काम-धंधा करने लगे, इसलिए जैसे-तैसे एक साधारण घर की कन्या से उसका विवाह करवा दिया, फिर भी गोपालदास की हनुमानजी की भक्ति में कोई कमी नहीं आई, बस कभी-कभी पास के जंगलों में जाकर पलास के पत्ते तोड़कर लाते थे और उन्हें भोजन करने लायक पत्तल बनाकर बाजार में बेच आते थे, उसी से जो मिल जाता था और उसी से घर का सारा काम चलता था, शेष समय श्री हनुमानजी की भक्ति में ही लीन रहते थे। धीरे-धीरे 'संतजी' ही उनका नाम पड़ गया।

एक दिन पत्तल का गट्ठर बाँधकर बाजार जाने की तैयारी करते हुए पत्नी ने कहा, "अरे संतजी, आज घर में खाने को कुछ भी नहीं है। आटा, नमक, दाल, चावल, गुड़ और सब खत्म हो गए हैं, शाम को बाजार से आते हुए घर के लिए राशन लेते आइएगा।" गोपालदासजी ने उत्तर दिया, "देखता हूँ! जैसी हनुमानजी की कृपा, अगर कोई अच्छा दाम मिल गया तो निश्चय ही घर में आज सारा सामान आ जाएगा।" पत्नी बोली, "संतजी! अगर अच्छी कीमत न भी मिले, तब भी इसे बेचकर कुछ राशन तो ले आना, घर के बड़े-बूढ़े तो भूख बर्दाश्त कर लेंगे, पर बच्चे अभी छोटे हैं, उनके लिए तो कुछ ले ही आना।" "जैसी मेरे हनुमानजी की इच्छा," ऐसा कहकर गोपालदासजी बाजार को चले गए। वहाँ सभी पत्तल बिक गए और

अच्छा पैसा भी मिल गया, यह सोचकर राशन की दुकान की तरफ सामान लेने के लिए जा रहे थे, तभी रास्ते में दस वर्ष के दुबले-पतले कृशकाय बालक ने रोते हुए आवाज लगाई कि बाबा, मेरी माँ अस्पताल में भर्ती मृत्यु से संघर्ष कर रही है, दवा के पैसे देकर मेरी माँ को बचा लीजिए।

गोपालदास का सारा पैसा दान करने के बाद जब घर लौटने लगे तो उनके सामने परिजनों के भूखे चेहरे नजर आने लगे, फिर पत्नी की कही बात कि घर में खाने का सब सामान खत्म हो गया है, पैसा कम भी मिले तो भी बच्चों के लिए तो कुछ ले ही आना, अब पैसा तो क्या कुछ भी नहीं रह गया। गाँव के बाहर एक बरगद का पेड़ था, उसी की छाँव में बैठ गए। सोचने लगे कि जब सारी सृष्टि का पालन हनुमानजी खुद करते हैं तो अब मेरे परिवार का भी पालन वे ही करेंगे और फिर गोपालदासजी हनुमानजी के भजन में लीन हो गए, अब हनुमानजी कहाँ रुकनेवाले थे। गोपालदासजी ने सारे परिवार की जिम्मेवारी अब उनके सुपुर्द जो कर दी थी, अब हनुमानजी ने गाँव में जाकर झोंपड़ी का दरवाजा खटखटाया। गोपालदासजी की पत्नी ने पूछा, "कौन है ?"

"गोपालदासजी का घर यही है न ?" हनुमानजी ने पूछा। अंदर से आवाज आई, "हाँजी यही है, आपको कुछ चाहिए ?" हनुमानजी सोचने लगे कि धन्य है इनका परिवार, घर में कुछ भी नहीं है, फिर भी हृदय में देने की जिज्ञासा है। हनुमानजी बोले, "दरवाजा खोलिए।"

"लेकिन आप कौन ?" हनुमानजी ने कहा, "सेवक की क्या पहचान होती है भगतानी ? जैसे गोपालदासजी हनुमान के सेवक, वैसे ही मैं गोपालदासजी का सेवक हूँ, यह राशन का सामान रखवा लो।" पत्नी ने दरवाजा पूरा खोल दिया, फिर इतना राशन घर में उतरना शुरू हुआ कि घर में लोगों के रहने की जगह ही कम पड़ गई। "इतना सामान! गोपालदासजी ने भेजा है, मुझे नहीं लगता।" पत्नी ने पूछा।

हनुमानजी ने कहा, "हाँ भगतानी! आज गोपालदासजी का सारा पत्तल सच्चे सरकार ने खरीदा है, जो गोपालदासजी ने अपना सारा माल दे दिया और अब जो सरकार उसकी कीमत चुकता कर रही है और जगह और बताओ, सबकुछ आनेवाला है, इतने में शाम होने लगी थी और रात का अँधेरा अपने पाँव पसारने लगा था। सामान रखवाते-रखवाते पत्नी थक चुकी थी, बच्चे घर में अमीरी आते देख खुश थे, वे कभी बोरे से गुड़ निकालकर खाते और कभी मेवे देखकर मन

ललचाते और झोली भर-भरकर मेवे लेकर बैठ जाते। उनके बालमन अभी तक तृप्त नहीं हुए थे।

गोपालदासजी अभी तक घर नहीं आए थे, पर सामान आना लगातार जारी था, आखिर पत्नी ने हाथ जोड़कर कहा, "सेवकजी! अब बाकी का सामान गोपालदासजी के आने के बाद ही आप ले आना, हमें उन्हें ढूँढ़ने जाना है, क्योंकि वे अभी तक घर नहीं आए हैं।" हनुमानजी बोले, "वे तो गाँव के बाहर बरगद के नीचे बैठकर भजन-सिमरन कर रहे हैं।" अब परिजन गोपालदासजी को देखने गए, सब परिवारवालों को सामने देखकर गोपालदासजी सोचने लगे—जरूर ये भूख से बेहाल होकर मुझे ढूँढ़ रहे हैं।

इससे पहले कि गोपालदासजी कुछ कहते, उनकी पत्नी बोल पड़ीं, "कुछ पैसे बचा लेने थे, अगर पत्तल अच्छे भाव बिक गया था तो सारा सामान आज ही खरीदकर घर भेजना था क्या?" भक्त गोपालदासजी कुछ पल के लिए विस्मित हुए, फिर बच्चों के खिलते चेहरे देखकर उन्हें एहसास हो गया कि जरूर मेरे प्रभु ने कोई खेल कर दिया है। पत्नी ने कहा, "सच्चे सरकार को आपने पत्तल बेचा और वह तो समान घर में भेजने से रुकता ही नहीं था, पता नहीं कितने वर्षों तक का राशन दे गए, उससे मिन्नत करके रुकवाया—बस करो! बाकी आपके आने के बाद उनसे पूछकर कहीं रखवाएँगे।"

गोपालदासजी हँसने लगे और बोले, "वो सरकार ही ऐसी, जब देना शुरू करती है तो सब लेनेवाले थक जाते हैं, उसकी बख्शीश कभी भी खत्म नहीं होती, वह सच्ची सरकार की तरह सदा कायम रहती है।"

□

# भोलापन

अचानक आज दोपहर बारह बजे घर में फोन की घंटी बजी, फोन उठाने पर आवाज आई, "मैं आपके बेटे के स्कूल से प्रिंसिपल बोल रहा हूँ, क्या आप मिसेज अनीता तिवारी बोल रही हैं?" "जी सर! मैं अनीता बोल रही हूँ।" "मिसेज अनीता तिवारी, आप स्कूल से बार-बार सूचना मिलने के बाद भी अपने बेटे आलोक को सुबह स्कूल आते समय लंच के समय खाने के लिए टिफिन क्यों नहीं देती हैं? छोटा बच्चा है उसे भूख लग जाती है और वह रोज अपने क्लास में पड़ोस के बच्चों से टिफिन माँगकर खाता है, आप उसकी माँ हैं, कितनी भी व्यस्त हों, इस बात का आपको खयाल रखना चाहिए।"

प्रिंसिपल कहे जा रहे थे और मिसेज अनीता तिवारी का चेहरा गुस्से से लाल हुआ जा रहा था, वह रोज सुबह नया-नया डिश बनाकर आलोक के लिए टिफिन में रखती थीं और वह स्कूल से वापस आने के बाद बताता भी था कि उसके दोस्तों को भी उसका टिफिन बहुत पसंद आता है और मेरे दोस्त आपकी बहुत तारीफ करते हैं, पर यहाँ आप तो ऐसा…!

"सर! मैं अभी आती हूँ स्कूल।" कहकर स्वयं अपनी गाड़ी चलाकर स्कूल में प्रिंसिपल के ऑफिस पहुँच गई, "सर, क्या मैं अंदर आ सकती हूँ।" "आइए मिसेज अनीता तिवारी, बैठिए।" "धन्यवाद सर!" अनीता बोली, "सर! क्या मैं अभी आलोक से मिलकर बात कर सकती हूँ? मुझे ऐसा लग रहा है कि उसका टिफिन क्लास कोई बच्चा चुराकर खा लेता है।"

"हाँ, मैंने भी पहले यही सोचा था, अनीताजी, लेकिन बुलाकर बात करने पर उसने ऐसा कुछ नहीं बताया।" यह कहते हुए प्रिंसिपल सर रुक गए।

"क्या बताया सर आलोक ने?"

"उसने सिर नीचे कर लिया, फिर उसकी आँखों में आँसू भर आए।"

"क्या बताया आलोक ने?" कुछ गलत होने के अंदेशे से अनीता काँप उठी।

अचानक प्रिंसिपल ने विषय बदलते हुए पूछा, "छोड़िए, आपके ससुरजी कैसे हैं? आपकी सास के गुजरने के बाद तो वह काफी अकेलापन फील करते होंगे।"

"वो तो ठीक है, सर, उनकी बात छोड़िए, आप आलोक के बारे में बताइए।" अनीता अधीरता से बोली। वह जानने के लिए बेचैन थी कि आलोक ने क्या बताया है।

"सुबह आलोक को तैयार करने के चक्कर में आप तो उनका खयाल ही नहीं रख पाती होंगी?" "नहीं, ऐसी बात नहीं है, आलोक को पास के चौराहे पर स्कूल बस में चढ़ाकर लौटते हैं तो उन्हें चाय देने से लेकर नाश्ता तक मैं ही कराती हूँ।"

"लेकिन आलोक तो बता रहा था कि एक बार उन्होंने चाय और कुछ खाने के लिए माँगा तो आपने मना कर दिया कि अभी आलोक का नाश्ता बनाने का समय है, बाद में बनाकर दूँगी।" यह कहते हुए प्रिंसिपल का चेहरा गंभीर हो गया। "हाँ, पर इसका आलोक के टिफिन से क्या संबंध है?" अनीता की उलझन बढ़ती जा रही थी।

"संबंध है अनीताजी! आपका बेटा आलोक अपने भूखे-प्यासे दादाजी को अपना टिफिन खिला देता है। दादाजी ने पहले दिन ही खाने से इनकार कर दिया था, तब पोते ने अपने दादाजी को अपनी टिफिन का खाना खिलाने के लिए झूठ बोलना सीख लिया, अगले दिन से उसने दादाजी से बहाना किया कि उसने आपसे दो टिफिन बनवाए हैं, एक रास्ते में खाने के लिए और एक लंच टाइम में खाने के लिए, जबकि उसे आपसे एक ही टिफिन मिलता था, इस तरह वह अपना टिफिन अपने दादाजी को खिला देता था।"

"क्या?" अनीता का मुँह खुला-का-खुला रह गया।

"ऐसा इसलिए होता है, मिसेज तिवारी कि बच्चे दूसरे के मन को हम बड़ों से पहले पढ़ लेते हैं।" कहते हुए प्रिंसिपल की आवाज में कुछ तल्खी आ गई थी।

"आई एम सॉरी सर! आगे अब कभी ऐसा नहीं होगा।" शर्म से दबते हुए अनीता ने धीरे से कहा।

"और प्लीज, एक रिक्वेस्ट और है मिसेज अनीता तिवारी आपसे, आलोक को कुछ मत कहिएगा, उसे नहीं पता चलना चाहिए कि मैंने इस सब बात की जानकारी आपको दी है, नहीं तो उस बालक का भोलापन छिन जाएगा।" "नहीं सर, आप निश्चिंत रहिए, मेरे बेटे ने जो पाठ मुझे पढ़ाया, वह मैं जिंदगी में कभी नहीं भूलूँगी, आज से उसे अब अपना टिफिन कभी दादाजी को खिलाने की जरूरत नहीं पड़ेगी।" कहते हुए अनीता उठी और धीरे-धीरे कमरे से बाहर निकल गई। □

# अद्भुत फैसला

पंद्रह साल का राहुल पिता की मृत्यु के बाद अपनी बुजुर्ग माँ के साथ रहता था। माँ स्वस्थ थी, कुछ घरों में झाड़ू-पोंछा करके अपना काम चला लेती थी, परंतु बीमार होने पर बेरोजगार हो गई, राहुल शहर में एक मोटर गैरेज में कार साफ करने का काम करके अपना जीवन किसी तरह चलाने लगा।

एक दिन राहुल एक स्टोर में ब्रेड और पनीर की चोरी करता हुआ पकड़ा गया, सिक्योरटी गार्ड के पकड़ से बचने के लिए भागने की कोशिश में दुकान का शेल्फ भी टूट गया। चोरी के इल्जाम में राहुल को पुलिस के हवाले कर दिया गया और वह एक मुजरिम हो गया। दो दिन बाद मुजरिम राहुल को स्थानीय अदालत में जज के सामने पेश किया गया।

जज ने स्टोर के मालिक के द्वारा लगाया गया जुर्म सुना और राहुल से पूछा, "क्या तुमने सचमुच चोरी की?" राहुल ने नजरें नीची करके 'हाँ' में जवाब दिया।

जज—"क्यों?"

राहुल—"मुझे खाने के सामान की जरूरत थी, इसलिए।"

जज—"तो पैसा देकर खरीद लेते, चोरी क्यों किया?"

राहुल—"मेरे पास पैसे नहीं थे।"

जज—"तो अपने घरवालों से माँग लेते, चोरी क्यों की?"

राहुल—"घर में सिर्फ माँ है, वह बीमार है और बेरोजगार भी, उसी के खाने के लिए चुराई थी।"

जज—"तुम कुछ काम क्यों नहीं करते हो?"

राहुल—"करता था एक कार धोने की दुकान में, माँ की देखभाल के लिए एक दिन की छुट्टी की तो वहाँ से दुकान के मालिक ने काम से निकाल दिया।"

जज—"तुम किसी से मदद माँग लेते, चोरी क्यों की ?"

राहुल—"सुबह ही घर से निकला था, शाम तक लगभग सौ लोगों के पास जाकर मदद के लिए मैंने हाथ फैलाया, किसी ने कुछ भी मदद नही की, बिल्कुल आखिर में मजबूर होकर यह कदम मैंने उठाया।"

सुनवाई खत्म हुई, जज ने अदालत का फैसला सुनाना शुरू किया, "समाज को सही रास्ते पर ले जाने के लिए सारी जिम्मेदारी केवल और केवल सरकार की नहीं होती है, समाज की भी कोई जिम्मेदारी होती है, माना कि ब्रेड और पनीर की चोरी करना एक बहुत बड़ा अपराध है और इस अपराध में हम सबलोग जिम्मेदार हैं, अदालत में मौजूद हर शख्स और मैं भी, हम सब मुजरिम हैं, इसलिए यहाँ मौजूद हर शख्स पर एक-एक हजार रुपए का जुर्माना लगाया जाता है। एक हजार रुपए दिए बगैर कोई भी इस अदालत से बाहर नहीं निकल सकेगा।" यह कहकर जज ने एक हजार रुपए अपनी जेब से बाहर निकालकर रख दिए और फिर पेन उठाया, लिखना शुरू किया, "इसके अलावा मैं स्टोर के मालिक पर दो हजार रुपए का जुर्माना करता हूँ कि उसने एक भूखे बच्चे से गैर-इनसानियत का व्यवहार करते हुए पुलिस के हवाले कर दिया, जबकि उससे बात करके और खाना देकर समझाया जा सकता था, अगर चौबीस घंटे में जुर्माना जमा नहीं किया गया तो अदालत स्टोर को सील करने का आदेश देती है और अदालत मोटर गैरेज के मालिक को यह आदेश देती है, क्योंकि एक नाबालिग कर्मचारी को अपनी माँ की देखभाल के लिए केवल एक दिन की छुट्टी लेने पर काम से निकालना वाजिब नहीं है, लिहाजा फिर से उसे काम करने का मौका दे, आज यहाँ प्राप्त हुई पूरी जुर्माने की राशि इस लड़के को देते हुए अदालत हाथ जोड़कर माफी माँगती है, क्योंकि इसके इस जुर्म में कहीं-न-कही हम सब भी जिम्मेदार हैं।"

फैसला सुनने के बाद कोर्ट में मौजूद लोगों की आँखों से आँसू तो बह ही रहे थे, लड़का भी सिसककर रो पड़ा। वह हाथ जोड़कर जज को देख रहा था। जज साहब अपने आँसू छिपाते हुए अदालत से बाहर निकल गए।

□

# घर मेरा ही है

"ओहो! क्या बाबूजी आपने तो पूरा घर ही गंदा कर दिया, अभी तुरंत मैंने घर में पोंछा लगाया था और आपने चप्पलों के निशान सब जगह छोड़ दिए, थोड़ी तो समझ आप में होनी चाहिए? अब आप कोई छोटे बच्चे तो हैं नहीं।" बहू दीपाली के मुँह से ये शब्द सुनकर सुमितजी हतप्रभ से खड़े रह गए। कैसे कॉलेज में प्राचार्य की नौकरी में सिर्फ उनकी एक आवाज सभी बच्चों को हिलाकर रख देती थी और आज उनकी बहू उन्हीं के घर में इतना सुना रही है, तभी पत्नी ने उन्हे सोफे पर बैठाते हुए कहा, "कोई बात नहीं जी, बहू की बातों का क्या बुरा मानना! बस जुबान की तेज है, बाकी उसके मन में ऐसा कुछ नहीं है।" सुमितजी ने पत्नी की आँखों में देखा, जैसे पूछ रहे हों, 'सच में?' और फीकी सी हँसी उनके होंठों पर तैर गई, लेकिन आँखों के कोर थोड़े से नम हो गए।

सोफे पर बैठे-बैठे ही सोचने लगे—कितने जतन से इस घर को खड़ा किया था, एक-एक तिनका अपने हिसाब से रखवाया था इस घरौंदे का, ताकि सेवा से अवकाश के बाद पति-पत्नी सुविधाओं के साथ आराम से रह सकेंगे, लेकिन आज सारी दुनिया एक कमरे तक सिमट गई है, कमरे से बाहर निकलने पर तो कितना कुछ सुनना पड़ता है, हॉल के अंदर फायरपिट बनवाया था कि ठंड के दिनों में वहाँ आग के सामने बैठकर भुनी मूँगफलियाँ खाएँगे, लेकिन मजाल क्या कि बहू कभी सर्दी में आग जलाने दे। कहती है कि पूरे घर में राख के कण फैलते हैं, फिर वह चिमनी वैसी ही रँगी-पुती दिखती है, एकदम उजली, क्योंकि बहू को वैसी ही पसंद है।

यह सोच ही रहे थे, तभी पत्नी हाथ में कॉफी का मग लिये उनके पास आ बैठीं। पति को वह बहुत अच्छे से जानती थीं। जानती थीं कि अभी गुस्से में हैं और

उनके हाथ की कॉफी पीकर उनका गुस्सा शांत हो जाता है। पत्नी भी क्या करतीं। पति और बेटे विमल के मोह में फँसी एक भारतीय नारी जो ठहरी, दोनों तरफ बैलेंस बनाते-बनाते ही उनका जीवन कट रहा था, कभी बेटे की सुनती, कभी पति की। एक दिन सुबह सैर से लौटने के बाद पति-पत्नी दोनों लॉन में बैठे थे, नौकर चाय रख गया, दो की जगह तीन चाय का कप उन्हें थोड़ा अटपटा लगा, क्योंकि उनके अलावा चाय सिर्फ विमल पीता था और वह उनके साथ कभी चाय नहीं पीता था, उसने उनके साथ बैठना तो कब का छोड़ दिया था, फिर आज?

तभी विमल वहाँ आ बैठा, साथ में चाय पीने लगा, लेकिन अजीब सी चुप्पी। यह वही विमल है, जो छोटा था तो उसकी बातें खत्म ही नहीं होती थीं। सुमितजी कितना भी थके हों, विमल के साथ खेलते ही थे, उसकी बातें तब तक खत्म नहीं होतीं, जब तक कि वह उन्हें कहते-कहते थककर सो नहीं जाता। आज अजीब सी औपचारिकता ने अपनी जगह बना ली थी बेटे और पिता के बीच, तभी पत्नी ने उस खामोशी को तोड़ा।

"विमल¨! अगले महीने ही तो दीपाली के भाई की बेटी की शादी है न?" "हाँ माँ, उसी के बारे में बात करने आया हूँ, लड़के वाले इसी शहर के हैं और वे यहीं से शादी करना चाहते हैं, सो दीपाली का परिवार शादी के लिए यह घर चाहता है, वे हमारे घर से शादी करना चाहते हैं, इसलिए मैं चाहता हूँ कि जब तक भीड़-भाड़ रहेगी घर में, तब तक आप दोनों दीदी के पास चले जाओ, आप दोनों को भीड़-भाड़ से असुविधा होती है और दीदी भी इसी शहर में हैं तो आप लोगों को कोई तकलीफ भी नहीं होगी, आप दोनों का कमरा भी उनके काम आ जाएगा।" यह सुनकर सुमितजी गुस्से से लाल हो गए, फिर भी अपनी आवाज को संयमित करके बोले, "बहू के घरवालों को दस-पंद्रह दिनों के लिए दूसरा घर दिला दो किराए पर, हम क्यों शिफ्ट हों कहीं?" "पापा आप भी न गजब करते हो, दीपाली के घरवाले हैं, हमारे इतने बड़े घर के रहते उनके लिए दूसरा घर देखें! अब तो दीपाली ने उनसे कह भी दिया है, आप लोग अपना देख लो, वे यहीं आएँगे।" कहकर विमल एकदम से उठकर अंदर चला गया। अंदर से बहू दीपाली की जोर-जोर से आवाज भी आने लगी, लग रहा था कि वह सबकुछ सुन रही थी और उसे सुमितजी की बात शायद अच्छी नहीं लगी थी।

आज पत्नी की आँखों से आँसू बह रहे थे और सुमितजी ने उन्हे अपना कंधा

दिया, जैसे कह रहे हों कि अभी मैं हूँ, सब ठीक कर दूँगा। दूसरे दिन शाम सुमितजी बाहर से घूमकर आए तो पत्नी ने बताया कि बेटा-बहू अपने बच्चों के साथ छुट्टी बिताने, बिना कुछ बताए अपनी ससुराल गए। सुमितजी मुसकराने लगे और बोले, "देख पगली, इन्हीं बच्चों लिए तू मुझसे लड़ती थी, जिनके लिए जाने कितनी रातें हमने जागकर बिता दीं, आज वे हमारे घर से हमें ही जाने को कह रहे हैं, कोई बात नहीं, मैं भी इनका बाप हूँ।" कहकर अंदर चले गए, एक हफ्ते बाद विमल परिवार के साथ लौटा तो दरवाजे पर ताला लगा था, चौकीदार बैठा था, उन्हें देखते ही उनके पास पहुँचा, एक चाभी विमल के हाथों में दी और एक चिट्ठी भी, चिट्ठी खोलकर पढ़ने लगा, वह खत सुमितजी का था विमल के नाम—

"प्रिय विमल, मैं और तुम्हारी माँ धार्मिक यात्रा पर जा रहे हैं, एक महीने बाद लौटेंगे, ये जो चाभी है तुम्हारे हाथ में, वह इस घर की चाभी नहीं है, वह एक दूसरे फ्लैट की चाभी है, जिसमें तुम्हारा सभी सामान रखवा दिया है, वह फ्लैट मैंने बहुत पहले खरीदा था, तुम्हें नहीं बताया था, पॉश इलाके में है, तुम लोगों के लिए अच्छा है, अगर अच्छा न लगे तो अपने हिसाब से कहीं और घर ले लेना, यह घर मेरा और तुम्हारी माँ का है और हमारा ही रहेगा, इसमें से हमें कोई नहीं निकाल सकता, अभी तक सबकुछ बर्दाश्त करता रहा, क्योंकि तुम्हारी माँ खुश रहे, लेकिन अब तुम्हारी बातों से उसकी आँखों में आँसू आए, यह मैं बर्दाश्त नहीं कर सकता। यह हमारा सपनों का घर है, जिसमें हम अपने बच्चों और नाती-पोतों के साथ रहना चाहते थे, लेकिन शायद ईश्वर को यह मंजूर नहीं और तुम लोगों को हमारा साथ पसंद नहीं था, वह घर मेरे और माँ की तरफ से तुम लोगों के लिए आशीर्वाद स्वरूप है, इच्छा हो तो रखना वरना वापस कर देना, माता-पिता होने के नाते हम अपना आत्म-सम्मान नहीं खो सकते, हमारे बाद यह घर ट्रस्ट का होगा, जो यहाँ वृद्ध आश्रम बनाएँगे, इस घर पर तुम्हारा या तुम्हारी बहन का कोई अधिकार नहीं होगा। मैंने यह बात तुम्हारी बहन को भी बता दी है और वह मेरे इस फैसले से खुश है। उम्मीद है कि तुम भी होगे, तुम सब खुश रहो, तुम्हारा पिता··· !'

खत खत्म होते ही विमल जड़ हो चुका था, आँखों में आँसू थे, लेकिन यह पता नहीं कि वे आँसू पश्चात्ताप के थे या बड़े से घर को खोने के या फिर इस एहसास के टूटने के कि पिता की जायदाद अंत में बेटे की ही होती है। □

# गुरु और ज्ञान

सेठ रामदास बस से उतरे, उनके पास कुछ सामान था, जिसे वे खुद लेकर अपने घर तक नहीं जा सकते थे, इसलिए आस-पास नजर दौड़ाई तो उन्हें एक मजदूर दिखाई दिया। सेठ ने आवाज दी और उसे बुलाकर कहा, "अमुक स्थान तक इस सामान को ले जाने के लिए तुम कितने पैसे लोगे?" "आपकी मर्जी, जो देना हो दे देना, लेकिन मेरी एक शर्त है कि जब मैं सामान लेकर चलूँ तो रास्ते में या तो आप मेरी सुनना या आप हमें सुनाना।" सेठ ने डाँटकर उसे भगा दिया और किसी अन्य मजदूर को देखने लगे, लेकिन आज वैसा ही हुआ, जैसे राम वन गमन के समय गंगा के किनारे केवल केवट की ही नाव थी, मजबूरी में सेठ रामदास ने उसी मजदूर को बुलाया, मजदूर दौड़कर सेठजी के पास आया और बोला, "मेरी शर्त आपको मंजूर है?" सेठ ने अपने स्वार्थ के कारण हाँ कह दी।

रामदास का मकान लगभग पाँच मीटर की दूरी पर ही था, मजदूर सामान उठाकर सेठ के साथ उनके घर की ओर चल दिया और बोला, "सेठजी, आप कुछ सुनाओगे या मैं सुनाऊँ?" सेठ ने कह दिया कि तू ही सुना। मजदूर ने खुश होकर कहा, "जो कुछ मैं बोलूँ, उसे ध्यान से सुनना।" यह कहते हुए मजदूर पूरे रास्ते में लगातार बोलता गया और दोनों गंतव्य स्थान तक पहुँच गए, मजदूर ने बरामदे में सामान रख दिया, सेठ ने जो पैसे दिए, ले लिये और सेठ से बोला, "सेठजी, मेरी बात आपने ध्यान से सुनी है या नहीं?" सेठ ने कहा, "मैंने तेरी कोई बात नहीं सुनी, मुझे तो अपना काम निकालना था, इसलिए कह दिया था।" मजदूर बोला, "सेठजी! आपने अपने जीवन की बहुत बड़ी गलती कर दी, कल ठीक सात बजे आपकी मौत होनेवाली है।" सेठ को गुस्सा आया और बोला, "अरे जा-जा, तेरी बकवास बहुत सुन ली, जा रहा है या तेरी पिटाई करूँ?"

मजदूर बोला, "मारो या छोड़ दो, लेकिन कल शाम को आपकी मौत होनी ही है, अब भी मेरी बात ध्यान से सुन लो।" अब सेठ थोड़ा गंभीर हुआ और बोला, "सभी को मरना है, अगर मेरी मौत कल शाम होनी है तो होगी, इसमें मैं क्या कर सकता हूँ।" मजदूर बोला, "तभी तो कह रहा हूँ कि अब भी मेरी बात ध्यान से सुन लो।" सेठ बोला, "सुना, ध्यान देकर सुनूँगा।"

"मरने के बाद आप जब ऊपर जाओगे तो आपसे यह पूछा जाएगा कि हे मनुष्य! पहले पाप का फल भोगेगा या पुण्य का? क्योंकि मनुष्य अपने जीवन में पाप-पुण्य दोनों ही करता है तो आप कह देना कि पाप का फल भुगतने को तैयार हूँ, लेकिन पुण्य का फल आँखों से देखना चाहता हूँ।" इतना कहकर मजदूर चला गया। दूसरे दिन ठीक सात बजे सेठ की मौत हो गई। सेठ ऊपर पहुँचा तो यमराज ने मजदूर द्वारा बताया गया प्रश्न कर दिया कि 'पहले पाप का फल भोगना चाहता है या पुण्य का?' सेठ ने कहा, "पाप का फल भुगतने को तैयार हूँ, लेकिन जो भी जीवन में मैंने पुण्य किया हो, उसका फल आँखों से देखना चाहता हूँ।"

यमराज बोले, "हमारे यहाँ ऐसी कोई व्यवस्था नहीं है, यहाँ तो दोनों के फल भुगतवाए जाते हैं।" सेठ ने कहा, "फिर मुझसे पूछा क्यों और पूछा है तो उसे पूरा करो, धरती पर तो अन्याय होते देखा है, प्रभु! पर यहाँ पर भी अन्याय है।"

यमराज ने सोचा—बात तो यह सही कह रहा है, इससे पूछकर मैं तो बहुत बुरी तरह फँस गया, मेरे पास कोई ऐसी पावर ही नहीं है, जिससे इस जीव की इच्छा पूरी हो जाए। विवश होकर यमराज उस सेठ को ब्रह्माजी के पास ले गए और पूरी बात उन्हें बता दी।

ब्रह्माजी ने अपनी पोथी निकालकर सारे पन्ने पलट डाले, लेकिन उनको उसमें कानून की कोई ऐसी धारा या उपधारा नहीं मिली, जिससे जीव की इच्छा पूरी हो सके। ब्रह्मा भी विवश होकर यमराज और सेठ को साथ लेकर भगवान् के पास पहुँचे और समस्या बताई, भगवान् ने यमराज और ब्रह्माजी से कहा, "जाइए, आप लोग अपना-अपना काम देखिए।" दोनों चले गए।

भगवान ने सेठ से कहा, "अब बोलो, तुम क्या कहना चाहते हो?" सेठ बोला, "भगवन्, मैं तो शुरू से एक ही बात कह रहा हूँ कि पाप का फल भुगतने को तैयार हूँ, लेकिन पुण्य का फल आँखों से देखना चाहता हूँ।"

भगवान् बोले, "धन्य है वह सद्गुरु (मजदूर), जो तेरे अंतिम समय में भी तेरा

कल्याण कर गया, अरे मूर्ख! उसके बताए हुए उपाय के कारण ही तू मेरे सामने खड़ा है, अपनी आँखों से इससे और बड़ा पुण्य का फल क्या देखना चाहता है, मेरे दर्शन से तेरे सभी पाप भस्मीभूत हो गए।"

"इसीलिए गुरुजनों की बात ध्यान से सुननी चाहिए, पता नहीं कौन सी बात जीवन में कब काम आ जाए। दीक्षा गुरु एक ही होते हैं, लेकिन शिक्षा गुरु अनेक भी हो सकते हैं।"

जाति न पूछो साधु की, पूछ लीजिए ज्ञान।

□

# आम का पेड़

सात वर्ष का पीयूष अपने गाँव के प्राइमरी स्कूल में कक्षा दो में पढ़ रहा था। अपने घर से थोड़ी ही दूर पर लगा आम का पेड़ उसे बहुत पसंद था, जब कभी पढ़ाई से थोड़ी भी फुरसत मिलती, वह भागकर आम के पेड़ के पास पहुँच जाता था। पेड़ के ऊपर चढ़ता, आम खाता, खेलता, मस्ती करता और थक जाने पर वहीं पेड़ की छाया में सो भी जाता। पीयूष और आम के पेड़ के बीच धीरे-धीरे एक बहुत गहरा एवं अटूट रिश्ता बन गया। बच्चा जैसे-जैसे बड़ा होता गया, वैसे-वैसे उसने पेड़ के पास आना ही कम कर दिया, कुछ समय बाद तो बिल्कुल बंद सा हो गया। आम का पेड़ उस बालक को बहुत याद करता था और हमेशा उसके पास आने की राह देखता रहता था, लेकिन अब वह नहीं आता था और पेड़ अकेले में बहुत रोता था। बहुत दिनों बाद एक दिन अचानक पेड़ ने उस बच्चे को अपनी तरफ आते हुए देखा तो मन-ही-मन बहुत खुश हुआ और पास आने पर कहा, "तू कहाँ चला गया था बेटा? बहुत दिनों से मैं तेरी राह देख रहा था और मैं रोज तुम्हें याद किया करता था कि तुम कब आओगे, आओ आज फिर से हम दोनों आपस में मिलकर खेलते हैं, आओ हम दोनों खूब मस्ती करेंगे, आज बहुत मजा आएगा।"

"नहीं! मैं अब बड़ा हो गया हूँ, मेरी खेलने की उम्र नहीं रह गई है, मुझे पढ़ना-लिखना है, लेकिन मेरे पास स्कूल में फीस भरने के लिए पैसे नहीं हैं।" पेड़ ने कहा, "तू मेरे सभी आम ले जाकर बाजार में बेच दे, इससे जो पैसे मिलेंगे, उनसे अपनी स्कूल की फीस भर देना।" उस बच्चे ने आम के पेड़ से एक-एक करके सारे आम तोड़ लिये और उन सब आमों को बाजार में ले जाकर बेच दिया। जो पैसा मिला, उन पैसों से अपने स्कूल की फीस भर दी। उसके बाद फिर कभी

पेड़ के पास दिखाई नहीं दिया। आम का पेड़ रोज उसकी राह देखता रहता, पर वह तो आने से रहा, बहुत दिनों बाद वह आम के पेड़ के पास एक दिन फिर आया और कहने लगा, "आप की कृपा से अब मैं पढ़-लिख लिया हूँ और मेरी शादी भी हो चुकी है, मुझे अपना घर बनाना है, इसके लिए मेरे पास अब पैसे नहीं है।" आम के पेड़ ने कहा, "अब तू मेरी सभी डालियों को काटकर ले जा और उससे अपना घर बना ले।" उस जवान ने घर से कुल्हाड़ी लाकर पेड़ की सभी डालियाँ काट लीं, वहाँ से सारी लकड़ी उठाकर अपने साथ लेकर के चला गया और उन्ही सारी लकड़ियों का उपयोग करके उसने एक अच्छा सा अपना घर बना लिया। उसमें अपने पत्नी और बच्चों के साथ आनंदपूर्वक रहने लगा, फिर पेड़ के पास हमेशा-हमेशा के लिए आना छोड़ दिया।

पेड़ के पास अब उसे देने के लिए कुछ भी शेष नहीं बचा था, वो अब वह बिल्कुल ठूँठ हो गया था, उसकी तरफ आँख उठाकर कोई देखता भी नहीं था और कोई देखता भी क्यों, क्योंकि अब तो पेड़ के पास किसी को भी देने के लिए छाया भी शेष नहीं बची थी। पेड़ ने भी अब उस छोटे से बड़ा हुआ पीयूष, उसके पास आगे फिर कभी आएगा, यह उम्मीद तो बिल्कुल छोड़ ही दी थी।

बहुत दिनों बाद अचानक फिर एक दिन पेड़ के पास एक बूढ़ा आदमी आया, उसने आम के पेड़ के पास आकर कहा, "शायद आपने मुझे नहीं पहचाना, मैं वही बालक हूँ, जो पहले बार-बार आपके पास आता था और आप हमेशा अपने टुकड़े-टुकड़े काटकर भी मेरी मदद किया करते थे।" आम के पेड़ ने बड़े दुःख के साथ कहा, "पर बेटा! मेरे पास तो अब ऐसा कुछ भी ऐसा नहीं रह गया है, जो मैं तुम्हें दे सकूँ, तो अब किसलिए मेरे पास आए हो?"

वृद्ध ने अपनी आँखों में आँसू लिये कहा, "आज मैं आपसे कुछ लेने के लिए नहीं आया हूँ, बल्कि आज तो मैं इसलिए आपके पास आया हूँ कि मुझे आपके साथ जी भरके खेलना है, मस्ती करना चाहता हूँ, आपकी गोद में सिर रखकर मैं सो जाना चाहता हूँ।" इतना कहकर अपनी आँख में आँसू लिये बाँह फैलाकर वह आम के पेड़ से लिपट गया और उसके लिपटते ही आम के पेड़ की सभी सूखी हुई डालियाँ फिर से हरी-भरी और अंकुरित हो उठीं, पेड़ की सभी डालियों में कोपलें निकल आईं।

वह आम का पेड़ कोई और नहीं, हमारे माता-पिता हैं, जब हम छोटे थे,

उनके साथ खेलना अच्छा लगता था, जैसे-जैसे बड़े होते चले गए, उनसे बहुत दूर होते चले गए, उनके पास भी तब आए, जब कोई जरूरत पड़ी, कोई समस्या खड़ी हुई, आज कई माँ-बाप उस ठूँठ पेड़ की तरह अपने बच्चों के आने की राह देख रहे हैं।

□

# गोदी में नंदलाल

पचीस साल की पायल माँ-बाप के बहुत प्रयास के बाद भी पढ़-लिख न सकी थी और राजेश से उसका विवाह हो गया। विवाह के पाँच वर्ष में दीपक और राकेश नामक दो बच्चों की माँ बन गई, लेकिन वह चाहती थी कि उसके दोनों बच्चे दीपक और राकेश खूब पढ़ें-लिखें। उसका पति भी कुछ भी पढ़ा-लिखा नहीं था, लेकिन पायल और उसके पति पुनीत की बहुत इच्छा थी कि वह अपने बच्चों को अच्छी शिक्षा दें। पायल का पति मेहनत-मजदूरी का काम करता था, बच्चों को पढ़ाने के लिए खूब मेहनत करता था। पायल सुबह-सुबह उठकर बच्चों के लिए चाय-नाश्ता बनाती, उनको तैयार करती और खुद स्कूल छोड़ने जाती, तब तक उसका पति नहा-धोकर तैयार हो जाता। वह अपने पति को चाय-नाश्ता देकर काम पर भेजती, फिर बच्चों के आने का इंतजार करती। ऐसी ही उसकी रोज की दिनचर्या थी।

एक दिन पायल दोनों बच्चों को स्कूल ले जा रही थी तो उनको थोड़ी सी स्कूल पहुँचने में देरी होने लगी तो बच्चे कहने लगे—"माँ जल्दी चलो नहीं तो मास्टरजी हमारी हाजिरी नहीं लगाएँगे।" पायल को यह सुनकर बहुत आश्चर्य हुआ कि बच्चों के स्कूल में क्या रोज हाजिरी लगती है ? बच्चों को स्कूल छोड़ने के लिए वह जल्दी-जल्दी अपने पैर चलाने लगी, बच्चों को स्कूल छोड़कर जब वह वापस आ रही थी, तभी उसको उसकी एक पुरानी सहेली मिली, पायल ने उससे पूछा कि तुम इतनी सुबह-सुबह कहाँ जा रही हो तो उसकी सहेली ने कहा कि मैं बाँके बिहारीजी के मंदिर में हाजिरी लगाने जा रही हूँ। पायल जो कि बहुत ही भोली-भाली औरत थी, सोचने लगी कि क्या बिहारीजी के मंदिर में भी हाजिरी लगती है ? लेकिन उसने अपनी सहेली से पूछा कुछ नहीं, वह चुपचाप घर वापस आ गई, लेकिन सारा

दिन यह सोचती रही—क्या स्कूल की तरह मंदिर में भी हाजिरी लगती है, क्या मंदिर बड़ों का स्कूल है? मेरी सहेली तो काफी बड़ी है। इतना सोचते-सोचते सुबह होने पर बच्चों को स्कूल में छोड़कर उसके बाद अपने आप ही वह बिहारीजी के मंदिर की तरफ चल पड़ी, उसने मंदिर में माथा टेका, बिहारीजी के अलावा वहाँ कोई नजर नहीं आया, क्योंकि पुजारीजी बिहारीजी को भोग लगाने के लिए बिहारीजी की रसोई से प्रसादी लेने गए थे। पायल ने सोचा कि इस मंदिर में तो कोई अध्यापक नहीं है तो मेरी हाजिरी कौन लगाएगा? उसने फिर सोचा कि शायद आज मंदिर के अध्यापक आए नहीं होंगे, मैं अगले दिन फिर आऊँगी। मंदिर जाने के कारण उसको घर पहुँचने में थोड़ी सी देरी हो गई तो उसके पति ने उसको कहा, "पायल, तुझे नहीं पता कि हमें काम पर जाना है और तुम इतनी देर कहाँ लगाकर आई हो?" पायल अपने पति से कोई बात न छिपाती हुई बोली कि मैं तो अपनी मंदिर में हाजिरी लगाने गई थी। उसका पति बोला, "तुम कब से मंदिर जाने लगी?" पायल ने पति से कहा कि वह तो बड़े लोगों का स्कूल है, आज से मैं भी रोज मंदिर जाया करूँगी और अपनी हाजिरी लगाकर आया करूँगी। उसके पति को काम पर जाने में देरी हो रही थी, इसलिए उसने पायल की बात की तरफ कोई ध्यान न देकर उसका कोई जवाब नहीं दिया। अगले दिन बच्चों को स्कूल में छोड़कर आते वक्त वह फिर मंदिर चली गई। आज वह अपने पति के लिए चाय-नाश्ता पहले ही बनाकर आई थी कि कहीं आने में देरी हो गई तो उसके पति नाराज नहीं होंगे। आज मंदिर में पुजारीजी मौजूद थे, वह काफी देर मंदिर में बैठी रही। मंदिर में बिहारीजी और किशोरीजी की अति मनमोहक छविवाली प्रतिमा थी, उस छवि को देखकर पायल उन पर बलिहारी जाने लगी और युगल सरकार के साथ ही एक नंदलालजी की बहुत सुंदर आकर्षक छोटी सी प्रतिमा थी, उसको देखकर तो पायल का मन उस नंदलाल ने मोह ही लिया। दो घंटे मंदिर में बैठने के बाद पायल पुजारीजी के पास गई और कहने लगी कि क्या मेरी आपने हाजिरी लगा दी, मैं बस इतने ही समय के लिए स्कूल आ सकती हूँ, इससे ज्यादा नहीं, क्योंकि मेरे बच्चे भी अपने स्कूल से वापस आते होंगे।

पुजारीजी पहले तो पायल की तरफ ध्यान से देखने लगे, उन्होंने दोबारा पायल से पूछा कि क्या कह रही हो बेटी। पायल बोली कि मैं बिहारीजी के दरबार में हाजिरी लगाने आई थी, कृपया आप मेरी हाजिरी लगा दिया करो, मेरी गैरहाजिरी न लगाना, आज से मैं हर रोज मंदिर आया करूँगी। पुजारीजी उसकी बातों को

सुनकर समझ गए कि यह औरत बहुत भोली है। पायल की बातों का मान रखने के लिए पुजारीजी ने बड़े प्रेम से कहा, "हाँ-हाँ बेटी, मैंने तुम्हारी हाजिरी लगा दी है, अब तुम रोज आ-जाया करो, लेकिन छुट्टी मत करना।" पायल खुश होते हुए घर वापस आ गई, क्योंकि उसके मन को तसल्ली हो गई थी कि मंदिर के पुजारीजी ही मंदिर के अध्यापक हैं और मेरी हाजिरी अब लगनी शुरू हो गई है, अब रोज सुबह जल्दी उठकर अपने पति के लिए चाय-नाश्ता बनाकर रख आती और बच्चों को स्कूल छोड़कर सीधा मंदिर में चली जाती और दो-तीन घंटे बैठी रहती; हर रोज पुजारीजी से पूछती, "पुजारीजी मेरी हाजिरी लग गई है?" तो पुजारीजी मुसकराते हुए कहते, "हाँ बेटी, लग गई है।" एक दिन उसके बच्चे उसके पास बैठकर उसको स्कूल का पाठ सुना रहे थे, तभी उसके बेटे ने माँ से कहा, "मैया, हम तो रोज स्कूल जाते हैं, हम अपना पाठ आपको रोज सुनाते हैं, आप अपने स्कूल जाती हो, आपने वहाँ क्या सीखा, आज आप भी अपना पाठ हमें सुनाओ।" पायल बच्चों की बात सुनकर पहले तो घबरा गई, लेकिन वह हर रोज मंदिर जाने से वहाँ होनेवाले भजन सुनती थी तो भजन के शब्द उसको याद हो गए थे तो उसने धीरे-धीरे वह अपने बच्चों को वह भजन सुनाया। उसके बच्चों को भजन सुनकर बड़ा आनंद आया और कहने लगे—वाह मैया! आपका पाठ बहुत आनंद देनेवाला है, तभी पीछे से उसका पति भी पायल के भजन को सुन रहा था। पायल के उस भजन को सुनकर उसको भी बहुत आनंद आया, अब वह पायल को मंदिर जाने से कभी भी नहीं रोकता था। पायल को मंदिर जाते अब काफी साल हो गए थे, लेकिन वह बिहारीजी के दर्शन करने के बाद पुजारीजी से अपनी हाजिरी के बारे में पूछना नहीं भूलती थी।

उसको हमेशा डर लगा रहता था कि पुजारीजी कहीं मेरी गैरहाजिरी न लगा दें, क्योंकि बच्चों के स्कूल में गैरहाजिरी लगने पर उनको जुरमाना भरना पड़ता था। पायल को यह डर था कि कहीं मेरी गैर हाजिरी लग गई तो मैं जुरमाना कैसे भरूँगी। मेरे पति की इतनी आमदनी भी नहीं है, इसलिए वह डर के मारे अपनी हाजिरी पुजारीजी से रोज लगवाकर आती थी। एक दिन उसके बच्चे जब घर वापस आए तो काफी खुश थे, क्योंकि आज उनकी परीक्षा का परिणाम घोषित हुआ था और वह अपने हाथ में बहुत सुंदर सा पुरस्कार लेकर आए थे। पायल को वह खुश होकर बताने लगे कि मैया, यह देखो, हमारी स्कूल में हाजिरी पूरी थी और हम पढ़ाई में भी अव्वल दरजे से पास हुए हैं, इसलिए हमें यह पुरस्कार मिला है।

पायल बच्चों को गले लगाते हुए बहुत खुश हुई, लेकिन मन-ही-मन सोचने लगी है कि मेरे बच्चों की परीक्षा का तो परिणाम आ गया, लेकिन मैं तो हर रोज अपने मंदिर के स्कूल में जाती हूँ, वहाँ भजन गाकर अपना पाठ सुनाती हूँ, मैं भी कभी स्कूल में गैरहाजिर नहीं हुई, मेरी परीक्षा का परिणाम कब आएगा, अब तक मुझे पुरस्कार क्यों नहीं मिला?

अगले दिन जब वह मंदिर गई और यही बात उसके दिमाग में चलती रही। बिहारीजी तो सबके मन को भाँप लेते हैं, तभी अचानक एक औरत पायल के पास आई, उसकी गोद में एक छोटा सा बच्चा था। वह बोली, "बहनजी, क्या तुम कुछ देर मेरे बालक को अपनी गोद में बिठा लोगी, ताकि मैं अच्छी तरह से भगवान् के दर्शन कर लूँ, यह बालक बहुत शरारती है, मेरा ध्यान दर्शन करने से भटक रहा है।" पायल ने सहर्ष उसके बालक को अपनी गोद में ले लिया, बालक वास्तव में बहुत ही चंचल था, उसका मुखमंडल आकर्षित करनेवाला था, साँवला, सलोना वह बालक पायल की गोदी में कितनी देर खेलता रहा, दूर से पुजारीजी पायल को काफी देर से देख रहे थे, उस औरत को भी अब काफी समय हो गया था गए हुए, अब जब वह वापस नहीं आई तो पायल उठकर उसको देखने के लिए चल पड़ी कि वह अभी तक क्यों नहीं आई, लेकिन उसको उस बालक का साथ और उसके मुखमंडल को निहारने में बहुत आनंद आ रहा था और मन-ही-मन तो वह चाह रही थी कि जितना हो सके, उस बालक के साथ खेलती रहे, लेकिन फिर उसे लगा कि नहीं मुझे घर जाने में देरी हो जाएगी, तभी वह पुजारीजी के पास गई और कहने लगी कि आपने इस बालक की मैया को देखा है, वह काफी देर से इस बालक को मेरे पास छोड़कर गई है, तब पुजारीजी उसकी तरफ हैरानी से देखने लगे और कहने लगे—बाँवरी हो गई हो, किस बालक के बारे में बात कर रही हो?

पायल अपनी गोद में पकड़े हुए बालक को दिखाती हुई बोली, "पुजारीजी, आपको यह बालक नजर नहीं आ रहा है।" तभी दूसरी तरफ से उस बालक की माता आ गई और उस बालक को पायल की गोद से लेते हुए धन्यवाद करती हुई चली गई, लेकिन तभी पायल के दुपट्टे का एक कोना उस बालक के हाथ में पड़े कंगन से अटक गया और थोड़ा सा फट गया और एक टुकड़ा उसके साथ ही चला गया। पायल बोली, "शुक्र है कि बालक की मैया वापस आ गई।" पुजारीजी ने कहा, "बेटी, तुम कहाँ देख रही हो और किसके बारे में बात कर रही हो।"

पायल बोली, "आपने नहीं देखा कि बालक की मैया उसको मेरे से अभी-अभी लेकर गई है," तो पुजारीजी बोले, "लाली, यहाँ तो दूर-दूर तक कोई नहीं है।" यह सुनकर वह हैरान हो गई, यह कैसे हो सकता है! तभी उसका ध्यान बिहारीजी और किशोरीजी के साथ बैठे छोटे से नंदलालजी पर पड़ा, यह देखकर हैरान हो गई कि उस बालक की सूरत बिल्कुल उसी छोटी सी मूर्ति से मिलती थी, उसको और हैरानी इस बात की हुई कि नंदलाल अपने हाथों में उसके दुपट्टे का एक टुकड़ा पकड़े हुए थे।

पायल एकदम से सुन्न हो गई और उसका शरीर जोरों से काँपने लगा, आँखों में आँसू झर-झर बहने लगे और वह सोचने लगी कि आज मेरी परीक्षा का यह परिणाम निकला कि स्वयं नंदलालजी मेरी गोद में खेलने आए, यह मेरे लिए सबसे बड़ा पुरस्कार था। पायल अत्यंत प्रसन्न होते हुए खुशी से झूमने लगी, वह झूम-झूमकर सबको बताना चाहती थी कि देखो, मुझे इतना बड़ा पुरस्कार मिला है, स्वयं नंदलालजी आकर मेरी गोदी में विराजमान हुए हैं।

□

# मैं जानता हूँ कि वह कौन है

डॉ. वेद प्रकाश काफी देर रात तक अस्पताल में मरीजों की देखभाल करने के बाद घर वापस आए तो रात का एक बज चुका था। खाना खाते-पीते रात के एक बजकर तीस मिनट हो चुके थे। रात में दो बजे सोए थे, सुबह-सुबह सात बजे घर के दरवाजे की घंटी बार-बार बजने लगी? इतना सवेरे कौन आ गया— कहते हुए पत्नी ने थोड़ा भुनभुनाते हुए घर का दरवाजा खोला तो देखा, दरवाजे पर लगभग सत्तर वर्षीय एक बुजुर्ग दादाजी खड़े थे। डॉक्टर की पत्नी ने पूछा, "क्या बात है दादाजी, इतनी सुबह-सुबह आप का यहाँ कैसे आना हुआ, क्या बात है? अभी तो डॉक्टर साहब सोए हैं, रात में बहुत देर से आए थे।"

"बेटा, मैं आपके बगलवाले मोहल्ले में रहता हूँ, रामदीन मेरा नाम है, कुछ दिन पहले पैर में रात में अचानक ठोकर लगने से मैं गिर पड़ा और चोट लग गई थी तो मैंने अपने मोहल्ले में एक डॉक्टर को दिखाया तो उन्होंने गहरी चोट बताकर कट गई जगह पर टाँका लगा दिया था, आज सात दिन हो गए हैं, मेरा दर्द तो खत्म हो गया है, कल शाम को उनके यहाँ मैं गया था, टाँका कटवाने तो पता लगा कि वे पंद्रह दिन के लिए कहीं बाहर चले गए हैं, इसलिए मेरा टाँका नहीं कट पाया तो हमने सोचा, आपके यहाँ डॉक्टर साहब से टाँका कटवा लें, इसलिए चला आया, मुझे नौ बजे दूसरी जगह पहुँचना होता है, इसलिए मैं जल्दी आया, सॉरी डॉक्टर बेटा, आपको बुरा लगा, इसलिए मैं वापस चला जाता हूँ, कहीं और देखूँगा।" दरवाजे पर इतनी बात होने से डॉक्टर वेद की नींद खुल चुकी थी।

वे कमरे से बाहर आकर बोले, "कोई बात नहीं दादाजी, आप बैठो, मैं अभी आपका काम कर देता हूँ, लाओ दिखाओ अपना पैर, कहाँ टाँका लगा है।" डॉक्टर ने पूरे ध्यान से उनके पैर देखे और अंदर से टाँका काटने का सामान लाकर टाँके

खोल दिए और कहा कि दादा बहुत बढ़िया है, आपका घाव बिल्कुल भर गया है, चिंता मत करिए, अब ठीक हो गया है, फिर भी मैं पट्टी लगा देता हूँ कि कहीं उस स्थान पर दोबारा चोंट न पहुँचें, दो दिन के बाद स्वयं आप पट्टी खोल दीजिएगा, आपको मेरे पास आने की जरूरत नहीं पड़ेगी।"

डॉक्टर तो बहुत होते हैं, परंतु यह डॉक्टर बहुत हमदर्दी रखनेवाले आदमी और दयालु थे। डॉक्टर ने पट्टी लगाकर पूछा, "दादाजी, आपको कहाँ पहुँचना पड़ता है सुबह नौ बजे? आपको देर हो गई हो तो मैं चलकर आपको अपनी गाड़ी से छोड़ आता हूँ।" बिल लेकर और क्लीनिक खुलने पर समय से उपचार करनेवाले तो बहुत डॉक्टर होते हैं, परंतु बिना बिल लिये इतनी सुबह मरीज का दिल से उपचार करने वाले डॉक्टर समाज में कम ही हैं।

वृद्ध ने कहा कि नहीं-नहीं डॉक्टर साहब, अभी तो मैं अपने घर जाऊँगा और नाश्ता तैयार करूँगा, फिर निकलूँगा और बराबर नौ बजे पहुँच जाऊँगा। रामदीन ने डॉक्टर का आभार माना और जाने के लिए खड़े हुए, तभी डॉक्टर की पत्नी ने आकर कहा, "दादाजी, आप नाश्ता यहीं कर लो न।" रामदीन ने कहा, "नहीं बेटा, मैं तो यहाँ नाश्ता कर लेता, परंतु उसको नाश्ता कौन कराएगा।"

डॉक्टर ने पूछा, "किसको नाश्ता कराना होता है आपको?" तब रामदीन ने कहा, "मेरी पत्नी को।" "तो वे कहाँ रहती हैं?" डॉक्टर ने पूछा, "और नौ बजे आपको उसके पास कहाँ पहुँचना होता है?"

"डॉक्टर साहब! वह तो मेरे बिना एक पल रह ही नहीं सकती थी, परंतु अब वह बहुत अस्वस्थ है, इसलिए लंबे समय से एक नर्सिंग होम में भर्ती है, वहीं मुझे जाना पड़ता है।"

डॉक्टर ने पूछा, "क्यों, उनको क्या तकलीफ है?"

"डॉक्टर साहब मेरी पत्नी को बहुत दिन पहले अल्जाइमर हो गया था, उसकी याददाश्त एकदम से चली गई है, पिछले सात साल से वह मेरे को अब पहचानती भी नहीं है, मैं नर्सिंग होम में रोज जाता हूँ, उसको सुबह नाश्ता खिलाता हूँ, दोपहर में खाना लेकर जाता हूँ, शाम को फिर खाना खिलाने के लिए नर्सिंगहोम जाता हूँ तो वह फटी आँख से मुझे देखती रहती है, लेकिन मैं उसके लिए अनजाना सा हो गया हूँ।" ऐसा कहते-कहते रामदीन की आँखों में आँसू भर गए।

डॉक्टर और उनकी पत्नी की भी आँखें भी गीली हो गईं।

डॉक्टर और उसकी पत्नी ने कहा, "दादाजी? सात साल से आप रोज नर्सिंग होम में उनको नाश्ता और खाना खिलाने जाते हो? आयु अधिक हो गई है और इतने वृद्ध हो तो आप थकते नहीं हो, ऊबते नहीं हो?"

"नहीं बेटा, मैं दिन में तीन बार जाता हूँ, फिर भी मैं थकता नहीं हूँ, डॉक्टर साहब उसने तो जिंदगी में मेरी बहुत सेवा की है और आज मैं उसके सहारे ही जिंदगी जी रहा हूँ, उसको देखता हूँ तो मेरा मन भर आता है, मैं उसके पास बैठता हूँ तो मुझ में शक्ति आ जाती है, अगर वह न होती तो अभी तक मैं भी बिस्तर पकड़ लेता और जाने क्या होता, लेकिन उसको ठीक करना है, उसकी सँभाल करना है, इसलिए मुझ में रोज ताकत आ जाती है, उसके कारण ही सत्तर साल का होने के बाद भी मुझ में इतनी फुर्ती रहती है, रोज सुबह उठ जाता हूँ और तैयार होकर के अपने घर के काम में लग जाता हूँ, यह भाव रहता है कि उसको मिलने जाना है, उसके साथ नाश्ता करना है, उसको नाश्ता कराना है, खाना खिलाना है, उसके साथ नाश्ता करने का खाने का आनंद ही अलग रहता है, मैं उसको अपने हाथ से रोज नाश्ता और खाना खिलाता हूँ तो मुझे बहुत अच्छा लगता है।"

डॉक्टर ने कहा, "दादाजी, एक बात पूछूँ?"

"पूछो न, डॉक्टर साहब।"

डॉक्टर ने कहा, "दादाजी, लेकिन अभी जैसा आपने बताया कि वह तो आपको पहचानती ही नहीं हैं, न तो आपके सामने बोलती हैं, न हँसती हैं तो भी आप इतने दिन से रोज उसको मिलने जाते हो।" तब उस समय वृद्ध ने जवाब में जो शब्द कहे, वह शब्द दुनिया में सबसे अधिक दिल को छूने वाले और मार्मिक हैं।

"डॉक्टर साहब! सात साल से वह नहीं जानती कि मैं कौन हूँ, लेकिन मैं तो जानता हूँ न कि वह कौन है!" और इतना कहते-कहते उनकी आँखों से पानी की धारा बहने लगी।

डॉक्टर और उनकी पत्नी की आँखें भी भर आईं।

□

# योग्य दिशा

हरिगोबिंद उपाध्याय एडोवोकेट माघ महीने के अंतिम मंगलवार अपने ऑफिस में बैठे कुछ जूनियर वकीलों के साथ कोर्ट में कल लगे हुए केस पर चर्चा कर रहे थे, बाहर हल्की-हल्की बारिश भी हो रही थी, एक आदमी बड़ी तेजी से ऑफिस के अंदर हाथ में कागजों का पुलिंदा लिये हुए आया। माघ के महीने में पाँच डिग्री तापमान, हाड़ कँपा देनेवाली ठंड पड़ रही थी। तन पर ठीक से कपड़ा न होने के कारण वह बुरी तरह काँप रहा था, बढ़ी हुई दाढ़ी बाल और पैर में जूते न होने के कारण पैर मिट्टी से सने हुए थे। उसने कागज आगे बढ़ाते हुए ठंड से काँपती आवाज में बोला, "वकील साहब, उसके पूरे फ्लैट पर स्टे लगाना है, आप देखकर बताइए और क्या-क्या कागज लगेगा··· और कितना खर्चा लगेगा?"

हरिगोबिंदजी उनको कुरसी पर बैठने का इशारा करते हुए, घर में काम करनेवाले सुंदर चाचा से बोले, "चाचा, एक कप कड़क चाय अदरक डालकर यहाँ ले आओ और हाँ, साथ में बिस्किट भी ले आना।"

वे कुरसी पर बैठे, उनके सारे कागजात देखे और उनसे सारी जानकारी ली, इसमें आधा-पौना घंटा गुजर गया। बोले, "मैं इन कागजों को देख लेता हूँ, आपके केस पर विचार करेंगे, आप ऐसा कीजिए कि शनिवार को मिलिए मुझसे।"

चार दिन बाद वे फिर से आए, वैसे ही कपड़े पहने हुए बहुत परेशान लग रहे थे और अपने भाई पर बहुत ज्यादा नाराज थे।

उपाध्यायजी ने उन्हें कुरसी पर बैठने के लिए इशारा किया। वे बैठे, उनके बैठते ही ऑफिस में अजीब सी खामोशी छा गई थी, सभी जूनियर उपाध्यायजी की ओर देख रहे थे कि क्या बताते हैं इनको। उपाध्यायजी अपनी बात की शुरुआत की, "चाचाजी! मैंने आपके सारे पेपर्स देख लिये हैं, आप दो भाई हो, माँ-बाप बचपन

में ही गुजर गए थे, आप दसवीं पास हो, छोटा भाई डॉक्टर है, आपने कहा कि छोटे भाई की पढ़ाई के लिए आपने अपना स्कूल छोड़ दिया था, छोटे भाई को पढ़ाई में कोई परेशानी न हो, इसलिए लोगों के खेतों में दिहाड़ी पर काम किया, कभी अंग भर कपड़ा और पेटभर खाना आपको मिला ही नहीं, पर भाई की पढ़ाई के लिए पैसा कम नहीं होने दिया। एक बार खेलते-खेलते भाई पर किसी गाय ने सींग घुसा दिए थे, लहूलुहान हो गया था आपका भाई, फिर आप उसे कंधे पर उठाकर दस किलोमीटर दूर अस्पताल ले गए, सही देखा जाए तो आपकी उम्र भी नहीं थी यह समझने की, पर भाई में जान बसी थी आपकी। माँ-बाप के बाद मैं ही इनका माँ-बाप, ये भावना आपके मन में रही, फिर आपका भाई मेडिकल कॉलेज में एडमिशन ले पाया, आपका दिल खुशी से भरा हुआ था, फिर आपने जी-तोड़ मेहनत की, एक लाख की सालाना फीस भरने के लिए आपने रात-दिन एक कर दिया, पूरा शरीर गला दिया, अपनी बीवी के सारे गहने गिरवी रख साहूकार से पैसा लेकर आपने उसकी हर जरूरत पूरी की, फिर अचानक आपके भाई की किडनी में तकलीफ शुरू हो गई, डॉक्टर ने आपसे कहा कि इसकी किडनी बदलनी पड़ेगी, अगले ही मिनट आपने अपनी किडनी उसे दे दी और कहा कि कल तुझे पढ़-लिखकर बड़ा डॉक्टर बनना है, जगह-जगह नौकरी करनी है, कहाँ-कहाँ घूमेगा एक किडनी ले कर और मुझे तो पूरा जीवन इसी गाँव में रहना है, एक किडनी में ही काम चल जाएगा। यह कहकर उसे अपनी किडनी दे दी, फिर भाई बड़े शहर में मेडिकल की पढ़ाई के लिए हॉस्टल में रहने गया, घर में लड्डू बनवा के देने जाएँ, खेत में मकई खाने को तैयार हुई तो भाई को देने जाएँ, घर में बना घी भाई को देने जाएँ, कोई तीज-त्योहार हो, भाई को नए कपड़े देने जाएँ, घर से हॉस्टल चालीस किलोमीटर था, आप उसे डिब्बा देने सुबह चार बजे घर से साइकिल से निकलकर देर रात तक घर वापस आते थे, न रात को रात समझा न दिन को दिन समझा।

अपने हाथ का निवाला पहले अपने भाई को खिलाया आपने, फिर वह पढ़-लिखकर बड़ा डॉक्टर बन गया, आपने पूरे गाँव में सभी को भोजन खिलाया, फिर उसने उसी कॉलेज की लड़की, जो दिखने में बहुत सुंदर थी, वह भी डॉक्टर थी, उसी से आपको बिना बताए शादी कर ली, आप सिर्फ शादी के समय पर वहाँ गए।

भाई की बड़े मेडिकल कॉलेज में नौकरी लगी, उसकी शादी हुई, अब आपका बोझ हलका होनेवाला था, पर किसी की नजर लग गई, आपके इस प्यार

को, शादी के और नौकरी के बाद भाई ने घर आना बंद कर दिया, पूछा तो कहता है कि मैंने अपनी बीवी को वचन दिया है कि गाँव के घर पर नहीं जाऊँगा, घर पैसा भी नहीं देता, पूछा तो कहता है, कर्जा सिर पर है, कैसे दूँ?

पिछले साल उसने शहर में एक फोर बी.एच.के. का फ्लैट खरीद लिया है, बड़ी गाड़ी खरीदी है, पैसे कहाँ से आए, पूछा तो कहता है कि कर्ज लिया है, मैंने मना किया तो कहता है—भाई, तुझे कुछ नहीं मालूम, तू निरा गँवार ही रह गया, अब तुम्हारा भाई चाहता है गाँव की आधी खेती बेचकर उसे पैसा दे दो, इतना कह के उपाध्यायजी रुके।

"सुंदर चाचा की लाई चाय की प्याली मैंने मुँह से लगाई और तुम चाहते हो भाई ने जो माँगा वह उसे न देकर उसके ही फ्लैट पर स्टे लगाया जाए, क्या यही चाहते हो तुम?" वो तुरंत बोला, "हाँ वकील साहब, मैं यही चाहता हूँ।"

उपाध्यायजी ने कहा, "हम स्टे ले सकते हैं, इसमें कोई दिक्कत नहीं है, भाई के प्रॉपर्टी में हिस्सा भी माँग सकते हैं, पर उसके लिए जो आपने खून-पसीना एक किया है, वह नहीं मिलेगा, आपकी दी हुई किडनी आपको वापस नहीं मिलेगी, आप उसके लिए जो जिंदगी खर्च की है, वो भी वापस नहीं मिलेगी, मुझे लगता है कि भाई के लिए जो आपने अपनी सारी जिंदगी झोंक दी है, मेहनत करके अपना शरीर गला दिया है, उसके सामने तो उस फ्लैट की कीमत एक फूटी कौड़ी के बराबर भी नहीं है।"

भाई की नीयत फिर गई, वह अपने रास्ते चला गया, अब आप भी उसी कृतघ्न सड़क पर मत जाना, वह भिखारी निकला और तुम बहुत दिलदार थे, दिलदार ही रहो, तुम्हारा हाथ हमेशा उसके ऊपर था, ऊपर ही रखो, कोर्ट-कचहरी करने की बजाय अपने दोनों बच्चो को खूब पढ़ाओ-लिखाओ, पढ़ाई करके तुम्हारा भाई बिगड़ गया; इसका मतलब यह कदापि नहीं है, बच्चे भी ऐसा ही करेंगे, ये तो नहीं होता।

वह उपाध्यायजी का मुँह ताकने लगा और उठकर खड़ा हुआ, मेज पर रखे अपने सारे कागजात उठाए और आँखों से आँसू पोछते हुए कहा, "चलता हूँ, वकील साहब।" उसकी रुलाई फूट रही थी और वह मुझे दिख न जाए, ऐसी कोशिश कर रहा था। इस बात को अरसा गुजर गया था, कल बहुत दिनों बाद अचानक मेरे ऑफिस में आया, साथ में एक नौजवान था, हाथ में डिब्बा था। मैंने कहा, "बाबा, बैठो!"

उसने कहा, "बैठने नहीं आया वकील साहब, आपको मिठाई खिलाने आया

हूँ, यह मेरा बेटा, दिल्ली में रहता है, कल आया है गाँव, अब तीन मंजिला मकान बना लिया है, थोड़ी-थोड़ी करके दस-बारह एकड़ खेती गाँव में खरीद ली है।"

अब मैं उसके चेहरे से टपकती हुई खुशी को महसूस कर रहा था।

"वकील साहब, आपने मुझे कहा कि कोर्ट-कचहरी के चक्कर में मत लगो, गाँव में सब लोग मुझे भाई के खिलाफ उकसा रहे थे, मैंने उनकी एक भी नहीं सुनी, आपकी बात सुन ली, मैंने अपने बच्चों को पढ़ा-लिखाकर लाइन से लगाया और भाई के पीछे अपनी जिंदगी बरबाद नहीं होने दी, कल भाई भी आकर पाँव छू के गया, कह रहा था कि माफ कर दो मुझे, हमसे बड़ी गलती हो गई, जो मैंने आपसे ऐसा बोला।"

हाथ का पेड़ा हाथ में ही रह गया, मेरे आँसू टपक ही गए आखिर, गुस्से को योग्य दिशा में मोड़ा जाए तो पछताने की जरूरत ही न पड़े।

□

# गणेशजी ने भुगतान किया

जय स्वर्णकार लखनऊ के निवासी हैं, भगवान् ने उन्हें अच्छा रूप और प्रतिभा दी है, पढ़ाई के समय बड़ा शौक था कि बड़े होकर मॉडलिंग करेंगे, परंतु पिता कामता प्रसादजी, जहाँ इंजीनियरिंग करके उत्तर प्रदेश सरकार में सरकारी अधिकारी थे, वहीं धर्मपरायण भी थे, साथ ही एक सामाजिक कार्यकर्ता होने के नाते अपने सभी बच्चों को अच्छा संस्कार देकर और अपने परिवार को जोड़कर रखना चाहते थे। उनको मालूम था कि मॉडलिंग की दुनिया में जाने से संस्कार बिगड़ जाएगा, इसलिए उनको यह मंजूर नहीं था। जय के बड़े भाई से बात करके उसके पास सूरत भेजने की योजना बनाई, सूरत में बड़े भाई का हीरे का व्यवसाय था, इसलिए पिता ने लखनऊ से बड़े भाई के पास सूरत भेज दिया कि वहीं भाई के काम में अभी हाथ बँटाएगा, बाद में अपना खुद का व्यापार करेगा।

जय की इच्छा तो नहीं थी कि लखनऊ छोड़कर जाए, क्योंकि लखनऊ की गलियों में जहाँ बचपन बीता, यहाँ की शरारतें, लखनऊ की नजाकत, लखनऊ की शान-शौकत, लखनऊ की सूखी और गीली रंगबाजी, चौक का मक्खन, नेतराम की जलेबी-कचौड़ी, त्रिपाठी की चाट का आनंद था, वह छोड़कर जाने का मन नहीं था, ईश्वर ने लंबाई और सुंदरता दोनों प्रदान की थी, इसलिए लखनऊ यूनिवर्सिटी की सभी प्रकार की मित्र मंडली, जो इनके स्वभाव और सुंदरता पर मर मिटनेवाले थे, वह सबकुछ छूटनेवाला था, लेकिन कुछ ही दिनों बाद न चाहते हुए भी पिताजी का आदेश मानकर जय को लखनऊ से हजारों किलोमीटर दूर सूरत के लिए प्रस्थान करना पड़ा। उस समय तो लगा कि मैं दूसरे देश जा रहा हूँ, कुछ दिन तो यही लगा कि मेरी दुनिया ही बिखर गई, सबकुछ छूट गया, सूरत में भैया-भाभी को छोड़कर सबकुछ नया था, नए शहर, नए लोग, उस समय आज, जैसा मोबाइल फोन और

सोशल मीडिया भी प्रचुर मात्रा में उपलब्ध नहीं था कि जिससे लखनऊ से अलग हो सूरत जाकर भी सभी के दिलों की धड़कनों की दूरियाँ कम कर सके।

जहाँ सूरत भी गुजरात का एक अच्छा शहर है, वहीं साड़ी और हीरे का अंतरराष्ट्रीय बाजार भी है, वहाँ की रौनक ही कुछ अलग रंग लिये होती है, भाई के काम में हाथ बँटाते हुए कुछ दिनों बाद जब लखनऊ से मोह भंग हुआ और सूरत की हवा लग गई, फिर लखनऊ भूलकर वहीं के होकर रह गए और अपनी नई दुनिया तैयार हो गई, कुछ दिन भाई के साथ व्यापार में हाथ बँटाया, काम सीखा, अद्‌भुत प्रतिभा के धनी होने के कारण जल्दी ही अपना कारोबार अलग से शुरू कर लिया, देखते-ही-देखते प्रभु की कृपा से काम अच्छा चल गया।

जैसे ही जय एक जिम्मेदारी सँभालने में सफल हुए, पिता कामता प्रसादजी ने लड़का बहकने न पाए, इसलिए एक जीवनसाथी खोजने का काम शुरू कर दिया, परिवार की पुरानी परंपरा के हिसाब से बिना जय से सलाह लिए उत्तर प्रदेश में झाँसी के पास अच्छा परिवार देखकर एक रूपवान एवं सुशील कन्या से विवाह तय कर दिया। पूरा जीवन साथ बिताना है, इसलिए जहाँ आजकल लड़का-लड़की बिना एक-दूसरे को देखे हुए बिना बातचीत किए हुए, बिना कुछ समय साथ बिताए हुए विवाह नहीं करते हैं, वहीं दोनों ने बड़े-बुजुर्गों के निर्णय को सहर्ष स्वीकार कर लिया और पूरे विधि-विधान से दोनों पूरा जीवन साथ बिताने के लिए विवाह के बंधन में बँध गए।

खुद के व्यापार ने रंग पकड़ा और उसकी दुकान से बने हुए हीरे के गहने दूर-दूर तक मशहूर हो गए, लोग दूसरे शहर से भी जय की दुकान से गहने लेने और बनवाने आते थे, चाहे हाथों की अँगूठी हो या गले का हार हो या और कुछ, इतना बड़ा कारोबार होने के बावजूद भी जय बहुत ही शांत और सरल स्वभाव वाला व्यक्ति था, प्रभु ने माया का रंग चढ़ने से भी उसे बचा रखा था। एक दिन उसका एक मित्र उसकी दुकान पर आया, जो कि अपने पत्नी सहित सोमनाथ धाम से होकर वापस आ रहा था तो उस मित्र ने सोचा कि चलो थोड़ा सा प्रसाद अपने मित्र जय को भी देता चलूँ।

उसकी दुकान पर जब वह पहुँचा, तब जय का एक कारीगर सोने में हीरे जड़ित बहुत सुंदर हार बनाकर जय को देने के लिए दुकान पर आया था।

जय उस हार को देख ही रहा था कि उसका मित्र उसकी दुकान पर पहुँचा,

जय का मित्र अपने साथ सोमनाथ धाम से एक बहुत सुंदर गणेशजी की मनमोहक सी छोटी सजीव मूर्ति लेकर आया था, जब उसका मित्र दुकान पर बैठा तो उसकी गोद में गणेशजी विराजमान थे, जय गणेशजी का मनमोहक रूप सौंदर्य को देखकर अत्यंत आनंदित हुआ, उसने अपने हाथ में पकड़ा हुआ हार उस गणेशजी के गले में डाल दिया और अपने मित्र को कहने लगा कि देखो तो सही, इस हार की शोभा गणेशजी के गले में पड़ने से कितनी बढ़ गई है।

उसका मित्र और जय आपस में बातें करने लगे; बातों-बातों में ही उसका मित्र गणेशजी को हार सहित लेकर चला गया, दोनों को ही पता न चला कि हार गणेशजी के गले में ही पड़ा रह गया है।

जय का मित्र अपनी पत्नी सहित एक टैक्सी में सवार होकर अपने घर को रवाना हो गया, जब वह टैक्सी से उतरे तो भूलवश गणेशजी उसी टैक्सी में रह गए।

टैक्सीवाला एक गरीब आदमी था, जिसका नाम राहुल था, जो कि दूसरे शहर से यहाँ अपने परिवार का पालन-पोषण करने के लिए टैक्सी चलाता था और वह टैक्सी लेकर काफी आगे निकल चुका था, आज उसको अपने घर वापस जाना था, जो कि दूसरे शहर में था, जब टैक्सी लेकर राहुल अपने घर पहुँचा तो उसने जब अपनी टैक्सी की पिछली सीट पर देखा तो उसका ध्यान गणेशजी पर पड़ा, जो बड़े शाही तरीके से पिछली सीट पर गले में हार धारण करके सुंदर सी पोशाक पहने पसरकर बैठे हुए हैं।

राहुल यह देखकर एकदम से घबरा गया कि यह गणेशजी किसके हैं, क्योंकि टैक्सी में तो दिन भर में कई लोग बैठ चुके थे, लेकिन अब वह दूसरे शहर से अपने शहर जा चुका था, जो कि काफी दूर था और वह सवारी का घर भी नहीं जानता था तो वह दुविधा में पड़ गया कि वह क्या करे, लेकिन फिर उसने बड़ी श्रद्धा से हाथ धोकर गणेशजी को उठाया और अपने घर के अंदर ले गया, जैसे ही उसने घर के अंदर प्रवेश किया, उसकी पत्नी ने उसके हाथ में पकड़े हुए ऐसे सजीव गणेशजी को जब देखा तो झट से अपने पति के हाथों से ले लिया।

शादी के दस साल हुए, लेकिन पत्नी को अभी तक कोई संतान नहीं थी, लेकिन गणेशजी को हाथ में लेते ही उसका वात्सल्य भाव जाग उठा, उसकी ममतामयी और करुणामयी आँखें झर-झर बहने लगीं, ममतावश और वात्सल्य भाव के कारण गणेशजी को गोद में उठाते ही उसको ऐसे लगा, जैसे उसने किसी अपने

ही बच्चे को गोद में उठाया है, उसके स्तनों से अपने आप दूध निकलने लगा, अपनी ऐसी दशा देखकर राहुल की पत्नी लक्ष्मी बहुत हैरान हुई, उसने कसकर गणेशजी को अपने सीने से लगा लिया और आँखों में आँसू बहाती बोलने लगी—अरे राहुल! तुम नहीं जानते कि आज तुम मेरे लिए कितना अमूल्य रत्न लेकर आए हो।

राहुल कुछ समझ नहीं पा रहा था कि मेरी पत्नी को अचानक यह क्या हो गया है, लेकिन उसकी पत्नी तो जैसे दीवानी सी हो गई थी। वह गणेशजी को जल्दी-जल्दी अंदर ले गई और उससे बातें करने लगी—अरे, इतनी दूर से आए हो तुम्हें भूख लगी होगी और उसने जल्दी-जल्दी मधु और घी से बनी चूरी बनाकर तथा दूध गरम करके गणेशजी को भोग लगाया।

उधर जय ने जब अपनी दुकान पर हार को न देखा तो उसको याद आया कि हार तो गणेशजी के गले में ही रह गया है तो उसने अपने मित्र को संदेशा भेजा तो मित्र ने आगे से जवाब दिया, अरे मित्र! वह गणेशजी हार सहित खुद ही चोरी हो गए हैं, मैं तो खुद इतना परेशान हूँ।

जय अब थोड़ा सा परेशान हो गया कि इतना कीमती हार न जाने कहाँ चला गया, मुझे तो लाखों का नुकसान हो गया, लेकिन फिर भी अपने सरल स्वभाव के कारण उसने अपने मित्र को कुछ नहीं कहा और उसने अपने मन में सोचा कि कोई बात नहीं, मेरा हार तो गणेशजी के ही अंग लगा है, अगर मेरी भावना सच्ची है तो गणेशजी उसको पहने रखें।

उधर राहुल और उसकी पत्नी लक्ष्मी दिन-रात गणेशजी की सेवा करते, अब तो लक्ष्मी और राहुल को गणेशजी अपने बेटे जैसे ही लगने लगे। गणेशजी की कृपा से अब लक्ष्मी के घर कुछ ही दिन बाद एक बहुत ही सुंदर बेटी ने जन्म लिया, इन सब बातों का श्रेय वह गणेशजी को देते कि यह हमारा बेटा है और अब हमारी बेटी हुई है, अब हमारा परिवार पूरा हो गया।

लक्ष्मी-गणेशजी को इतना स्नेह करती थी कि रात को उठ-उठकर देखने जाती थी कि उन्हें को कोई कष्ट तो नहीं है।

ऐसे ही एक दिन जय को व्यापार के लिए दूसरे शहर जाना पड़ा, लेकिन जब वह उस शहर में पहुँचा तो अचानक से तेज बारिश शुरू हो गई। बारिश ऐसी कि रुकने का नाम नहीं ले रही थी, जय को जहाँ पहुँचना था, वहाँ पहुँच न सका, उसे परेशान देखकर एक टैक्सीवाले ने जय से पूछा, "बाबूजी, आप यहाँ क्यों खड़े हो

बारिश तो रुकनेवाली नहीं और सारे शहर में पानी भरा हुआ है, आप अपनी मंजिल तक न पहुँच पाओगे और न ही कहीं और रुक पाओगे, मेरा घर पास में ही है, अगर आप चाहो तो मेरे घर चल सकते हो।"

जय के पास हीरे के काफी गहने थे, वह अनजान टैक्सी वाले के साथ जाने के लिए थोड़ा सा घबरा रहा था, लेकिन उसके पास और कोई उपाय भी नहीं था, इसलिए वह टैक्सीवाले के घर उसके साथ टैक्सी में बैठकर जाने को तैयार हो गए, रास्ते में बातचीत से पता कि चला टैक्सीवाले का नाम राहुल है। घर पहुँचते ही राहुल ने लक्ष्मी को आवाज दी कि आज हमारे घर मेहमान आए हैं, उनके लिए खाना बनाओ।

जय ने देखा कि राहुल का घर बहुत छोटा सा है, लेकिन व्यवस्थित ढंग से सजा हुआ है, घर में अजीब तरह के इत्र की खुशबू आ रही है, जो कि उसके हृदय को बहुत आनंदित कर रही थी।

जब लक्ष्मी ने उनको भोजन परोसा तो जय को भोजन में अमृत जैसा स्वाद आया। उसका ध्यान बार-बार उस दिशा की तरफ जा रहा था, जिधर गणेशजी अपने आसन पर विराजमान थे, वहाँ से उसको एक अजीब तरह का प्रकाश नजर आ रहा था तो हारकर जय ने राहुल को पूछा कि अगर आपको कोई एतराज न हो तो क्या आप बता सकते हैं कि उस दिशा में क्या रखा है? मेरा ध्यान उसकी तरफ आकर्षित हो रहा है।

तो राहुल और लक्ष्मी ने एक-दूसरे की तरफ मुसकराते हुए कहा कि वहाँ पर तो हमारे घर के सबसे अहम सदस्य गणेशजी विराजमान हैं। जय ने कहा, "क्या मैं उनके दर्शन कर सकता हूँ? "हाँ क्यों नहीं!" लक्ष्मी उनको उस कोने में ले गई, जहाँ पर गणेशजी विराजमान थे।"

जय ने गणेशजी को प्रणाम किया और उनके गले में पड़े हार को देखकर एकदम से हैरान हो गया, यह तो वही हार है, जो मैंने अपने मित्र के द्वारा लाए गणेशजी के गले में डाला था। जय ने बड़ी विनम्रता से पूछा कि यह गणेशजी तुम कहाँ से लाए हो? राहुल जिसके मन में कोई छल-कपट नहीं था, उसने जय को सारी बात बता दी कि बाबूजी मैं टैक्सी चलाता हूँ, सवारी लेकर कहीं भी इधर-उधर यहाँ तक कि दूर दूसरे शहर भी चला जाता हूँ, एक दिन टैक्सी लाकर खड़ी की तो पीछे की सीट पर हमको ये विराजमान मिले और इनके हमारे घर में आने से हमारा दुर्भाग्य सौभाग्य में बदल गया।

जय ने कहा, "क्या तुम जानते हो कि जो हार गणेशजी के गले में पड़ा है, उसकी कीमत क्या है?" राहुल और लक्ष्मी ने बड़ी विनम्रता से हाथ जोड़कर कहा कि जो चीज हमारे गणेशजी के अंग लग गई, हम उसका मूल्य नहीं जानना चाहते और हमारे गणेशजी के सामने किसी चीज या किसी हार का कोई मोल नहीं है तो जय एकदम से चुप हो गया और उसने मन में सोचा कि चलो, अच्छा है मेरा हार गणेशजी ने अपने अंग लगाया हुआ है।

अगले दिन वह चलने को तैयार हुआ और राहुल उनको टैक्सी में लेकर उनके मंजिल तक पहुँचाने ले गया। जब जय टैक्सी से उतरा और जाने लगा, तभी राहुल ने उनको आवाज लगाई कि बाबूजी जरा रुको, यह आपका कोई सामान हमारी टैक्सी में रह गया है, लेकिन जय ने कहा, "मैंने तो वहाँ कुछ नहीं रखा है," "लेकिन बाबूजी यह छोटा सा बैग तो आपका ही है," जब जय ने उसको खोलकर देखा तो उसमें बहुत सारे रुपए थे।

जय एकदम से हक्का-बक्का रह गया कि ये तो इतने रुपए हैं, जितनी कि उस हार की कीमत है उसकी आँखों में आँसू आ गए कि जब तक मैंने निश्छल भाव से गणेशजी को वह हार धारण करवाया हुआ था, तब तक उन्होंने पहने रखा, मैंने उनको पैसों का सुनाया तो उन्होंने मेरा भुगतान कर दिया, वह गणेशजी से क्षमा माँगने लगा, लेकिन अब हो भी क्या सकता था?

□

# बिखरते परिवार

राजेश और लक्ष्मी के विवाह के तीन वर्ष बाद घर में एक नन्ही सी परी का आगमन हुआ। ईश्वर की कृपा से घर में धन-दौलत और वह सब कुछ था, जो एक संपन्न एवं सुखी घर में चाहिए। समाज में परिवार की प्रतिष्ठा भी थी, फिर भी जो कुछ था, उससे संतुष्ट न होकर दोनों अपने पुश्तैनी गाँव से नोएडा शहर में आकर अलग-अलग एक विदेशी कंपनी, जिसका हेड ऑफिस अमेरिका में था, में नौकरी ज्वॉइन कर ली और व्यस्त हो गए। दिन भर घर का सारा काम सँभालने के लिए उसी शहर में रहनेवाली संतोष को रख लिया। संतोष सुबह-सुबह आ जाती थी और रात्रि में अपना सारा काम समाप्त करके ही जाती थी। दो ही साल में राजेश और लक्ष्मी अपनी-अपनी कंपनी में अपना बड़ा स्टेट्स बना चुके थे, दोनों को कंपनी ने काम के प्रोग्रेस को देखते हुए गाड़ी भी उपलब्ध करा दी थी। इधर राजेश और लक्ष्मी ने संतोष की पगार भी बढ़ा दी और रात में घर पर ही एक रूम देकर रुकने को बोल दिया। अब नन्हीं परी सी दिखनेवाली पूजा के साथ-साथ राजेश और लक्ष्मी के भी छोटे बड़े सभी काम संतोष ही निपटाती थी।

धीरे-धीरे पूजा स्कूल जाने के लायक हो गई तो एक अच्छे से स्कूल में प्रवेश हो गया और वह स्कूल बस में बैठकर स्कूल जाने लगी। पढ़ने-लिखने में तो पूजा बहुत अच्छी थी, सभी क्लासेज में अच्छे नंबर लाती थी, धीरे-धीरे पूजा सातवीं पास करके आठवीं में गई और अब पूजा बारह साल की हो गई और सब बातें समझने लायक हो गई थी।

पूजा के आने से ही दोनों के रास्ते बदलने लगे थे, बात यहाँ तक आ गई कि राजेश पिछले कुछ समय से लक्ष्मी से तलाक चाह रहा था और चाहता था कि पूजा की जिम्मेदारी लक्ष्मी उठाए और लक्ष्मी पूजा की जिम्मेदारी राजेश को देने के साथ

पुश्तैनी जायदाद में हिस्सा भी चाहती थी, इस कारण दोनों लड़ते रहते थे, बच्चे की जिम्मेदारी कोई नहीं लेना चाहता था, इसलिए दोनों एक-दूसरे के लिए अपशब्दों का इस्तेमाल करते थे, बेचारी पूजा स्कूल से घर आकर चुपचाप अपने कमरे में दुबक जाती थी।

जैसे-जैसे पूजा बड़ी होती गई, वैसे-वैसे पता लगने लगा कि मम्मी-पापा दोनों आपस में झगड़ते हैं और दोनों लोग बेटी होने के नाते हमें पसंद नहीं करते हैं, दोनों के मुँह से यह निकल जाता है—पूजा को तुम सँभालो, अतः दोनों लोग अपने पर हमें बोझ समझते हैं।

सुबह के साढ़े आठ बजे जब पूजा स्कूल जाने को तैयार हुई तो धीरे से ऊपर माँ के बेडरूम में गई और थोड़ा सा दरवाजा खोलकर देखा तो सारा सामान बिखरा हुआ पड़ा था। नीचे ड्राइंगरूम में आई तो पापा सोफे पर बेसुध होकर सो रहे थे, अपने कमरे में वापस आई और अपना बैग उठाकर स्कूल के लिए निकलने लगी तो संतोष आई। पूजा बेटा, पनीर का पराँठा बनाया है, तुम खा लो। पूजा ने दुःखी नजरों से संतोष की ओर देखा, "नहीं आंटी भूख नहीं है।" संतोष ने जबरदस्ती टिफिन उसके बैग में डाल दिया, पूजा के स्कूल निकलते ही संतोष सोचने लगी, बेचारी छोटी बच्ची, साहब और मेमसाहब के रोज के लड़ाई-झगड़े से बारह साल की उम्र में कितनी बड़ी हो गई है। संतोष पिछले आठ सालों से राजेश व लक्ष्मी के यहाँ काम कर रही है, दोनों बड़ी कंपनी में ऊँचे पदों पर काम कर रहे हैं, पूजा उनकी इकलौती बेटी है, घर में किसी भी चीज की कमी नहीं है, पर हर समय दोनों एक-दूसरे से लड़ते रहते हैं, केवल संतोष आंटी से ही बात करती है, रोज की तरह आज भी राजेश और लक्ष्मी ने नाश्ता अपने-अपने कमरे में किया और अपने-अपने ऑफिस के लिए निकल गए।

पूजा शाम को पाँच बजे स्कूल से वापस आ गई। संतोष आंटी घर में थी, अपना बैग रूम में रखकर बैठी तो संतोष ने कहा, "बेटा, फ्रेश हो जाओ, मैं नाश्ता ला रही हूँ, कर लो।" नाश्ता किया और गुमसुम पूजा अपने रूम में ही सो गई। बड़ी मुश्किल से संतोष ने रात्रि नौ बजे पूजा को जगाकर खाना खिलाया। राजेश और लक्ष्मी देर रात में कब आए, पूजा को पता नहीं चला। इन दोनों ने भी संतोष से ही पूजा का हाल-चाल ले लिया, संतोष ने दोनों को खाना खिलाया और अपने कमरे में सोने चली गई।

पूजा की नींद खुली तो रात्रि के तीन बज रहे थे, रूम के बाहर निकली तो चक्कर आया और गिर गई। सिर में गहरी चोट आई और बेहोश हो गई। सुबह पाँच बजे संतोष उठी तो देखा पूजा बेहोश पड़ी है, जाकर राजेश और लक्ष्मी को बताया कि पूजा को चोट लग गई है, बेहोश पड़ी है, दोनों ने आकर देखा तो हॉस्पिटल लेकर भागे। डॉक्टर ने बताया चोट गहरी लगी है, ऑपरेशन करना पड़ेगा। ऑपरेशन होकर ICU में आ गई, बहुत प्रयास के बाद भी जिंदगी मौत से हार गई, दोनों को ऐसा झटका लगा कि अपनी सुध-बुध ही खो बैठे थे। समाचार सुनकर गाँव से पूजा की दादी भी आ गई थी। बेटा-बहू को देखकर नफरत से मुँह फेर लिया, सारा संस्कार निबटने के बाद राजेश ने अपनी माँ को रोकना चाहा, पर उन्होंने आँखों में आँसू भरकर कहा, "तुम दोनों खूनी हो, तुम्हारी जिद मेरी पोती को खा गई, मैं उसे अपने साथ ले जाना चाहती थी, पर तुम दोनों ने उसे अपने अहं का मोहरा बनाकर उसकी जान ले ली।" माँ चली गई। संतोष तब से सदमे में थी, फिर उसने जैसे-तैसे होश सँभाला, राजेश और लक्ष्मी से कहा, "मेमसाहब, मैं अब यहाँ नहीं रह पाऊँगी, इस घर की दीवारों की एक-एक ईंट मेरी पूजा की सिसकियों से भरी हैं, उसे मैंने कभी अपनी गोद में तो कभी छिपकर बहुत रोते हुए देखा है, कभी तो मेरा मन किया कि उसे लेकर भाग जाऊँ, पर मैं डरपोक थी, ऐसा नहीं कर सकी, अगर चली जाती तो शायद वो आज जिंदा होती।"

राजेश और लक्ष्मी के पास अब शायद कहने को कुछ नहीं था, जैसे-जैसे दिन बीत रहे थे, उनका लड़ाई झगड़ा एक अजीब सी बर्फ में तब्दील हो चुका था, उनकी सारी भावनाएँ अंदर-ही-अंदर एक खामोशी अख्तियार कर चुकी थीं। संडे का दिन था, बड़ी मुश्किल से लक्ष्मी ने पूजा के रूम में जाने की हिम्मत जुटाई थी, महीनों से दोनों उसके कमरे में कदम नहीं रखते थे, कैसे माँ-बाप थे वे दोनों। उसका रूम उसका बेड, तकिया, उसकी पुस्तकें, उसकी पेंसिल-पैन-स्कूल बैग सब वैसे ही रखा था, अलमारी खोली तो उसके कपड़े नीचे गिर पड़े, उसका हलका ब्लू नाइट सूट, जो उसे सबसे अधिक पसंद था और जिसे वह अकसर पहना करती थी। लक्ष्मी रोते हुए अलमारी से सामान निकालने लगी, तभी उसके हाथ एक ब्लू कलर की डायरी लगी, उसने काँपते हाथों से उसे खोला, आगे के कुछ पेज फटे हुए थे, पेज दर पेज टूटे दिल का हाल छोटे-छोटे टुकड़ों में लिखा था।

पहले पेज पर लिखा था—मम्मी-पापा, मैं आपको डियर नहीं लिखूँगी,

क्योंकि डियर का मीनिंग प्यारा होता है, पापा आप मम्मी से कहते हो कि तुम्हारी बेटी और मम्मी आप पापा से कहती हो तुम्हारी बेटी, आप दोनों यह क्यों नहीं कहते हो हमारी बेटी है।

अगले पेज पर था—पता है, जब मैं मामा के घर लखनऊ जाती हूँ, मामा-मामी मुझे बहुत प्यार करते हैं। मामी रोली को जब प्यार से मेरा बच्चा कहती हैं तो मुझे लगता है कि क्या मैं प्यारी बच्ची नहीं हूँ? मम्मा मैं तो आपका सारा कहना मानती हूँ, फिर भी आपने मुझे कभी प्यारी बच्ची नहीं कहा।

अगले पेज पर था—मम्मी, जब मैं बुआ के घर जाती हूँ तो बुआ मुझे बहुत प्यार करती हैं, पर खाना अर्जुन की पसंद का बनाती हैं।

अगले पेज पर था—मम्मा, मुझे भी छोला बहुत पसंद है, मैंने कहा था कि आप बनाओ, पर आपने कहा—मुझे तंग मत किया करो, जो खाना है, संतोष आंटी को बोल दिया करो, पता है मम्मा, मैंने छोला खाना छोड़ दिया है, अब मन नहीं करता।

अगले पेज पर था—पापा, मैं आपके साथ आइसक्रीम खाने जाना चाहती थी, पर आपने कहा—आपके पास फालतू चीजों के लिए टाइम नहीं है, पापा! जब अनु मौसी और मौसाजी मुझे और अतुल को आइसक्रीम खिलाने ले जा सकते हैं तो फिर वे क्यों नहीं कहते कि ये सब फालतू चीजें हैं, इसके लिए मेरे पास टाइम नहीं है।

अगले पेज पर था—पापा पता है, जब मैं चाचा के घर दिल्ली जाती हूँ तो चाचा नीलू को लेकर बाजार से पसंद का कपड़ा दिलाने जाते हैं तो आप क्यों बोलते हो कि संतोष आंटी के साथ जाकर ले आओ।

अगले पेज पर था—पता है मम्मी-पापा, मैं अपने घर से दूर जाना चाहती हूँ, जहाँ मुझे यह न सुनाई दे कि पूजा को मैं नहीं रखूँगी, जहाँ पापा के चिल्लाने की आवाज न सुनाई दे।

अगले पेज पर था—पापा! अगर मैं बड़ी होती तो मैं आप दोनों को कभी परेशान नहीं करती, मैं खुद ही चली जाती। मैं तो आप दोनों से बहुत प्यार करती हूँ। पापा-मम्मी आप दोनों मुझे प्यार क्यों नहीं करते?

अगले पेज पर था—आइ लव यू संतोष आंटी, मुझे प्यार करने के लिए, आप मुझे बहुत अच्छी लगती हैं, मेरी हर बात सुनती हैं और हमें खाना भी खिलाती हैं।

और अंतिम पेज पर था—दादी! आई लव यू, आप मुझे यहाँ से ले जाओ,

आई प्रॉमिस, कभी तंग नहीं करूँगी मैं आप को!

लक्ष्मी डायरी को अपने सीने से लगाकर जोर-जोर से रो पड़ी, राजेश भी उसके रोने की आवाज सुनकर आ गया था, लक्ष्मी ने डायरी उसे पकड़ा दी, पेज-दर-पेज पलटते हुए उसके चेहरे के भाव बदलते जा रहे थे, वह खुद को सँभाल नहीं पाया, जमीन पर बैठ गया, लक्ष्मी रोते हुए बोली, "राजेश, पता है, वह एक्सीडेंट नहीं आत्महत्या थी, सुसाइड था, जिस रिश्ते को हम बोझ समझते थे, हमारी पूजा ने उससे हमें आजाद कर दिया, राजेश हम दोनों ने अपनी बच्ची का खून किया है।" राजेश फूट-फूटकर रो पड़ा। राजेश और लक्ष्मी ने अपने तलाक के इरादे तो बदल दिए, लेकिन अब कुछ नहीं हो सकता था।

बेटी हो या बेटा, दोनों ईश्वर के अनमोल रत्न है, इनके सामने आपस में झगड़ने से परिवार बिखर जाता है, वहीं उसका खामियाजा बच्चे भरते हैं, अच्छी परवरिश रुपए-पैसे सुख-सुविधाओं से नहीं होती है, बल्कि आप बच्चे की जरूरत के समय उसके कितने करीब होते हैं।

□

# गौरैया का विश्वास

कुरुक्षेत्र के युद्धक्षेत्र को विशाल सेनाओं के आवागमन की सुविधा के लिए तैयार किया जा रहा था, उन्होंने हाथियों का इस्तेमाल पेड़ों को उखाड़ने और जमीन साफ करने के लिए किया जा रहा था, उसी समय एक पेड़ पर एक गौरैया अपने चार बच्चों के साथ घोंसला बनाकर रहती थी, जब उस पेड़ को उखाड़ा जा रहा था तो उसका घोंसला जमीन पर गिर गया, लेकिन चमत्कारी रूप से उसकी चार संतानें किसी अनहोनी से बच गईं, लेकिन वे अभी बहुत छोटे होने के कारण उड़ने में असमर्थ थे।

कमजोर और भयभीत गौरैया अपनी संतानों की मदद के लिए इधर-उधर देख रही थी, तभी उसने कृष्ण को अर्जुन के साथ वहाँ आते हुए देखा। वे युद्ध के मैदान की जाँच करने और युद्ध की शुरुआत से पहले जीतने की रणनीति तैयार करने के लिए वहाँ आए थे।

उसने कृष्ण के रथ तक पहुँचने के लिए अपने छोटे पंख फड़फड़ाए और किसी प्रकार श्रीकृष्ण के पास पहुँची और बोली—हे कृष्ण! कृपया मेरे बच्चों को बचा लीजिए, क्योंकि लड़ाई शुरू होने पर कल उन्हें कुचल दिया जाएगा।

सर्वव्यापी भगवन् बोले, "मैं तुम्हारी बात सुन रहा हूँ, लेकिन मैं प्रकृति के कानून में हस्तक्षेप नहीं कर सकता।"

गौरैया ने कहा, "हे भगवान्! मैं जानती हूँ कि आप मेरे उद्धारकर्ता हैं, मैं अपने बच्चों के भाग्य को आपके हाथों में सौंपती हूँ, अब यह आपके ऊपर है कि आप उन्हें मरने देते हैं या उन्हें बचाते हैं?"

श्रीकृष्ण ने एक साधारण व्यक्ति की तरह उससे बात की कि कालचक्र पर

किसी का वश नहीं चलता है, जिसका आशय था कि वहाँ ऐसा कुछ भी नहीं था, जिसके बारे में वह कुछ भी कर सकते थे।

गौरैया ने विश्वास और श्रद्धा के साथ कहा, "प्रभु, आप कैसे और क्या करते है, वह मैं नहीं जान सकती हूँ, आप स्वयं काल के नियंता हैं, यह मुझे पता है, मैं सारी स्थिति एवं परिस्थति एवं स्वयं को परिवार सहित आपको समर्पित करती हूँ।"

भगवन् बोले, "अपने घोंसले में तीन सप्ताह के लिए भोजन का संग्रह करो, गौरैया और श्रीकृष्ण के संवाद से अनभिज्ञ अर्जुन गौरैया को दूर भगाने की कोशिश करते हैं। गौरैया ने अपने पंखों को कुछ मिनटों के लिए फुलाया और फिर अपने घोंसले में वापस चली गई।

दो दिन बाद शंख के उद्घोष से युद्ध शुरू होने की घोषणा हो गई। कृष्ण ने अर्जुन से कहा कि अपने धनुष और बाण थोड़ी देर के लिए मुझे दो। अर्जुन चौंके, क्योंकि कृष्ण ने युद्ध में कोई भी हथियार नहीं उठाने की शपथ ली थी। इसके अतिरिक्त अर्जुन का मानना था कि वे ही सबसे अच्छा धनुर्धर हैं, मुझे आज्ञा दें, भगवन्, अर्जुन ने दृढ़ विश्वास के साथ कहा, "मेरे तीरों के लिए कुछ भी अभेद्य नहीं है।"

चुपचाप अर्जुन से धनुष लेकर कृष्ण ने एक हाथी को निशाना बनाया, लेकिन हाथी को मारकर के नीचे गिराने के बजाय तीर हाथी के गले की घंटी में जा टकराया और एक चिनगारी सी उड़ गई।

अर्जुन यह देखकर अपनी हँसी नहीं रोक पाया कि कृष्ण एक आसान से निशाने में चूक गए।

"क्या मैं प्रयास करूँ प्रभु?" उसने स्वयं को प्रस्तुत किया। उसकी प्रतिक्रिया को नजरअंदाज करते हुए कृष्ण ने अर्जुन को धनुष वापस दिया और कहा कि कोई और कार्रवाई इस पर आवश्यक नहीं है।

"लेकिन केशव, आपने हाथी को क्यों तीर मारा?" अर्जुन ने पूछा।

"क्योंकि इस हाथी ने उस गौरैया के आश्रय उसके घोंसले को, जो कि एक पेड़ पर था, उसको गिरा दिया था।"

"कौन सी गौरैया?" अर्जुन ने पूछा, "इसके अतिरिक्त हाथी तो अभी स्वस्थ और जीवित है, केवल घंटी ही टूट कर गिरी है।"

अर्जुन के सवालों को खारिज करते हुए कृष्ण ने उसे शंख फूँकने का निर्देश

दिया। युद्ध शुरू हुआ, अगले अठारह दिनों में कई जानें चली गईं और युद्ध में पांडवों की जीत हुई। एक बार फिर कृष्ण अर्जुन को अपने साथ सुदूर क्षेत्र में भ्रमण करने के लिए ले गए। कई शव अभी भी वहाँ हैं, जो उनके अंतिम संस्कार का इंतजार कर रहे हैं, जंग का मैदान गंभीर अंगों और सिर, बेजान सीढ़ियों और हाथियों से अँटा पड़ा था।

कृष्ण एक निश्चित स्थान पर रुके और एक घंटी, जो कि हाथी पर बाँधी जाती थी, उसे देखकर विचार करने लगे।

"अर्जुन," उन्होंने कहा, "क्या आप मेरे लिए यह घंटी उठाएँगे और इसे एक तरफ रख देंगे?"

निर्देश बिल्कुल सरल था, परंतु अर्जुन की समझ में नहीं आया, आखिरकार विशाल मैदान में जहाँ बहुत सी अन्य चीजों को साफ करने की जरूरत थी, श्रीकृष्ण उसे धातु के एक टुकड़े को रास्ते से हटाने के लिए क्यों कहेंगे? उसने प्रश्नवाचक दृष्टि से उनकी ओर देखा।

"हाँ, यह घंटी," कृष्ण ने दोहराया, "यह वही घंटी है, जो हाथी की गरदन पर पड़ी थी, जिस पर मैंने तीर मारा था।

अर्जुन बिना किसी और सवाल के भारी घंटी उठाने के लिए नीचे झुका, जैसे ही उसने इसे उठाया, उसकी हमेशा के लिए जैसे दुनिया बदल गई।

एक, दो, तीन, चार और पाँच, चार युवा पक्षियों और उसके बाद एक गौरैया उस घंटी के नीचे से निकले, बाहर निकलकर माँ और छोटे पक्षी कृष्ण के इर्द-गिर्द मँडराने लगे और बड़े आनंद से उनकी परिक्रमा करने लगे, अठारह दिन पहले काटी गई एक घंटी ने पूरे परिवार की रक्षा की थी।

"मुझे क्षमा करें, हे कृष्ण," अर्जुन ने कहा, "आपको मानव शरीर में देखकर और सामान्य मनुष्यों की तरह व्यवहार करते हुए मैं भूल गया था कि आप वास्तव में कौन हैं।"

आइए, इस महामारी के समय हम भी तब तक इस घंटी के नीचे विश्राम करें, जब तक यह हमारे लिए उठाई न जाए।

□□□